KB252778

유득공의
二十一都懷古詩

유득공의 二十一都懷古詩

인쇄일 초판1쇄 2008년 7월 14일
발행일 초판1쇄 2008년 7월 21일

옮긴이 이민홍 | **펴낸이** 정구형
제작 박지연, 한미애 | **디자인** 김나경, 김숙희, 노재영
마케팅 정찬용, 한창남 | **관리** 이은미, 박종일
펴낸곳 국학자료원 | **등록일** 제324-2006-0041호

서울시 강동구 성내동 447-11 현영빌딩 2층
Tel 442-4623,4 | Fax 442-4625
www.kookhak.co.kr | kookhak2001@hanmail.net

ISBN 978-89-6137-366-1*93800 | **가격** 19,000원

* 저자와의 협의 하에 인지는 생략합니다.

유득공의
二十一都懷古詩

이덕무 교정
이민홍 역주

국학자료원

| 머리말 |

우리나라를 일컬어 반만년 역사를 가진 유구한 민족국가라고 칭한다. 반만년 역사의 표상은 우리의 고유 기년(紀年)인 단기(檀紀)에서 확인되고,『삼국유사』가 이를 방증한다. 외래 종교와 외래 이념이 이입된 후, 단군조선을 부정하고 아울러 단기를 배제하려는 경향이 일각에서 일고 있지만, 그것은 시대가 흘러갈수록 논거가 약화될 것이다.

'반만년의 억년동인 한반도에는 78소국이 녕별했다.'고 일연(一然)은 밝혔고, 최초의 국가였던 단군조선의 수도를 평양으로 비정했다. 고구려가 만주에서 일어나 국내성을 거쳐 평양으로 수도를 옮긴 것과 연계할 때 일말의 아쉬움이 남는다.『삼국유사』「72국」조에 기술된 78국은 마한의 54소읍, 진한의 12소읍, 변한의 12소읍으로 각각 국가라 칭했다. 그러므로 이들 국가에도 응당 도읍이 있었을 것이지만, 지금 상고할 길이 없다. 낙랑·북대방·남대방 등을 위시해서 압록강·두만강 유역과 만주지역에 있었던 국가들의 도읍 역시 정확하게 상정하기가 어렵다. 학계의 일반적 국가의 개념을 서양사적 시각에 의거하는 것이 상례이나, 이 같은 시각은 문제가 있다. 국가의 정의(定義)도 이제는 우리의 개념으로 파악하여 고대사의 시공(時空)을 확충시켜야 할 것이다. 단군조선의 수도가 아사달과 평양이라면, 최초의 민족국가는 한반도안에서 개국되었다.『삼국유사』「왕력」편에 단군(壇君)의 아들이라고 기록된 고구려의 동명성왕(추모왕)이 만주 내륙에서 개국한 사실과 결부시킬 경우, 이를 어떻게 해석해야 할지도 문제이다.

우리 겨레는 부여계와 삼한계의 갈래가 있었고, 부여계는 남진정책을, 삼한계는 북진정책을 펼쳐 상호간의 갈등이 있었으나, 결국 삼한계의 승리로 마감되었다. 부여계의 고구려와 백제 및 발해가 남진하여 평양과 길주·한양·공주·부여 등에 도읍 또는 소경을 삼고, 수백 년간 국가를 영위했으나, 모두 신라·고려조에 통합되었다. 한반도에서 부여계가 가장 중시했던 곳은 평양이었다. 고조선의 수도였다는 것도 지정학적 요인과 함께 작용했다. 단기 3240년(927) 발해의 멸망과 더불어 만주는 일단 우리의 판도를 벗어난 것이 사실이다. 그나마 조선조 개국 후 북진정책을 추진하여 압록강·두만강을 국경으로 확정지은 것은, 민족사의 큰 진전으로 평가된다.

동서고금을 불문하고 국가의 수도는 대단히 중요하다. 이점을 착안하여 정조 9년(1785)에 영재 유득공(1749~?)이 『二十一都懷古詩』 43수를 완성했다. 유득공은 이 시편들을 고심하여 창작한 후 아배들에게 낭송시킬 정도로 중시했는데, 그이 나이 36세 무렵이었다. 「21도 회고시」는 찬자 서문에 의하면 1778년 무렵 『동국지지(東國地誌)』를 읽는 과정에서 동기를 부여 받아 시작했다고 했으니, 대략 7년여의 기간 동안 창작되었다. 그는 원고가 완성되자 이덕무(1741~1793)와 박제가(1750~1805)가 연경에 갈 때 수초본을 만들어 반향조(潘香祖)에게 보냈다. 그 후 1790년 영재가 다시 이를 가져가 기효람(紀曉嵐[1724~1805]) 상서에게 열람시켰을 만큼 득의의 시편이었다.

「21도 회고시」는 찬자 스스로 국사와 중국사를 두루 섭렵하여 상세한 주석을 달았다. 이승휴(李承休[1224~1330])의 『제왕운기』의 정신을 계승한 것이다. 중국학자들에게 이를 자랑한 이유도 중국사서까지 정독하여 작품을 완성했다는 자신감의 발로이다. 그가 신징하어 시로 형상한 21도읍지는 전부 고구려의 몇몇 도읍을 제외하고는 한반도 안에 있으며, 발해의 동경성(길주?) 등도 배제되었다. 유득공이 제시한 21도 이외에 수많은 고대 국가의 도읍지가 엄연히 있었음에도 불구하고, 21도에 국한한 것은, 국세가 미미했던 소국의 수도는 일단 차치하고, 한반도 강역에 문화 등 다방면에 걸쳐 영향력을 행사했던 현저한 왕조들의 도읍에 국한했기 때문이다.

많은 경비와 시간을 할애하여 남의 나라 유적과 도읍들을 관광하기에 여념이 없으면서, 우리나라의 역사적 유물들을 미련 없이 불도자로 밀어붙이는, 오늘의 현실에 대한 유득공의 경고로 필자는 받아들인다. 일제강점기는 물론이고 대한민국 정부가 수립된 이후부터도, 우리의 옛 도읍을 얼마나 훼손시켰는지 통절히 반성할 상황에 처해있다. 18세기 말엽에도 유득공은 고도가 보존되지 못한 점을 아쉬워했다. 수백 년이 지난 오늘의 우리는 고도들이 근대화라는 명분으로 유린되는 현실에 관해 아쉬운 마음도 갖지 못할 만큼 세계화되어 있다.

유득공이 선정한 21도는 "단군조선·기자조선·위만조선의 평양성과 한의 익산군, 예의 강릉, 맥의 춘천, 고구려의 졸본·국내성·평양성, 보덕의 금마저(익산군), 불류의 다물도, 백제의 거발성·한산·웅진·사자, 비류왕자의 미추홀(인천부), 신라의 서울(徐菀·徐伐), 명주군국(溟州郡國)의 강릉부, 금관국의 김해부, 대가야의 고령현, 감문국(甘文)의 개녕현, 우산국의 울릉도, 탐라국의 제주, 후백제의 전주, 태봉의 철원성과 고려조의 개성 등이다. 영재가 거론한 이들 스물한 곳의 도읍들이 지금 어떤 모습으로 남아있는지를 돌이켜보면 참담한 심정을 가눌 수가 없다.

필자가 「21도 회고시」를 번역한 이유는 선학의 옛 도읍에 대한 애정과 보존의지를 일부나마 계승하려는 의도에서이다. 선학의 큰 뜻에 누가 되지 않으려고, 영재가 열람했던 국내외의 사서를 가능한 한 찾아서, 해당 부분을 각주로 처리했다. 영재는 한민족의 전통문화에 대해서 남다른 애정과 관심을 가졌다. 「21도 회고시」역시 정치한 고증을 통한 옛 도읍지에 대한 애정을 절실하게 표현했다. 고대 왕조들의 흥망을 운문으로 노래하면서, 마지막 왕들의 정감적 일탈과 신흥왕조 창업주들의 웅혼한 기상도 감동적으로 묘사했다. 21도를 읊조리면서 이처럼 다정다감한 영재의 금회가 수백 년이 지난 오늘날에 더 돋보이는 것은 무슨 까닭일까.

영재가 형상한 21도에는 수백 년이 흘러간 지금 서울과 평양이 다시 추가되었다. 한양과 평양은 여러 왕조가 도읍했지만, 그 위치는 각각 달랐다. 중국 장안(西安)일원에 역대 왕조가 수도를 삼은 영역이 각각 상이했던 것과 같다. 왕궁의 소재가 어디에 있었던가를 기준하여 고찰할 때 권역간의 상거가 있다. 영재가 「21도 회고시」를 읊은 시대만큼 시간이 다시 흘러간 뒤, 오늘의 서울과 평양이 어떤 모습으로 남아있을지 이 또한 흥미롭고 궁금하다. 신라 천년의 도읍지였던 서라벌과 고구려의 국내성·평양성, 그리고 백제의 공주·부여성과 같이 황량하거나 괴이한 모습으로 남지 않기를 기대한다.

이 책을 번역하면서 찾아낸 황순구씨의 역서「二十一都 懷古詩」가 도움이 되었음을 밝히고, 성대 대학원 박재영·이은영·최동철·조혁상 등 학인(學人)들의 정밀한 참고문헌 분석과 각주에 힘입었음을 부언한다. 끝으로 완미한 원고가 아님에도 불구하고, 기꺼이 출간에 응해준 국학자료원 정찬용 사장님께도 고맙다는 말을 하고 싶다.

단기 4341년 3월
雲淵書室에서 이민홍 志

이십일도회고시 二十一都懷古詩[1]

유득공 자서

憶戊戌年間, 寓居鐘崗, 老屋三楹, 筆硯與刀尺雜陳. 以是爲苦, 多坐小圃之旁, 荳棚菁花, 蜂蝶悠揚, 雖炊烟屢絶, 意氣自若. 時閱東國地誌, 得一首, 輒苦吟彌日, 稚子童婢, 皆聞而誦之, 可知其用心不淺也. 是歲懋官次修入燕, 手抄一本, 寄潘香祖庶常. 及見潘書, 大加嗟賞, 以爲兼竹枝詠史宮詞諸體之勝, 必傳之作. 李墨莊爲題一絶, 祝編修另求一本, 異地同聲, 差可爲樂, 傳不傳, 不須論也. 己亥以後, 供奉內閣, 被聖主恩, 七年七遷官, 俸祿足以資衣食, 堂宇足以置筆硯. 顧職務佌傝, 不喜作詩, 有作皆率易而成, 非復疇昔之苦吟. 公退之暇, 見此卷爲兒輩所讀, 不覺悵然, 題之如此.

---

1) 『이십일도회고시(二十一都懷古詩)』: 칠언절구 43수로 이루어져 있으며, 단군의 왕검성 즉 평양에서부터 고려조의 개성에 이르기까지 우리 역사상에 존재했던 21개 국가의 도읍을 읊은 작품이다. <이십일도회고시>는 단군조선의 평양 1수, 기자조선의 평양 2수, 위만조선의 평양 2수, 한(韓)의 익산(益山) 1수, 예(濊)의 강릉(江陵) 1수, 맥(貊)의 춘천(春川) 1수, 고구려의 평양 5수, 보덕(報德)의 익산 1수, 비류(沸流)의 성천(成川) 1수, 백제(百濟)의 부여(扶餘) 4수, 미추홀(彌鄒忽)의 인천(仁川) 1수, 신라(新羅)의 경주(慶州) 6수, 명주(溟州)의 강릉(江陵) 1수, 금관(金官)의 김해(金海) 1수, 대가야(大伽倻)의 고령(高靈) 1수, 감문(甘文)의 개령(開寧) 1수, 우산(于山)의 울릉도(鬱陵島) 1수, 탐라(耽羅)의 제주(濟州) 1수, 후백제(後百濟)의 완산(完山) 1수, 태봉(泰封)의 철원(鐵原) 1수, 고려(高麗)의 개성(開城) 9수 등으로 이루어져 있다. <이십일도회고시>의 작품 수는 대체로 각 왕조의 규모와 그 문화의 크기에 따라 정하여졌음을 알 수 있다. 고려 9수, 신라 6수, 고구려 5수, 백제 4수, 그 밖의 왕도에 대해서는 각 1수씩만을 읊고 있는데, 감문·우산·탐라·명주까지도 하나의 국가로 인정하고 있는 점이 독특하다.

乙巳仲秋, 古芸居士.

　　돌이켜 보면, 무술(1778, 정조 2) 연간 종강(鐘岡)에 우거할 때 세 칸 낡은 집에 붓, 벼루, 칼, 자 등이 어지러이 널려 있었다. 이를 괴롭게 여겨 작은 채마밭에 앉아 있는 일이 많았는데, 콩 넝쿨 장다리꽃에 벌과 나비가 이리저리 노니니, 비록 끼니는 자주 걸렀지만 의기만은 그대로였다. 당시『동국지지(東國地誌)』[2]를 열람하다가 시 한 수를 지으면, 그 때마다 하루 종일 애써 읊었는데 어린 아이와 여종까지도 모두 듣고 외웠으니, 내가 이 시에 쏟은 정성이 적지 않음을 알 수 있다.

　　그 해 무관(懋官)[3]과 차수(次修)[4]가 연경에 들어가는 편에 한 부를 손수 베껴 반향조(潘香祖)[5] 서상(庶常)[6]에게 부쳤다. 반(潘)의 편지를 받아

---

2)『동국지지(東國地誌)』: 송준호(宋儁鎬)의 「유득공의 이십일도회고시 연구」(동국대학교 국어국문학과 석사학위논문, 1979) 등에서는 한백겸(韓百謙)이 편찬한『동국지리지(東國地理志)』를 가리킨다고 하였다. 그러나 <이십일도회고시>가 단군조선에 관한 사실(史實)로부터 시작하는 반면 한백겸의『동국지리지(東國地理志)』에는 단군조선에 관한 사실(史實)이 실려 있지 않은 점과 정조대 이전에 편찬된 것으로 보이는 편자 미상의『동국지지』(서울대학교 규장각 소장)가 존재하는 점으로 볼 때, 유득공이 읽었다는『동국지지(東國地誌)』가 한백겸의『동국지리지(東國地理志)』라고 단정하기에는 무리가 있다.

3) 무관(懋官) : 조선 후기의 실학자이자 문인인 이덕무(李德懋: 1741-1792)의 자. 본관은 전주(全州). 호는 아정(雅亭)·청장관(靑莊館). 박제가(朴齊家)·유득공(柳得恭)·이서구(李書九)와 함께 한시사가(漢詩四家)로 이름이 높았으며, 여러 차례 연경을 왕래하며 청(淸)나라의 학자와 교유하고, 박지원 등 북학파 실학자와 영향을 주고 받으며 고증학을 바탕으로 한 많은 저서를 남겼다. 저서에『청장관전서(靑莊館全書)』등이 있다.

4) 차수(次修) : 조선 후기의 실학자이자 문인인 박제가(朴齊家: 1750-1805)의 자. 본관은 밀양(密陽), 호는 초정(楚亭)·정유(貞蕤)·위항도인(葦杭道人)이다. 이덕무 등과 함께 한시사가로 문명을 떠쳤으며, 연행사(燕行使)의 일원으로 여러 차례 연경을 왕래하며 당대의 중국 석학들과 교유하였다. 저서에『북학의(北學議)』,『정유집』등이 있다.

5) 반향조(潘香祖) : 청나라의 문인 반정균(潘庭筠), 향조(香祖)는 그의 자. 절강(浙江) 전당(錢塘) 사람으로, 호는 난공(蘭公).

6) 서상(庶常) : 청(淸)나라 때 한림원(翰林院) 소속의 관직 명칭으로, 서길사(庶吉士)라

보니, 크게 감탄하고 칭찬하면서 죽지(竹枝)7)와 영사(詠史),8) 궁사(宮詞)9) 등 여러 체의 장점을 겸비하고 있어 반드시 세상에 전해야 하는 작품이라고 하였다. 이묵장(李墨莊)10)은 이 시권을 위해 절구(絶句) 한 수11)를 지어 주었으며, 축편수(祝編修)12)는 별도로 한 부를 요구하기도 하였다. 다른 땅에 살면서도 한 목소리로 인정해 준 것이 그런 대로 즐거울 만하고, 전해지느냐의 여부는 논할 필요가 없다.

기해년(1779) 이후 내각(內閣)에 봉직하게 되었는데 성상의 은혜를 입어 칠년 동안 일곱 차례나 관직을 옮겼다. 녹봉은 의식을 해결하기에 충분하고, 집은 붓과 벼루를 두기에 충분하였으나, 직무에 바쁘다보니 시 짓는 일을 좋아하지 않게 되었고, 지은 작품도 건성으로 완성한 것이니, 더는 예전처럼 애써 지은 것이 아니었다. 그런데 공무를 마치고 돌아 온 여가에 이 시권(詩卷)이 아이들에게 읽혀지고 있는 것을 보고는, 나도 모르게 마음이 찡해 오므로 이렇게 글로 쓴다.

고도 불렀다.

7) 죽지(竹枝) : 악부(樂府)의 일종으로 본래 사천성 동부 지역의 민가(民歌)였는데, 당나라 시인 유우석(劉禹錫)이 개작하여 삼협 지방의 풍광과 남녀간의 애정을 노래한 이후 성행하였다. 형식은 칠언절구로 이루어져 있다. 우리나라에서는 지방의 풍속과 경치, 인정 등을 통속적으로 노래한 시를 '죽지사(竹枝詞)'로 일컫는다.

8) 영사(詠史) : 역사적 사실을 소재로 읊은 시가를 말한다. 중국 최초의 영사시로는 반고(班固)가 쓴 <詠史詩>를 꼽으며, 우리나라에서는 이규보(李奎報)의 <동명왕편(東明王篇)>과 유득공의 본 작품이 유명하다.

9) 궁사(宮詞) : 시체의 일종으로 궁정 생활의 잡사(雜事)를 읊은 시를 말한다. 일반적으로 칠언절구로 이루어져 있다.

10) 이묵장(李墨莊) : 청나라의 문인 이정원(李鼎元), 묵장(墨莊)은 그의 호. 사천(四川) 금주(錦州) 사람으로, 자는 미당(味堂) 또는 화숙(和叔).

11) 절구(絶句) 한 수 : 유득공이 편찬한 『병세집(幷世集)』에 이정원(李鼎元)이 지은 <題二十一都懷古詩> 1수가 실려 있다.

12) 축편수(祝編修) : 청나라의 문인 축덕린(祝德麟). 절강 해녕(海寧) 사람으로, 자는 지당(止堂), 또는 지당(芷塘)이다. 편수(編修)는 청나라 때 한림원 소속의 관직 명칭이다.

을사년(1785) 중추(仲秋)에 고운거사(古芸居士) 쓰다.

余此卷庚戌秋携至燕中, 紀曉嵐尙書最好古, 贈之. 羅兩峯云: 欲寄鮑以文, 續刻知不足齋叢書中. 力求, 無以應, 兩峯頗怏怏. 次修再入燕, 見兩峯案頭置一本, 烏絲欄書, 字畫精妙, 知從曉嵐處借鈔也. 中國之士, 嗜書如此. 余篋中更無副本, 茫然不知舊註之如何, 考訂前史, 再爲箋釋, 亦自笑其癖也. 壬子仲春又題.

내가 이 시권을 경술년(1790)에 연경으로 가지고 갔는데, 기효람(紀曉嵐)[13] 상서(尙書)가 가장 옛것을 좋아하므로 그에게 증정하였다. 나양봉(羅兩峯)[14]이 "이 시권을 포이문(鮑以文)[15]에게 보내 『지부족재총서(知不足齋叢書)』[16]로 속각(續刻)하고 싶다."고 하면서 힘써 구했으나, 내가

---

13) 기효람(紀曉嵐) : 청나라 때의 학자인 기윤(紀昀 : 1724~1805), 효람(曉嵐)은 그의 자. 호는 석운(石雲). 시호는 문달(文達). 『사고전서(四庫全書)』 총찬관(總纂官)의 한 사람으로 임명되어 편찬사업을 주관했다. 특히 그 해제(解題)인 『사고전서총목제요(四庫全書總目提要)』(200권)의 편찬에 있어서는 각 분야의 전문학자들이 집필한 것을 모두 자신이 직접 보완·교정하여 완성시켰다.

14) 나양봉(羅兩峯) : 청나라 때의 문인이자 화가인 나빙(羅聘: 1733~1799), 양봉(兩峯)은 그의 호. 안휘(安徽) 흡현(歙縣) 사람으로, 자는 둔부(遯夫).

15) 포이문(鮑以文) : 청나라 때의 장서가(藏書家) 포정박(鮑廷博: 1728~1814), 이문(以文)은 그의 자. 호는 녹음(淥飮). 자신의 서재인 지부족재(知不足齋)에 소장하고 있는 진서(珍書)와 수집, 교환한 선본(善本)을 모아 『지부족재총서(知不足齋叢書)』 30집을 편찬하였다.

16) 『지부족재총서(知不足齋叢書)』 : 청나라의 포정박(鮑廷博) 편저. 1774~1823년 간행. 포씨가(鮑氏家)는 대대로 내려오는 호상(豪商)으로 선본(善本)을 수집, 그 중에서 희귀한 전본(傳本)과 종래의 전본 중 오탈(誤脫)이 많은 것을 골라 정밀한 교정을 가하여 출판한 것이다. 1집이 8책으로 되어 있으며, 경서(經書), 제자(諸子)의 주석, 사학(史學)의 고증, 수필·잡기(雜記)·시화·시문집·사집(詞集) 등 196종의 서적이 수록되어 있다. 또한, 당시 중국에서는 망실되었던 《고문효경공전(古文孝經孔傳)》 《논어의소(論語義疏)》, 일본의 이치가와 간사이[市河寬齋]의 《전당시일(全唐詩逸)》 등도 수록되어 있다. 포정박은 제27집까지 간행하고 죽었으므로,

응할 수가 없었으므로 양봉이 자못 서운해 했다. 차수가 다시 연경에 들어갔을 때[17] 양봉의 서안(書案)에 한 부가 놓여 있는 것을 보았는데 오사란(烏絲欄)[18]에 씌여진 글씨의 자획이 정묘하여 그것이 기효람에게서 빌려와 베낀 것임을 알았다고 하니, 중국의 선비가 글을 좋아함이 이와 같았다. 나의 서궤(書櫃)에 더는 부본(副本)이 없어 구주(舊註)가 어떠한지를 알 수 없기에, 전사(前史)를 고정(考訂)하여 다시 전석(箋釋)을 달고는, 또한 나의 기벽(奇癖)에 스스로 웃고 말았다.

임자년(1792) 중춘(仲春)에 또 쓰다.

儒州 柳得恭 惠風 撰　　유주[19] 유득공 혜풍 지음
完山 李德懋 懋官 訂　　완산 이덕무 무관 교정

나머지는 그의 아들이 완성하였다.
17) 차수가 연경에 들어갔을 때 : 박제가는 1790년 1월 주자서(朱子書) 선본(善本)을 구하기 위해 유득공과 함께 연경에 갔다가 왔으며(2차), 1790년 10월 동지사(冬至使)를 따라 다시 연경에 갔다.(3차) 여기서는 3차 연행을 말하는 듯하다.
18) 오사란(烏絲欄) : 책장 사본에서 본문의 각 줄사이를 구분하기 위하여 그은 검은 선, 또는 검은 괘선을 그은 종이를 말한다.
19) 유주(儒州) : 지금의 황해도 신천군(信川郡) 문화면(文化面) 일대의 옛 이름이다. 고려 중기에 문화현으로 승격되었다가 1914년 신천군에 합쳐졌다.

단군조선 檀君朝鮮

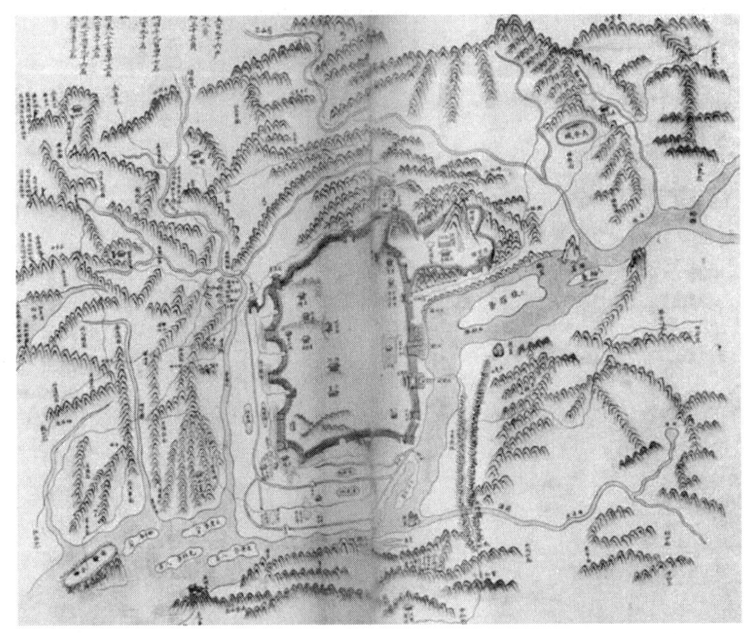

평양 (단군조선, 기자조선, 위만조선과 동일)

東國通鑑 : 東方初無君長, 有神人降于檀木下, 立爲君, 是爲檀君. 國號
朝鮮, 唐堯戊辰歲也. 三國遺事 : 檀君都平壤."

『동국통감(東國通鑑)』[20]에 "동방(東方)에 처음에는 군장(君長)이 없었

---

20)『동국통감(東國通鑑)』: 1485년(성종 16)에 서거정(徐居正) 등이 신라초부터 고려말
　　까지의 역사를 편찬한 사서. 56권 28책. 1458년(세조 4)에 편찬사업이 시작되어 고
　　대사 부분이 1476년(성종 7)에『삼국사절요(三國史節要)』로 간행되었으며, 1484년

는데, 신인(神人)이 박달나무 아래로 내려오자 그를 세워서 임금으로 삼으니, 이가 단군(檀君)이다. 국호(國號)는 조선(朝鮮)이니, 바로 당요(唐堯) 무진년(단기 1, 서기전 2333)이다.”21) 하였다. 『삼국유사(三國遺事)』22)에 “단군이 평양에 도읍하였다.”23) 하였다.

大同江水浸烟蕪	대동강 물결 안개 낀 들판을 적시니
王儉春城似畵圖	왕검성의 봄빛 한 폭의 그림일세.
萬里塗山來執玉	만리 길 도산24)에 옥을 잡고 조회하니
佳兒尚憶解扶婁	예쁜 아이 아직도 해부루를 기억하네.

에 일단 완성을 보았다. 그러나 사론(史論)이 문제가 되었으므로『삼국사절요(三國史節要)』와『고려사절요(高麗史節要)』를 대본으로 하여 1년 만인 1485년에 편찬자들의 사론(史論)을 붙여『동국통감』56권을 새로 펴냈다. 편년체 사서로 단군조선으로부터 삼한까지는 자료가 부족하여 체계적인 서술이 불가능하다는 의미에서 외기(外紀)로 다루었고, 삼국 건국부터 신라 문무왕 9년(669)까지를「산국기」, 669년에서 고려 태조 18년(935)까지를「신라기」, 935년부터 고려 말까지를「고려기」로 구분하여 서술했다. 범례는『자치통감(資治通鑑)』에 따르고, 필삭(筆削)의 정신은『자치통감강목(資治通鑑綱目)』을 따라서 두 사서의 체제를 절충했다. 조선 전기 대표적 관찬사서(官撰史書)의 하나이다.

21) 동방(東方)에……무진년이다 :『동국통감(東國通鑑)』「외기(外紀)」1 <단군조선(檀君朝鮮)>에 보인다.

22)『삼국유사(三國遺事)』: 1281년(충렬왕 7)경에 승려 일연(一然)이 편찬한 사서(史書)로써『삼국사기』와 더불어 삼국시대의 역사와 문화를 종합적으로 전해주는 소중한 자료이다.『삼국유사』의 체제는 왕력(王歷)·기이(紀異)·흥법(興法)·탑상(塔像)·의해(義解)·신주(神呪)·감통(感通)·피은(避隱)·효선(孝善) 등 9편목 144항목으로 구성되어 있다.

23) 단군이 평양에 도읍하였다 :『삼국유사(三國遺事)』「기이(紀異)」<고조선(古朝鮮)> 조에 보인다.

24) 도산(塗山) : 중국 고대의 나라 이름 또는 산 이름으로, 전설에 따르면 하우(夏禹)가 부인을 맞이하고, 제후의 조회를 받은 곳으로 알려져 있다. 현재 도산으로 알려진 곳으로는 세 곳이 있는데, 안휘(安徽) 회원현(懷遠縣) 동남쪽의 회하(淮河) 동안(東岸)과 사천(四川) 중경시(重慶市) 파현(巴縣)의 진무산(眞武山), 절강(浙江) 소흥현(紹興縣) 서북(西北) 지역 등이다.

○ 大同江. 輿地勝覽 : 大同江在平壤府東一里, 一名浿江, 又名王城江. 其源有二, 一出寧遠郡加幕洞, 一出陽德縣文音山, 至江東縣界, 合流爲西津江, 至府城東, 爲大同江, 西流爲九津弱水, 至龍岡縣東, 出急水門入海.

■ 대동강. 『신증동국여지승람(新增東國輿地勝覽)』[25])에 "대동강은 평양부(平壤府) 동쪽 1리에 있으니, 일명 패강(浿江)이라고 하고, 또 왕성강(王城江)이라고도 한다. 그 근원은 둘이니, 한 줄기는 영원군(寧遠郡) 가막동(加幕洞)에서 나오고 또 한 줄기는 양덕현(陽德縣) 문음산(文音山)에서 나와 강동현(江東縣)의 경계에 이르러 합류하여 서진강(西津江)이 된다. 평양부성 동쪽에 이르러 대동강이 되었다가 서쪽으로 흘러 구진약수(九津弱手)[26]) 가 되고 용강현(龍岡縣)의 동쪽에 이르러 급수문(急水門)[27])을 나와 바다로

---

25) 『신증동국여지여지승람(新增東國輿地勝覽)』: 1530년(중종 25) 이행(李荇) · 윤은보(尹殷輔) · 신공제(申公濟) · 홍언필(洪彦弼) · 이사균(李思鈞) 등이 『동국여지승람』을 증수, 편찬한 책. 55권 25책. 조선 전기의 대표적인 관찬 지리서이다. 원래 『동국여지승람』은, 1477년에 편찬한 『팔도지리지』에 『동문선』에 수록된 동국문사(東國文士)의 시문을 첨가하고, 남송(南宋) 축목(祝穆)의 『방여승람(方輿勝覽)』과 명나라의 『대명일통지(大明一統志)』의 체제를 참고하여, 1481년(성종 12) 50권으로 편찬되었다. 1485년과 1499년의 두 차례에 걸친 수정을 거쳐 1528년(중종 23) 증보에 착수하여 1530년에 속편 5권을 합쳐 전 55권으로 완성되었다. 권별 수록 내용은 권1·2는 경도(京都), 권3은 한성부, 권4·5는 개성부, 권6~13은 경기도, 권14~20은 충청도, 권21~32는 경상도, 권33~40은 전라도, 권41~43은 황해도, 권44~47은 강원도, 권48~50은 함경도, 권51~55는 평안도이다. 내용은 각 도의 연혁과 관원을 개괄한 후, 목 · 부 · 군 · 현의 건치연혁 및 관원 · 군명 · 성씨 · 풍속 · 형승 · 산천 · 토산 · 성곽 · 봉수 · 궁실 · 누정 · 학교 · 역원 · 창고 · 불우 · 사묘 · 능묘 · 고적 · 명환 · 인물 · 우거 · 효자 · 열녀 · 제영 등의 조목 아래 해당 내용을 나열식으로 기술했다. 앞에 1차본 『동국여지승람』의 내용을 기록한 후, 새로 증보된 내용은 각 항목의 끝에 '신증(新增)'이라 밝히고 첨기했다.
26) 구진약수(九津弱手) : 『신증동국여지여지승람(新增東國輿地勝覽)』에는 '구진익수(九津溺水)'로 되어 있다.
27) 급수문(急水門) : 『신증동국여지여지승람(新增東國輿地勝覽)』 권41 「황해도(黃海道)」 <황주목(黃州牧)> 산천(山川) 조에 "급수문은 고을 서쪽 30리 바다 어귀에 있는데, 본주(本州) 및 용강(龍岡) · 안악(安岳)의 물이 서로 부딪치는 곳이다." 하였다.

들어간다."[28] 하였다.

○ 王儉城. 三國史 : 平壤者, 本仙人王儉之宅也. 東史 : 檀君, 名王儉. 興地勝覽 : 燕人衛滿都王險, 險一作儉, 即平壤.

■ 왕검성. 『삼국사기(三國史記)』[29]에 "평양은 본래 선인(仙人) 왕검(王儉)이 거주하던 곳이다."[30] 하였다. 『동사강목(東史綱目)』[31]에 "단군은 이름이 왕검이다."[32] 하였다. 『신증동국여지승람』에 "연(燕)나라 사람 위만(衛滿)이 왕험(王險)에 도읍하였다. '험(險)'은 '검(儉)'이라고도 하는데, 바로 평양이다."[33] 하였다.

---

28) 대동강은……들어간다 : 『신증동국여지여지승람(新增東國興地勝覽)』 권51 「평안두(平安道)」 <평양부(平壤府)> 산천(山川) 조에 보인다. 이 부분 역시 유득공이 편집하여 인용하였다.

29) 『삼국사기(三國史記)』: 1145년(인종 23)경에 김부식(金富軾) 등이 고려 인종의 명을 받아 편찬한 삼국시대의 기전체의 역사서. 본기 28권(고구려 10권, 백제 6권, 신라·통일신라 12권), 지(志) 9권, 표 3권, 열전 10권으로 이루어져 있다.

30) 평양은……곳이다 : 『삼국사기(三國史記)』 권17 「고구려본기(高句麗本紀)」 제5 동천왕(東川王) 22년 조에 보인다.

31) 『동사강목(東史綱目)』: 조선 후기의 실학자 안정복(安鼎福)이 쓴 단군조선부터 고려 말기까지를 다룬 통사적인 역사책. 20권 20책. 본편 17권, 부록 3권으로 되어 있으며, 서술 체재는 편년체이나 주자의 《자치통감강목 資治通鑑綱目》의 형식에 의해 강(綱)과 목(目)으로 서술된 실학기의 대표적 역사서이다. 저자가 1756년(영조 32) 45세 때부터 편찬을 시작해 3년 만에 초고를 완성했다.

32) 단군은 이름이 왕검이다 : 『동사강목(東史綱目)』 「부록」 권상 <고이(考異)> 왕검(王儉) 조에 보이는데, 『고기(古記)』와 『삼국유사』에서 인용한 『위서(魏書)』를 재인용한 대목이다.

33) 연(燕)나라……평양이다 : 『신증동국여지여지승람(新增東國興地勝覽)』 권51 「평안도(平安道)」 <평양부(平壤府)> 건치연혁(建置沿革條) 조에 보인다. 원문에는 '燕人衛滿'과 '都王險' 사이에 '奪其地' 3자가 더 있는데, 유득공이 편집하여 인용한 것이다.

○ 塗山執玉. 東史 : 夏禹十八年, 會諸侯於塗山, 檀君遣子扶婁朝焉. 文獻備考 : 檀君子解夫婁, 爲扶餘始祖.

■ 도산집옥. 『동사강목(東史綱目)』에 "하우(夏禹) 18년에 도산(塗山)에서 제후의 조회를 받을 때 단군이 아들 부루(夫婁)를 보내 조회하였다."[34]하였다. 『동국문헌비고(東國文獻備考)』[35]에 "단군의 아들 해부루(解夫婁)가 부여(夫餘)의 시조가 되었다."[36] 하였다.

기자조선 箕子朝鮮

史記 : 武王旣克殷, 乃封箕子於朝鮮而不臣也. 漢書 : 殷道衰, 箕子去之朝鮮, 敎其民以禮義田蠶織作. 樂浪朝鮮, 民犯禁八條, 相殺以當時償殺, 相傷以穀償, 相盜者, 男沒入爲其家奴, 女子爲婢, 欲自贖者 人五十萬. 東國通鑑 : 殷太師箕子, 紂諸父也. 紂無道, 箕子被髮佯狂爲奴. 周武王伐紂, 訪道于箕子, 箕子爲陳洪範九疇. 武王封于朝鮮, 都平壤.

『사기(史記)』[37]에 "무왕(武王)이 은(殷)나라를 멸망시킨 후 기자(箕子)

---

34) 하우(夏禹)……조회하였다 : 『동사강목(東史綱目)』 제1장「기묘년」<조선(朝鮮)> 기자(箕子) 원년 조에 보인다.

35)『동국문헌비고(東國文獻備考)』: 1770년(영조 46년)에 왕명에 따라 서명응 등이 우리나라 고금의 문물제도를 모아 수록한 책. 100권 40책. 중국의 ≪문헌통고(文獻通考)≫를 참고로 하여 편찬하였으며, 그 내용은 상위(象緯), 여지(輿地), 예(禮), 악(樂), 병(兵), 형(刑), 전부(田賦), 재용(財用), 호구(戶口), 시려(市閭), 선거(選擧), 학교(學校), 직관(職官)의 13고(考)로 분류하였다. 여러 차례의 중수(重修)를 거쳐 1907년 12월 현존하는『증보문헌비고(增補文獻備考)』250권 50책으로 완성했다.

36) 단군의……되었다 : 『증보문헌비고(增補文獻備考)』권13「여지고(輿地考)」1 <역대 국계(歷代國界)>1 고구려국(高句麗國) 부여국(扶餘國) 조에 보인다.

37)『사기(史記)』: 중국 최초의 기전체(紀傳體) 통사(通史). 전한(前漢) 사마천(司馬遷)

를 조선에 봉하고서 신하로 여기지 않았다."38) 하였다.『한서(漢書)』39)에 "은나라의 도가 쇠하자 기자가 은나라를 떠나 조선으로 가서 그 백성들에게 예의와 양잠과 직조를 가르쳤다. 낙랑조선(樂浪朝鮮)의 백성들은 범금 8조가 있는데, 사람을 죽인 자는 그 즉시 목숨으로 보상하고, 사람을 다치게 한 자는 곡물로 보상하며, 도둑질 한 자는 남자는 적몰하여 그 집의 남종으로 삼고, 여자는 여종으로 삼으며, 속죄(贖罪)하려는 자는 사람마다 50만을 낸다."40) 하였다.『동국통감』에 "은나라 태사 기자는 주(紂)의 제부(諸父)41)이다. 주가 무도하자 기자는 머리를 풀어헤치고 거짓으로 미친 척하여 종이 되었다. 주나라 무왕이 은나라를 정벌하고 기자를 찾아가 도를 물으니, 기자가 무왕을 위해 홍범구주(洪範九疇)42)를 진

이 편찬했다. 원래 명칭은『태사공서(太史公書)』이다. 황제(黃帝) 때부터 전한의 무제(武帝) 천한연간(天漢年間 BC 100~97)에 이르기까지 약 3,000여 년의 역사를 서술했다. 제왕의 연대기인 본기(本紀) 12권, 제후왕을 중심으로 한 세가(世家) 30권, 역대 제도 문물의 연혁에 관한 서(書) 8권, 연표인 표(表) 10권, 시대를 상징하는 뛰어난 개인의 활동을 다룬 전기 열전(列傳) 70권, 총 130권으로 구성되어 있다.

38) 무왕(武王)이……않았다 :『사기(史記)』권38「송미자세가(宋微子世家)」에 보인다. 원문에는 '武王旣克殷'과 '乃封箕子於朝鮮而不臣也.' 사이에 무왕과 기자가 홍범구주(洪範九疇)에 관해 묻고 답하는 내용이 실려 있는데, 유득공이 편집하여 인용한 것이다.

39)『한서(漢書)』: 중국 전한(前漢)의 역사를 기록한 중국 정사(正史)의 하나로, 후한의 반고(班固)가 82년(建初 8) 무렵에 완성했다. 제기(帝紀) 12권, 연표(年表) 8, 지(志) 10권, 열전(列傳) 70권 등 총 100권이다.『사기』를 모방하여 기전체(紀傳體)를 사용했으나,『사기』가 통사인 데 반해 단대사(斷代史)로서의 새로운 장을 열었으며, 중국 정사의 전형이 되었다.

40) 은나라의……낸다 :『한서(漢書)』권28「지리지 하(地理志下)」현토(玄菟)조에 보인다.

41) 제부(諸父) : 아버지와 같은 항렬의 8촌 이내의 친척.

42) <홍범구주(洪範九疇)> : 중국 하(夏)나라 우왕(禹王)이 남겼다는 정치 이념. 홍범은 대법(大法)을 말하고, 구주는 9개 조(條)를 말하는 것으로, 즉 9개 조항의 큰 법이라는 뜻이다. 우왕이 홍수를 다스릴 때 하늘로부터 받은 낙서(洛書)를 보고 만들었다고 한다. 주나라 무왕(武王)이 기자(箕子)에게 선정의 방안을 물었을 때 기자가 이 홍범구주로써 교시하였다고 한다.『서경』「주서(周書)」<홍범>편에 수록되어 있다. 9조목은 오행(五行)·오사(五事)·팔정(八政)·오기(五紀)·황극(皇極)·삼덕(三德)·

술하였다. 무왕이 기자를 조선에 봉하자, 평양에 도읍하였다."[43] 하였다.

> 兎山山色碧森沈　　토산은 벽옥같은 푸른 솔 우거졌는데
> 翁仲巾裾艸露侵　　석상[44]의 두건과 옷깃[45] 풀 이슬 젖어드네.
> 猶似龍年奔卉寇　　아직도 임진년 왜구[46]를 쫓아냈던 것처럼
> 松風閒作管絃音　　솔바람 한가로이 관현의 소리를 내는구나.

○ 兎山. 興地勝覽 : 箕子墓在平壤府城北兎山.

■ 토산.『신증동국여지승람』에 "기자의 묘가 평양부성 북쪽 토산에 있다."[47] 하였다.

○ 翁仲巾裾. 董越朝鮮賦 : 東有箕祠, 禮設木主, 題曰朝鮮後代始祖, 蓋尊檀

계의(稽疑)·서징(庶徵) 및 오복(五福)과 육극(六極)이다.

43) 은나라……도읍하였다 :『동국통감(東國通鑑)』「외기(外紀)」2 <기자조선(箕子朝鮮)>에 보인다. 원문에는 미자(微子)와 비간(比干)의 이야기가 섞여 있는데, 유득공이 편집하여 인용한 것이다.

44) 翁仲 : 능묘 앞에 세워진 장군석(將軍石). 전설에 따르면, 진(秦)나라 완옹중(阮翁仲)은 남해(南海) 사람인데, 신장이 일장 삼척(一丈三尺)이나 되고 용맹이 절륜하니, 진시황(秦始皇)이 군사를 주어서 임조(臨洮)를 지키게 하여 명성이 흉노에 떨쳤다고 한다. 옹중이 죽자 그 모습을 본따 동상(銅像)으로 만들어서 함양(咸陽) 궁문 앞에 세웠다. 그 후 석상(石像)이나 동상(銅像)을 옹중이라 칭한다.

45) 巾裾 : 능묘를 수호하는 장군석의 의상(衣裳)을 가리키는 듯하다.

46) 卉寇 : 거친 갈포(葛布)로 만든 옷을 입는 섬오랑캐 즉 왜구(倭寇)를 가리키는 말로,『서경(書經)』「우공(禹貢)」의 "섬오랑캐는 풀로 만든 옷을 입는다. [地暖故服用卉]"라고 한데서 나온 말이다.

47) 기자의……있다 :『신증동국여지여지승람(新增東國興地勝覽)』권51「평안도(平安道)」<평양부(平壤府)> 능묘조(陵墓條)에 보인다. 원문은 '箕子墓在府城北兎山上'인데, 유득공이 편집하여 인용한 것이다.

君爲其建邦啓土, 宜以箕子爲其繼世傳緒也. 墓在兎山, 維城乾隅. 有兩翁仲, 如唐巾裾, 點以爛斑之苔蘚, 如衣錦繡之文褕.

■ 옹중건거. 동월(董越)의 <조선부(朝鮮賦)>48)에 "동쪽에는 기자의 사당이 있는데 목주(木主)를 예설(禮設)하고, 거기에 쓰기를, '조선 후대 시조'라 하였다. 이는 단군을 높이어 그 나라를 창건한 것이라 한 것이니, 기자가 그 대를 잇고 왕통(王統)을 전했다고 하는 것이 당연하다. 기자묘는 토산에 있으니, 성(城)의 서북방이다. 두 개의 석상(石像)이 있는데 그 차림새가 당 나라의 의상과 같다. 알록달록한 이끼가 점점이 끼어 있어 마치 무늬가 있는 비단옷을 입은 것과 같다."

o 管絃音. 文獻備考 : 壬辰之亂, 倭掘箕子墓左邊一丈許, 樂聲自壙中出, 懼而止.

■ 관현음.『동국문헌비고』에 "임진왜란 때 왜적이 기자묘의 왼편을 1장 가량 팠는데 무덤 안에서 음악소리가 나오자 두려워서 그만두었다."49) 하였다.

麎眼籬斜井字阡　　　노루 눈 울타리50) 정자 두렁에 비꼈는데
一邨桑柘望芊芊　　　온 마을 가득 뽕나무만 무성하네.

---

48) 동월(董越)의 <조선부(朝鮮賦)> : 동월(董越)은 명(明)나라 사람으로 자는 상규(尙矩)이다. 1488년(성종 19) 조선에 사신으로 왔다가 돌아 간 후, 사행길에 듣고 본 사실을 토대로 조선의 역사, 지리, 풍속에 대해 읊은 <조선부(朝鮮賦)>를 지었다.

49) 임진왜란……그만두었다 :『증보문헌비고(增補文獻備考)』권70「예고(禮考)」17 <산릉(山陵)> 기자조선(箕子朝鮮) 조에 보인다. 원문은 '本朝宣祖壬辰之亂, 倭寇掘左邊一丈許, 堅不可鑿, 俄而樂聲自壙中出, 賊懼而止'인데, 유득공이 편집하여 인용한 것이다.

50) 麎眼籬 : 대나무로 엮어 만든 울타리의 격자가 노루의 눈처럼 평행사변형인 것을 말한다.

誰知遼海蒼茫外　　누가 알았으랴 아득한 요해(遼海) 너머
耕種殷人七十田　　밭 갈고 씨 뿌리던 은인의 칠십전[51]을.

○ 殷人七十田. 平壤府志 : 箕子井田在正陽含毬二門外, 區劃宛然.

■ 은인칠십전.『평양부지(平壤府志)』[52]에 "기자의 정전(井田)이 정양문(正陽門)과 함구문(含毬門) 밖에 있는데 구획이 완연하다." 하였다.

위만조선 衛滿朝鮮

史記: 朝鮮王滿者, 故燕人也. 燕王盧綰反, 入匈奴, 滿亡命, 聚黨千餘人, 魋結蠻夷服而東走出塞, 渡浿水, 居秦故空地上下障. 稍役屬眞番 · 朝鮮 · 蠻夷及燕 · 齊亡命者, 王之, 都王險. 索隱曰: 滿性衛. 應劭云: 遼東有險瀆

---

51) 은인(殷人)의 칠십전(七十田) :『맹자(孟子)』「등문공 상(滕文公上)」에 "은인은 70묘(畝)에 조법(助法)을 시행하였다. [殷人七十而助]" 하였는데, 주희(朱熹)의 집주(集註)에 의하면, 은(殷)나라 때 9개의 구획으로 이루어진 정전(井田)의 한 구역의 면적을 말한다.

52) 『평양부지(平壤府志)』: 1590년(선조 23) 평안도 관찰사였던 윤두수(尹斗壽)가 주관하여 편찬·간행한 『평양지(平壤志)』를 가리키는 듯하다. 9권 2책. 목판본. 책의 앞부분에 평양성 안을 중심으로 그린 「평양관부도 平壤官府圖」, 평양의 행정구역 전체를 그린 「평양폭원총도 平壤幅員摠圖」 등 2종의 지도가 실려 있고, 이어서 이 책의 편찬에 참고한 '인용서책목록'(引用書冊目錄), 책의 구성과 목차에 해당하는 '평양지목록'(平壤志目錄) 등이 있다. 내용은 권1에 강역(疆域) 등 13개 항목, 권2에 학교(學校) 등 8개 항목, 권3에 공부(貢賦) 등 10개 항목, 권4에 고사(古事), 권5에 문담(文談) 등 3개 항목, 권6~8에 시(詩), 권9에 문(文) 등으로 구성되어 있다. 1990년 한국인문과학원에서 발행한 『조선시대사찬읍지(朝鮮時代私撰邑誌)』 제45책에 영인되어 있다. 규장각도서에 있는 16권 10책의 『평양지』는 『평양지』(原誌)와 『평양속지(平壤續志)』 및 『후속지(後續志)』 등을 합편한 것이다.

縣, 朝鮮王舊都. 臣瓚云: 險城, 在樂浪郡浿水之東也. 括地志云: 平壤城,
本漢樂浪郡王險城.

　　『사기(史記)』에 "조선왕 만(滿)이란 자는 옛 연(燕)나라 사람이다. 연왕
(燕王) 노관(盧綰)이 배반하여 흉노로 들어가니, 만(滿)은 망명하여 천여
명의 무리를 불러 모아 상투를 틀고 만이(蠻夷)의 복장으로 동쪽으로 달
아나 관새(關塞)[53]로 나와, 패수(浿水)를 건너 진(秦)나라의 옛 공지(空地)
인 상하장(上下障)[54]에 거주하였다. 점차 진번(眞番)·조선(朝鮮)·만이
(蠻夷) 및 연(燕)과 제(齊)의 망명한 자를 복속시켜 왕 노릇하고 왕검(王險)
에 도읍하였다."[55] 라 하였다. 『사기색은(史記索隱)』[56]에 "만(滿)의 성
(性)은, 위(衛)이다.[57]"라 하였다. 응소(應劭)[58]는 "요동(遼東)에 검독현(險
瀆縣)이 있는데 조선왕의 옛 도읍이다."라 하였다. 신찬(臣瓚)[59]은 "검성
(險城)은, 낙랑군(樂浪郡) 패수(浿水)의 동쪽에 있다."라 하였다. 『괄지지
(括地志)[60]』에 "평양성(平壤城)은, 본래 한(漢)나라 낙랑군(樂浪郡) 왕검

---

53) 관새(關塞) : 국경에 설치한 관문이나 요새.
54)『사기(史記)』「조선열전(朝鮮列傳)」의 색은(索隱)에는 '案,『地理志』樂浪有雲障.'
　　으로 되어있음.
55)『사기(史記)』권115「조선열전(朝鮮列傳)」에 원문은, '朝鮮王滿者, 故燕人也. 自始
　　全燕時嘗略屬眞番·朝鮮, 爲置史, 築鄣塞. 秦滅燕, 屬遼東外徼. 漢興, 爲其遠難守,
　　復修遼東故塞, 至浿水爲界, 屬燕. 燕王盧綰反, 入匈奴, 滿亡命, 聚黨千餘人, 魋結蠻
　　夷服而東走出塞, 渡浿水, 居秦故空地上下鄣, 稍役屬眞番·朝鮮·蠻夷·及故燕·齊
　　亡命者王之, 都王險.' 으로 중략된 부분이 있음.
56)『사기색은(史記索隱)』: 당(唐)시대 사마정(司馬貞)이 지은 것으로『사기(史記)』를
　　주석한 것. 모두 30권.
57)『사기(史記)』「조선열전(朝鮮列傳)」의 索隱에는 '案『漢書』, 滿, 燕人, 姓衛, 擊破朝
　　鮮而自王之.' 로 되어 있어서 생략된 부분이 있음.
58) 응소(應劭) : 후한(後漢)때 여남(汝南)사람.『한관의(漢官義)』,『예의고사(禮儀故事)』,
　　『풍속통(風俗通)』등의 책이 남아있음.
59) 신찬(臣瓚) : 진(晉)나라 사람.『한서(漢書)』를 주(注)함.
60)『괄지지(括地志)』: 당(唐)나라 초기의 지지(地志)로 8권. 당대(唐代)의 학자 복왕태

성(王險城)이다.” 라 하였다.

魋結人來漢祖年	북상투 한 이들 한고조 시대에 오니
同時差擬趙龍川	같은 시기의 조용천[61]으로 잘못 여기네.
箕王可恨無分別	기왕[62]의 분별없음을 한탄할 만 하니
塡補梟雄博士員	효웅을 박사의 자리에 앉혀놓았도다.

○ 博士. 魏略: 箕子之後, 朝鮮王否子準立, 燕人衛滿, 詣準降. 準信寵之, 拜爲博士, 賜以圭, 封之百里, 令守西邊. 滿誘亡黨, 衆稍多. 乃詐遣人告準, 言漢兵十道至, 求入宿衛, 遂還攻準. 準與滿戰, 不敵也.

■ 박사. 『위략(魏略)』[63]에 “기자(箕子)의 후손 조선왕 비(否)의 아들 준(準)이 왕위에 오르니 연(燕)나라 사람 위만(衛滿)이 준(準)에게 나아와서 투항하였다. 준(準)이 믿고 총애하여 벼슬을 내려주어 박사(博士)로 삼고, 규(圭)[64]를 주어 백리(百里)의 땅에 봉하여 서쪽 변방을 지키게 하였다. 만(滿)

───────────────

(濮王泰) 등이 편찬한 것인데, 『신당서(新唐書)』를 보면 『괄지지(括地志)』550권 및 서략(序略) 5권으로 되어 있다는 내용이 있으나 모두 산일(散佚)됨. 현행본은 청(淸)나라의 손성연(孫星衍)이 여러 책에 인용된 일문(逸文)을 모아 편찬함.

61) 조용천(趙龍川): 조타. 『사기』 권113 「남월열전」: ‘佗, 秦時用爲南海龍川令.’ 이라는 구절이 있음. 한나라 때 남월의 왕으로, 진나라 말기의 혼란기에 주변 일대를 통합, 독립하여 남월 무왕(武王)이라 칭함.

62) 기왕(箕王): 위만에게 멸망당한 기자조선의 준왕(準王)을 말함.

63) 『위략(魏略)』: 서진(西晉) 무제(武帝) 태강(太康) 연간(280-289)에 위(魏)나라의 낭중(郎中)이었던 어환(魚豢)이 지은 책. 삼국 시대 위(魏)나라의 역사를 기록한 사서(史書)로, 기(紀) 외에 지류(志類)와 유종(儒宗)·순고(純固)·가리(苟吏)·지족(知足)·청개(淸介)·용협(勇俠)·서융(西戎)·동이(東夷)등의 열전(列傳)으로 구성되어 있음. 원본은 산실(散失)되어 전해지지 않으나, 청(淸)나라의 장붕일(張鵬一)이 위략의 일문(逸文)을 집성하여 편찬한 『위략집본(魏略輯本)』25권이 있음.

64) 규(圭): 상원하방(上圓下方)의 옥. 천자가 제후를 봉(封)하는 신표이며 또 제사나 조빙(朝聘)때도 사용함.

이 망명한 무리를 회유하니 무리가 점점 많아졌다. 이에 거짓으로 사람을 보내어 준(準)에게 고하길 '한나라 군사가 열 갈래 길로 이르고 있다'고 말하고 왕성으로 들어가서 지키기를 구하여, 마침내 군대를 돌이켜 준(準)을 공격하였다. 준(準)과 만(滿)이 싸웠지만 적수가 되지 못하였다." 라 하였다.

樂浪城外水悠悠	낙랑성 밖 강물 유유히 흐르는데
誰識萩苴漢代侯	누가 한나라 때 추저후를 기억하리오.
不及當年津吏婦	당시의 진리 아내에도 미치지 못하니
箜篌一曲艶千秋	공후 한 곡조 오랜 세월 빼어나도다.

○ 樂浪. 漢書: 朝鮮王滿傳子, 至孫右渠, 所誘漢亡人, 滋多. 未嘗入見, 終不肯奉詔, 天子遣樓船將軍楊僕·左將軍荀彘, 擊定朝鮮, 爲眞番·臨屯·樂浪·玄兎四郡. 文獻備考: 樂浪郡治朝鮮縣, 今平壤.

■ 낙랑. 『한서(漢書)[65]』에 "조선왕 만(滿)이 자손에게 전하여 손자 우거(右渠)에게 이르러서는 한나라에서 망명한 사람을 회유한 바가 더욱 많아졌다. 일찍이 알현하지 않고 끝까지 조서를 받들지 않으니, 천자가 누선장군(樓船將軍) 양복(楊僕)·좌장군(左將軍) 순체(荀彘)를 보내어 조선을 공격하여 평정하고 진번(眞番)·임둔(臨屯)·낙랑(樂浪)·현토(玄兎)[66]의 네 개의 군으로

---

65) 『한서(漢書)』: 중국 후한(後漢)시대의 역사가 반고(班固)가 저술한 기전체(紀傳體)의 역사서. 전 120권. 반고의 아버지 반표(班彪)가 『사기』에 부족한 점을 느꼈고, 또 무제(武帝) 이후의 일은 사기에 기록되지 않았으므로 스스로 사서를 편집코자 『후전(後傳)』65편을 편집하였으나 완성을 보지 못하고 사망하였다. 반고는 아버지의 뜻을 이어 수사(修史)의 일을 시작하여, 장제(章帝) 건초 연간(建初年間)에 일단 완성을 보았으나 「팔표(八表)」와 「천문지(天文志)」가 미완성인 채 그가 죽자, 누이동생 반소(班昭)가 화제(和帝)의 명으로 계승하였고, 다시 마속(馬續)의 보완(補完)으로 완성됨.
66) 현토(玄兎) : 현도(玄菟)와 통용되기도 함.

만들었다.”라 하였다. 『동국문헌비고(東國文獻備考)67)』에 “낙랑군(樂浪郡)
의 치소(治所) 조선현(朝鮮縣)68)은 지금의 평양(平壤)이다.”라 하였다.

○ 萩苴. 史記: 朝鮮相韓陰亡降, 漢封爲萩苴侯.

■ 추저. 『사기(史記)』에 “조선의 상(相) 한음(韓陰)이 도망하여 항복하니 한
(漢)나라가 봉하여 추저후(萩苴侯)로 삼았다.” 라 하였다.

○ 津吏婦. 古樂府 琴操九引 箜篌引 亦曰公無渡河, 朝鮮津吏霍里子高妻麗
玉所作. 子高晨起刺船, 見一白首狂夫, 被髮携壺, 亂流而渡. 其妻隨呼止之,
不及, 遂溺死. 妻乃援箜篌而歌曰, 公無渡河, 公終渡河. 公墜而死, 將奈公河.
聲音悽愴, 曲終亦投河而死. 子高還以其事語麗玉, 麗玉傷之, 乃引箜篌以寫
其聲.

■ 진리부. 고악부(古樂府) 중 『금조(琴操)』69) 「구인(九引)」의 공후인(箜篌引)
을 또한 ‘공무도하(公無渡河)’ 라 하는데, 조선의 진리(津吏) 곽리자고(霍里
子高)의 아내 여옥(麗玉)이 지은 것이다. 자고(子高)가 새벽에 일어나 배를

---

67) 『동국문헌비고(東國文獻備考)』: 한국의 문물 제도를 분류·정리한 백과전서적인
    책. 목판본. 100권 40책. 영조의 명으로 1769년(영조 45) 편찬에 착수, 1770년에 완
    성됨. 체재는 중국 『문헌통고(文獻通考)』의 예에 따라 상위(象緯)·여지(輿地)·예
    (禮)·악(樂)·병(兵)·형(刑)·전부(田賦)·재용(財用)·호구(戶口)·시적(市糴)·선거(選
    擧)·학교(學校)·직관(職官)의 13고(考)로 나누어 수록함.
68) 조선현(朝鮮縣) : 한(漢) 군현의 하나인 낙랑군의 수현(首縣). 고조선이 멸망한 BC
    108년 한(漢)은 그 옛 지역에 낙랑군을 설치했고, 그 중심이 되는 현을 조선현으로
    명명한 다음 낙랑군의 치소(治所)를 둠.
69) 『금조(琴操)』: 후한(後漢)의 채옹(蔡邕), 또는 진(晋)의 공연(孔衍)이 엮은 것으로 전
    하고 있으나, 현재 남아 있는 책은 본래의 모습을 찾아볼 수 없는 불완전한 것. 그
    속에 「구인(九引)」이 포함되어 있음

젓다가 한 백발의 광부(狂夫)를 보았는데, 머리를 풀어헤치고 호리병을 잡고서 급류를 건너고 있었다. 그 아내가 따라가며 외쳐 그를 말렸으나 이르지 못하여, 마침내 빠져죽었다. 아내가 공후(箜篌)를 당겨서 노래 부르길, '임이여 강을 건너지 마오, 임이 끝내 강을 건너시네. 임이 빠져서 죽었으니, 장차 임을 어찌하리오." 라 하였는데 소리가 처량하였다. 곡을 끝내고 역시 강에 몸을 던져서 죽었다. 자고(子高)가 돌아와 그 일을 여옥(麗玉)에게 말하니, 여옥(麗玉)이 슬퍼하여 이에 공후(箜篌)를 당겨 그 상황을 음악으로 형상했다.

한韓

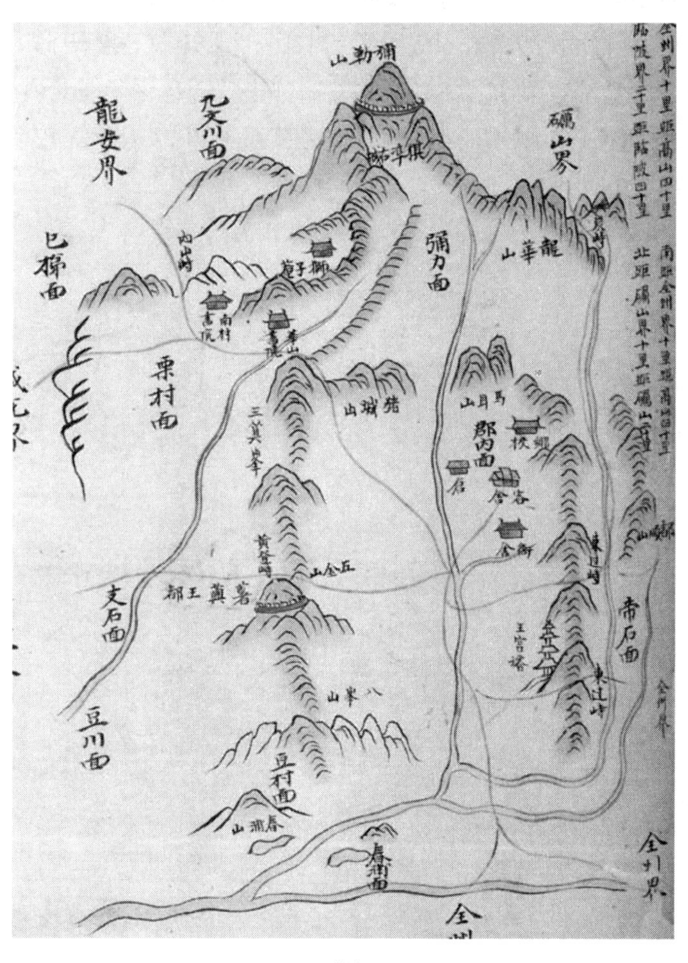

익산

後漢書: 韓有三種, 一曰馬韓, 二曰辰韓, 三曰弁韓. 馬韓在西, 有五十四國. 其北與樂浪, 南與倭接. 箕子後四十餘世, 朝鮮候準自稱王, 燕人衛滿, 擊破準而自王. 準乃將其餘衆數千人, 走入海, 攻馬韓, 破之, 自立爲韓王. 東國通鑑: 箕準旣爲衛滿所攻奪, 入海, 居韓地金馬郡. 文獻備考: 金馬, 今益山郡有金馬山. 輿地勝覽: 箕準城, 在益山郡龍華山上, 周三千九百尺.

『후한서(後漢書)』[70]에 "한(韓)은 세 종류가 있는데 하나는 마한(馬韓), 다른 하나는 진한(辰韓), 또 하나는 변한(弁韓)이다. 마한(馬韓)은 서쪽에 있는데, 54개의 국가가 있다. 그 북쪽은 낙랑(樂浪)과 함께하고 남쪽은 왜(倭)와 접하였다. 기자(箕子) 이후로 40여 세대가 지나서 조선왕 준(準)이 스스로 왕이라 칭하였는데, 연(燕)나라 사람인 위만(衛滿)이 준(準)을 격파하고는 스스로 왕이 되었다. 준(準)이 이에 그 나머지 무리 수천 명을 거느리고 달아나서 바다로 들어가 마한(馬韓)을 격파하고는 자립하여 한왕(韓王)이 되었다."라 하였다. 『동국통감(東國通鑑)[71]』에 "기준(箕準)이 이미 위만(衛滿)에게 공격당해 나라를 빼앗기고 바다로 들어가 한(韓)나라 땅인 금마군(金馬郡)에 거주하였다."라 하였다. 『동국문헌비고(東國文獻備考)』에 "금마(金馬)는 지금의 익산군(益山郡) 금마산(金馬山)이다."라 하였다. 『동국여지승람(東國輿地勝覽)』에 "기준(箕準)의 성(城)은 익산군(益山郡) 용화산(龍華山) 위에 있는데 둘레가 3,900척(尺)이다."라 하였다.

---

70) 『후한서(後漢書)』: 남북조시대(南北朝時代)에 송(宋)나라의 범엽(范曄)이 저술한 책으로, 후한의 13대(代) 196년간의 사실(史實)을 기록함. 기(紀) 10권, 지(志) 30권, 열전(列傳) 80권으로 되어 있는데, 이 중에서 지(志) 30권은 진(晉)의 사마표(司馬彪)가 저술함.

71) 『동국통감(東國通鑑)』: 조선 성종 때 서거정(徐居正) 등이 단군조선에서 고려 때까지의 역사사실을 모아 편찬한 책. 편년체(編年體)로 외기(外紀)·삼국기(三國紀)·신라기(新羅紀)·고려기(高麗紀)로 나누어 서술하였는데, 외기는 단군조선에서 삼한까지의 상고사 부분이고, 삼국기는 삼국의 역사를 하나의 편년으로 묶음.

當年枉信漢亡人	당시에 한에서 망명한 이를 잘못 믿어서
麥秀殷墟又一春	보리이삭 핀 은나라 터[72] 또 한 번 봄이라.
可笑蒼黃浮海日	가소롭다 급히 바다에 떠가던 날
船頭猶載善花嬪	뱃머리에 오히려 선화빈을 태웠도다.

○ 善花嬪. 三國志: 朝鮮候準, 旣僭號稱王, 爲燕亡人衛滿所攻奪, 將其左右官人, 走入海, 居韓地. 東史: 箕準號武康王. 輿地勝覽: 龍華山, 在郡北八里. 世傳, 武康王旣得人心, 立國馬韓, 與善花夫人, 遊山下. 又云: 雙陵, 在五金寺西數百步, 後朝鮮武康王及妃陵也.

■ 선화빈. 『삼국지(三國志)』에 "조선의 후(候) 준(準)이 참람하게 왕이라 칭하다가, 연(燕)나라 사람 위만(衛滿)에게 공격당해 나라를 빼앗겨 그 좌우 관인(官人)을 거느리고 달아나 바다로 들어가 한(韓)나라 땅에 거주하였다."라 하였다. 『동사강목(東史綱目)[73]』에 "기준(箕準)의 호는 무강왕(武康王)이다."라 하였다. 『동국여지승람(東國輿地勝覽)』에 "용화산(龍華山)은 군(郡)의 북쪽으로 8리(里)에 있다. 세상에 전하길 무강왕(武康王)이 이미 인심을 얻어 마한(馬韓)에 나라를 세우고 선화부인(善花夫人)과 함께 산 아래에서 노닐었다."라 하였다. 또 말하길, "쌍릉(雙陵)은 오금사(五金寺)에서 서쪽으로 수백 보(步)에 있는데 후조선 무강왕(武康王)과 왕비의 릉(陵)이다."라 하였다.

---

72) 『사기(史記)』 권38 「송미자세가(宋微子世家)」에 보인다. 원문은 '其後箕子朝周, 過故殷虛, 感宮室毀壞, 生禾黍, 箕子傷之, 欲哭則不可, 欲泣爲其近婦人, 乃作麥秀之詩以歌詠之. 其詩曰: 麥秀漸漸兮, 禾黍油油. 彼狡僮兮, 不與我好兮. 所謂狡童者, 紂也. 殷民聞之, 皆爲流涕.'으로 되어있다.

73) 『동사강목(東史綱目)』: 조선 숙종 때의 학자 안정복(安鼎福)이 저술한 국사책. 활자본. 20권 20책. 『자치통감강목(資治通鑑綱目)』의 체제에 따라 고조선부터 고려까지의 역사를 편년체(編年體)로 서술한 것으로, 1778년(정조 2)에 완성되어 필사본으로 전하다가, 1915년 조선고서간행회(朝鮮古書刊行會)에서 활자본으로 간행.

예 濊[74]

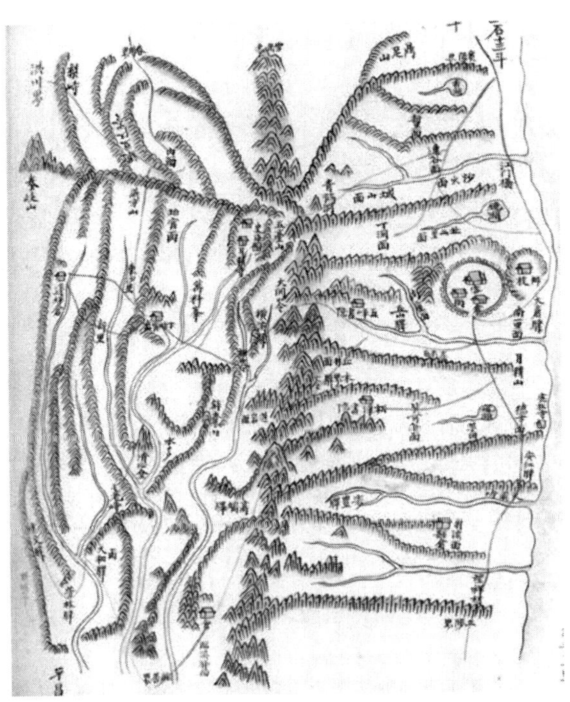

강릉

74) 예(濊) : 한반도 중북부와 만주 중남부 일대에 걸쳐 살았던 우리나라 고대종족의 한 갈래. 예족과 맥족이라는 두 종족의 복합 명칭인지, 또는 예맥이라는 종족의 단일 명칭인지는 아직 분명하지 않다. 예·맥·예맥의 상호관계와 종족계통에 관해서는 여러 가지 설이 있으나, 크게 예맥동종설과 예맥이종설로 나누어진다. 예맥동종설은 일찍이 조선시대의 실학자 정약용(丁若鏞)에 의해 주장되어 윤무병(尹武炳) 등에 의해 계승되었고, 예맥이종설은 미카미(三上次男)·이옥(李玉) 등에 의하여 주장되었다. 최근에는 늦어도 BC 2세기 단계의 예와 맥이 기본적으로 상이점보다는 공통점이 많은 같은 계통의 종족으로 보는 견해가 일반적임.

漢書: “武帝元朔元年, 薉君南閭等口二十八萬人降, 爲滄海郡.” 後漢書: “薉北與高句麗沃沮, 南與辰韓接, 東窮大海, 西至樂浪, 本朝鮮之地也.” 賈耽, 古今郡國志: “新羅北界溟州, 古薉國. 文獻備考, 今江陵府東, 有薉時所築古城遺址.”

『한서』에 “무제 원삭(元朔) 원년(癸丑, 기원전 128)에 예나라 임금 남려(南呂)[75] 등 28만 명이 투항하자 창해군[76]을 설치했다.”하였다. 『후한서』「동이전(東夷傳)」에 “예(薉)는 북쪽으로는 고구려, 옥저[77]와, 남쪽으로는 진한[78]과 접해있다. 동쪽으로는 큰 바다에 닿았고, 서쪽으로는 낙랑[79]에 이르렀는데, 본래 조선의 땅이다.”하였다. 가탐(賈耽)[80]의 『고금군국지

---

75) 남려(南閭) : 생몰년 미상. 위만조선 말기의 예족(薉族)의 군장으로, 위만조선의 압력에서 벗어나기 위하여 서기전 128년에 휘하의 28만인과 함께 한(漢)에 투항하였다. 이를 계기로 한나라가 이 지역에 창해군(滄海郡)을 설치하는 계기를 만들었다. 한편『사기』·『한서』등의 문헌에서는 그를 '예군(薉君)'이라 표현하고 있는데, 이는 단순히 '예족의 족장'임을 나타내는 표현으로 볼 수도 있겠지만, 한편 위만조선이나 한으로부터 수여된 칭호라 생각된다. 남려를 족장으로 한 예족사회의 위치에 대해서는 안정복(安鼎福)의 '강릉설(江陵說)', 유득공(柳得恭)의 '춘천설(春川說)', 이마니시(今西龍)의 '함흥(咸興) 또는 정평설(定平說)', 이케우치(池內宏)의 '영흥설(永興說)' 등이 있음.

76) '창해군(滄海郡) : 한(漢) 나라 무제(武帝) 원삭(元朔) 5년에 예국(薉國) 임금 남려(南閭)가 조선(朝鮮)을 배반하고 요동(遼東)에 가서 붙었으므로, 그 지역을 창해군으로 만들었으나 수년 후에 폐지하였다.'『신증동국여지승람』권44「강원도」<강릉대도호부> 고적조에 보인다.

77) 옥저(沃沮) : 지금의 함경남도 해안지대에서 두만강 유역일대에 걸쳐 존재했던 고대의 종족. 함흥일대를 중심으로 거주하던 집단을 '동옥저'라 하고, 두만강 유역의 집단을 '북옥저'라 하였다. 후에 고구려에 복속되었음.

78) 진한(辰韓) : 삼한 가운데 경상북도를 중심으로 한 동북부 지역에 있던 12국. 일본에 진출하여 그곳 문화 발전에 큰 영향을 주었으나, 4세기 중엽에 진한 12국 가운데 하나인 사로(斯盧)에게 망하여 신라에 병합되었음.

79) 낙랑(樂浪) : 한사군의 하나. 중국의 기록에는 요하(遼河) 주위의 땅에 있었지만 유물의 발견을 들어 평양 근처에 있었다고도 한다. 313년 고구려에 병합되었음.

80) 가탐(賈耽) : 중국 당나라의 정치가, 지리학자(730~805). 자는 돈시(敦詩). 지도「해

(古今君國志)』에 "신라 북쪽 경계는 명주[81]인데, 옛날 예(濊)나라였다."
하였다.『동국문헌비고』에 "지금의 강릉부 동쪽에 예나라 때 세운 고성유
적지[82]가 있다"하였다.

    大關嶺外大東洋   대관령 밖 큰 동쪽 바다
    薉國山川蔭搏桑   예국산천이 부상(搏桑)을 가리웠다네.
    野老不知興廢事   촌 노인 흥폐의 일을 알지 못하고
    田間閒拾古銅章   밭 가운데 한가로이 옛 동장(銅章)을[83] 주웠도다.

○ 大關嶺.『輿地勝覽』: "大關嶺在江陵府西四十五里, 州之鎭山也. 自女眞之
長白山, 縱橫迤邐, 據東海之濱者, 不知其幾, 而此嶺最高." 金員外克己詩:
"秋霜鴈未過時落, 曉日鷄初鳴處生."

■ 대관령(大關嶺).『동국여지승람』에 "대관령은 강릉부 서쪽 45리에 있으
며 고을의 진산[84]이다.[85] 여진[86]의 장백산으로부터 가로질러 비스듬히

    내화이도(海內華夷圖)를 제작하였고 지지(地誌)『고금군국도현사이술(古今郡國
    道縣四夷述)』을 저술하여 중국 지리학의 발달에 기여하였다.
81) 명주(溟州) : 강릉(江陵)의 옛 이름.
82) '청학산고성(靑鶴山古城) 산 동쪽에 있는데 둘레는 1천 2백 척이다. 고려 덕종(德宗)
    3년에 명주성(溟州城)을 수리하였다. 안인포진(安仁浦鎭) 동남으로 20리에 있고 수
    군만호를 두었는데, 성종(成宗) 21년에 양양 대포(襄陽 大浦)로 옮겼다. 연곡포(連
    谷浦)・주문진(注文津)・오진(梧津) 남으로 90리에 있으며 이상 세 곳에는 척후(斥
    候)를 두었다.'『신증동국여지승람』권44「강원도」<강릉대도호부> 성지조의 이
    기사와 관련이 있는 듯 하다.
83) 동장(銅章) : 동인(銅印). 동(銅)으로 만든 관인(官印)으로, 지방관(地方官)을 지칭하
    기도 함.
84) 진산(鎭山) : 도읍지나 각 고을에서 그곳을 진호(鎭護)하는 주산(主山)으로 정하여
    제사하던 산. 조선 시대에는 동쪽의 금강산, 남쪽의 지리산, 서쪽의 묘향산, 북쪽의
    백두산, 중심의 삼각산을 오악(五嶽)이라고 하여 주산으로 삼았다.
85) '대관령(大關嶺) : 부 서쪽 45리에 있으며, 이 주(州)의 진산이다. 여진(女眞) 지역인

이어져서 동해 가에 차지하고 있는 것이 그 몇 곳인지 모르나, 이 고개가 가장 높다."라 하였다. 원외 김극기[87]의 시에서는 "가을 서리는 기러기 가기 전에 내리고, 새벽 해는 닭이 처음 우는 곳에 돋는도다.[88]"라 하였다.

장백산(長白山: 백두산)에서 산맥이 구불구불 비틀비틀, 남쪽으로 뻗어 내리면서 동해가를 차지한 것이 몇 곳인지 모르나, 이 영(嶺)이 가장 높다. 산허리에 옆으로 뻗은 길이 99구비인데, 서쪽으로 서울과 통하는 큰 길이 있다. 부의 치소에서 50리 거리이며 대령(大嶺)이라 부르기도 한다.'『신증동국여지승람』권44 「강원도」 <강릉대도호부> 산천조에 보인다.

86) 여진(女眞) : 10세기 이후 만주 동북쪽에 살던 퉁구스계의 민족. 수렵과 목축을 주로 하였는데, 한(漢)나라 때에는 읍루, 후위(後魏) 때에는 물길, 수나라와 당나라 때에는 말갈이라 하였다. 발해가 망한 후에 거란족의 요나라에 속하였다가 아골타(阿骨打)가 1115년에 금나라를 세웠으며, 17세기에 누루하치가 후금을 세웠는데, 뒤에 청나라로 발전하여 중국을 통일함.

87) 김극기(金克己 1170~1197) : 고려 명종 때의 문신. 본관은 광주(廣州). 호는 노봉(老峰). 일찍이 과거에 급제하였으나 벼슬하지 못하고 있다가 무신들이 정권다툼을 치열하게 벌이던 명종 때에 용만(龍灣 : 지금의 평안북도 의주)의 좌장(佐將)을 거쳐 한림(翰林)이 되었으며, 금나라에 사신으로 가기도 하였다. 농민반란이 계속 일어나던 시대에 농촌문제를 자신의 일로 고민했던 문인. 고려 말엽에 간행된 『삼한시귀감』에 의하면 그의 문집은 135권 또는 150권이나 되었다고 하나 지금은 전하지 않고, 『동문선』·『신증동국여지승람』 등에 시가 많이 남아 있음.

88) '김극기(金克己)가 권적(權迪)의 시를 차운(次韻)한 시에, "대관산(大關山)이 푸른 바다 동쪽에 높은데, 만 골짜기 물이 흘러나와 물이 천 봉우리를 둘렀네. 험한 길 한 가닥이 높은 나무에 걸렸는데, 긴 뱀처럼 구불구불 모두 몇 겹인지. 가을 서리는 기러기 가기 전에 내리고, 새벽 해는 닭이 처음 우는 곳에 돋는도다. 높은 절벽에 붉은 노을은 낮부터 밤까지 잇닿고, 깊숙한 벼랑엔 검은 안개가 음천(陰天)에서 갠 날까지 잇닿았네. 손을 들면 북두칠성 자루를 부여잡을 듯, 발을 드리우면 은하수(銀河水)에 씻을 듯하다. 어떤 사람이 촉도난(蜀道難)을 지을 줄 아는고, 이태백(李太白)이 죽은 뒤에는 권부자(權夫子/권적)로세.(大關山高碧海東, 流出萬壑環千峰. 畏途一線掛喬木, 修蟒縈紆凡幾重. 秋霜雁未過落時, 曉日鷄初鳴處生. 絶壁紅霞接晝夜, 幽崖黑霧陰連晴. 擧垂堪攀玉斗柄, 垂足可濯銀潢水. 何人解賦蜀道難, 李白去後權夫子.)"『신증동국여지승람』권44 「강원도」 <강릉대도호부> 산천(山川)조에 보인다. 위 김극기의 시는『三韓詩龜鑑』에 수록되어 있음.

ㅇ 濊國.『興地勝覽』: "江陵府, 本濊國, 一云鐵國, 一云濊國."

■ 예국(濊國).『동국여지승람』에 "강릉부는 본래는 예국(濊國)인데, 일명 철국(鐵國)이라고도 하고, 일명 예국(濊國)이라고도 한다."[89] 하였다.

ㅇ 古銅章.『三國史』: "新羅南解次次雄十六年, 北溟人耕田, 得濊王印獻之."

■ 고동장(古銅章).『삼국사기』에 "신라의 남해 차차웅[90] 16년에 북쪽 명주 사람이 밭을 갈다가, 예왕의 도장을 얻어서 그것을 바쳤다."[91] 하였다.

---

89) '본래 예국(濊國)인데, 철국(鐵國) 또는 예국(濊國)이라고도 한다. : 한(漢) 나라 무제 (武帝)가 원봉(元封) 2년에 장수를 보내, 우거(右渠)를 토벌하고 사군(四郡)을 정할 때에, 이 지역을 임둔(臨屯)이라 하였다. 고구려에서는 하서량(河西良)이라 하였다 하슬라주(何瑟羅州)라고도 하였다. 신라 선덕왕(善德王)은 소경(小京)을 설치하여, 사신(仕臣)을 두었다. 무열왕(武烈王) 5년에 이 지역이 말갈(靺鞨)과 연접하였다 하 여, 소경을 고쳐 주(州)로 만들고, 도독(都督)을 두어서 진무하고 지키도록 하였는 데, 경덕왕(景德王) 16년에 명주(溟洲)라 고쳤다. 고려 태조 19년에는 동원경(東原 京)이라 불렀고, 성종 2년에 하서부(河西府)라 불렀다. 5년에는 명주도독부라 고쳤 으며, 11년에 목(牧)으로 고쳤다. 14년에 단련사(團練使)라 하였다가, 그 후에 또 방 어사(防禦使)라 개칭하였다. 원종(元宗) 원년에는 공신(功臣) 김홍취(金洪就)의 고 향이라 하여 경흥도호부(慶興都護府)로 승격하였고, 충렬왕 34년에 지금 명칭으로 고쳐서 부로 만들었다. 공양왕 원년에 대도호부로 승격하였고, 본조에서도 그대로 하였으며, 세조(世祖) 때에는 진(鎭)을 설치하였다.'『신증동국여지승람』권44「강 원도」<강릉대도호부> 건치연혁조에 보인다.
90) 남해 차차웅(南解 次次雄) : 신라의 제2대 왕(?~24). 박혁거세의 맏아들로, 시조의 능을 짓고 석탈해를 사위로 맞아 대보(大輔)로 삼고 정사를 맡겼다. 재위 기간은 4~24년이다. 남해 거서간, 남해왕이라고도 함.
91)『삼국사기』신라본기 제1 '南解次次雄 十六年, 春二月, 北溟人耕田, 得濊王印, 獻 之.'

맥 貊[92]

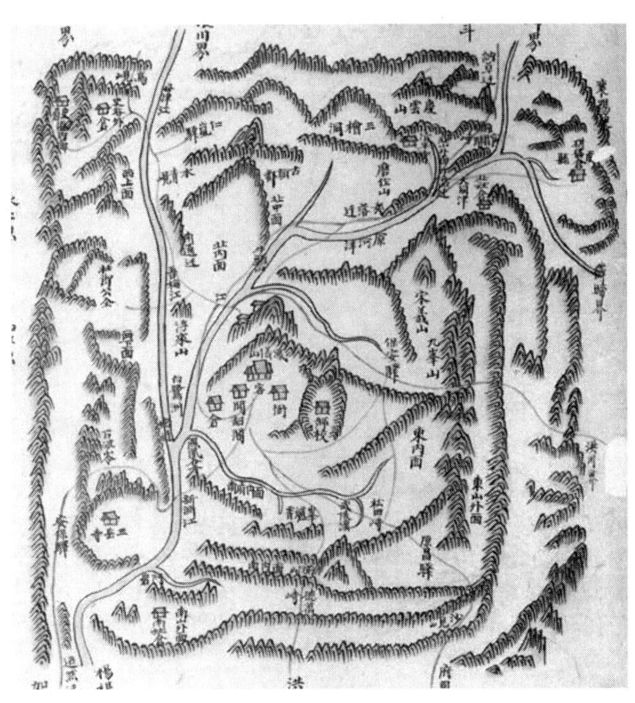

춘천

漢書: “武帝卽位, 彭吳穿濊貊朝鮮.” 後漢書: “遼東太守, 祭彤威讋北方, 聲行海表, 於是, 濊貊倭韓萬里, 朝獻, 又云, 句麗王宮, 與濊貊寇玄菟攻華麗城.” 文獻備考: “貊國都在今春川府北十三里, 昭陽江北.”

92) 맥(貊) : 상고 시대에 중국 동북 지방에 있던 종족. 한반도 북쪽 지방의 예(濊)와 인접해 있어, ‘예맥(濊貊)’으로도 불렀다. 상고 시대에, 강원도 지방에 있던 나라. 『삼국사기』「신라본기1」 유리니사금 조에 보인다.

『한서』에 "무제가 즉위하자 팽오[93])가 예맥과 조선으로 가는 길을 뚫었다."[94)]하였다. 『후한서』에 "요동태수 채동(祭彤)[95)]의 위엄이 북방을

---

93) '御國三十餘年, 正値洪水, 浩波溜天, 懷襄遼滿之(時)(野), 浿水漲溢平壤沈潛. 乃遣四子, 遍相土地之宜, 占居阿斯達下唐莊之野, 今文化·九月山下, 有莊莊坪, 卽其地也. 余嘗觀其地, 方數百里無大河, 而水勢東走, 原土高燥, 可避西來之水矣. 乃結廬阿斯達下, 使夫婁, 盡濟平壤之民, 復治平水土屢年(以)(而)後功完, 唐莊之民, 亦已安土而樂居矣. 今俗士或云: 「檀君遭洪水, 使彭吳治山川, 奠民居…」云云, 而『漢書·食貨志』「武帝卽位數年, 彭吳穿濊貊·朝鮮」等句, 則是乃, 東西有兩個彭吳, 相前後而同掌朝鮮水土之役也, 史上豈有, 如此奇巧事耶. 盖, 夫婁(與)弗虞同音, 且漢音虞·吳相同, 而彭·弗兩字之初聲, 皆與夫音相近, 則後人忘夫婁字而只記其音, 又訛而只記彭吳也.(나라를 다스린지 30여 년만에 홍수를 만났는데, 어마어마한 파도는 하늘까지 치솟아 요만(遼滿)의 들녘을 품으며 올라서니 패수의 물은 불어 넘치고 평양은 물에 잠겨 버렸다. 이에 네 아들을 보내 마땅한 땅을 두루 살피게 하고는 아사달(阿斯達) 아래 당장(唐莊)의 들녘을 차지하여 거처케 하였는데, 지금의 문화(文化) 구월산(九月山) 아래 장장평(莊莊坪)이 있으니 바로 그 땅이다. 내가 그 땅을 살펴보니, 사방 수백리에 큰 물줄기가 없고 물의 형세는 동쪽으로 내달으며 넓은 들녘의 땅은 높고도 건조하여 서쪽에서 오는 불을 피할 수가 있을 것 같았다. 이에 아사달 아래에 띠풀집을 짓고 부루로 하여금 평양의 백성들을 모두 구제하게 하고, 다시 물과 흙을 다스리기를 몇 년 한 후에 그 일을 온전하게 하니, 당장(唐莊)의 백성 또한 그 땅에서 편안하게 기거하며 즐겁게 생활하게 되었다. 지금의 세속 선비들이 혹 이르기를 「단군이 홍수를 만나자 팽오(彭吳)로 하여금 산천을 다스려 백성들의 거처를 정하게 하고……」라고 하는데, 『한서·식화지』에 「무제가 즉위한지 몇 년만에 팽오가 예맥 및 조선과의 길을 터놓았다」는 등의 문구가 분명히 적혀 있으니, 이는 곧 동쪽과 서쪽에 두 명의 팽오가 연이어 앞뒤로 있으면서 조선의 물과 흙을 관장하는 일을 맡았다는 것인데, 역사에 어찌 이와 같이 기이하고 공교로운 일이 있겠는가. 이는 아마도 '부루(夫婁)'와 '불우(弗虞)'는 음이 같고, 또한 한나라 소리로 '우(虞)'와 '오(吳)'는 서로 통하며 '팽(彭)'과 '불(弗)' 두 글자의 초성이 모두 '부(夫)'의 음과 서로 가까우므로, 훗날의 사람들이 '부루(夫婁)'라는 글자는 잊고 단지 그 소리만을 기록하면서, 또한 잘못 전하여져 '팽오(彭吳)'라고 만 기록하게 된 것이다.)' 북애자(北崖子)의 『규원사화(揆園史話 三 檀君記)』에 보인다.

94) '彭吳穿濊貊·朝鮮, 置滄海郡.'『漢書』卷二十四 下「食貨志」第四 下에 보인다.

95) 채동(祭彤) : 후한 때의 명장. '夏四月, 濊貊復與鮮卑寇遼東, 遼東太守蔡諷追擊, 戰歿.'『後漢書』「孝安帝紀」第五에 보인다.『後漢書』「東夷列傳」第七十五에는 채동(祭彤)이 채풍(蔡諷)으로 되어 있음.『동사강목』<신유년 신라 지마왕 10년, 고구려 태조왕 69년, 백제 기루왕 45년(한 안제 건광(建光) 원년, 121)>에 보임. '한(漢)이

위압해서, 명성이 해외⁹⁶⁾에까지 알려지자, 이에 예, 맥, 왜(倭), 한(韓)이 만 리를 와서 조공을 바쳤다(朝獻)했다.⁹⁷⁾ 또 말하기를 고구려 왕 궁(宮)⁹⁸⁾은 예맥과 더불어 현토를 침략하여 화려성⁹⁹⁾을 공략하였다.”하였

고구려를 벌하니, 고구려 왕이 그 아우 수성(遂成)을 보내어 현도와 요동성을 엄습하여 불살랐다. 이때 고구려가 비록 공헌을 폐하지 않았으나, 자주 한의 변방을 침략하니, 유주자사(幽州刺史) 풍환(馮煥)·현도태수(玄菟太守) 요광(姚光)·요동태수 채풍(蔡諷)이 군사를 연합하여 내침해서 예맥의 거수(渠帥)를 쳐 죽이고, 병기와 재물을 모두 노획하였다. 왕이 아우 수성을 보내어 군사 3천인을 거느리고 광(光) 등을 맞게 하였더니 수성이 사자를 보내어 거짓 항복하였다. 광 등이 이를 믿고 그 방비를 늦추므로 수성이 인하여 험한 곳에 웅거하여 한의 대군을 차단하고, 몰래 3천인을 보내어 현도와 요동 두 군을 공격하게 하여, 그 성곽을 모두 불사르고 2천여 명을 죽이고 사로잡았다.'

96) 해표(海表) : 먼 바다의 밖. 또는 바다의 먼 저쪽.

97) '安帝 永初五年, 宮遣使貢獻, 求屬玄菟. 元初 五年, 復與濊貊寇玄菟, 攻華麗城. 建光元年春,幽州刺史馮煥、玄菟太守姚光、遼東太守蔡諷等將兵出塞擊之, 捕斬濊貊渠帥,獲兵馬財物. 宮乃遣嗣子遂成將二千餘人逆光等, 遣使詐降 ; 光等信之, 遂成因據險阨以遮大軍, 而潛遣三千人攻玄菟、遼東, 焚城郭, 殺傷二千餘人. 於是發廣陽、漁陽、右北平、涿郡屬國三千餘騎同救之, 而貊人已去. 夏, 復與遼東鮮卑八千餘人攻遼隊, 殺略吏人. 蔡諷等追擊於新昌, 戰歿, 功曹耿耗、兵曹掾龍端、兵馬掾公孫酺以身扞諷,俱沒於陳, 死者百餘人. 秋, 宮遂率馬韓、濊貊數千騎圍玄菟. 夫餘王遣子尉仇台將二萬餘人, 與州郡幷力討破之, 斬首五百餘級. '『後漢書』「東夷列傳」第七十五 高句驪 조에 보인다.

98) 궁(宮) : 고구려의 제6대 왕(53~146 재위). 국조왕(國祖王)·태조대왕(太祖大王)이라고도 한다. 이름은 궁(宮). 아명은 어수(於漱). 아버지는 유리왕의 아들 고추가(古鄒加) 재사(再思)이며, 어머니는 부여 사람이다. 53년 모본왕(慕本王)이 살해된 후 신하들의 추대를 받아 7세의 어린 나이로 즉위했다. 55년 요서(遼西)에 10성(城)을 쌓아 후한(後漢)의 침입에 대비했다. 이듬해 동옥저를 정벌하여 동으로는 동해까지, 남으로는 살수(薩水 : 淸川江)까지 국경을 확장했다. 72년 달고(達賈)를 파견하여 조나(藻那)를 정벌했으며 74년에는 설유(薛儒)로 하여금 주나(朱那)를 공격하게 하여 그 왕자 을음(乙音)을 사로잡아 고추가로 삼았다. 105년 후한의 요동(遼東) 6현(縣)을 공략했으나 요동태수 경기(耿夔)에게 패했다. 118년에는 예맥(濊貊)과 함께 현도(玄)를 침입해 화려성(華麗城)을 공격했다. 121년 한나라 유주자사(幽州刺史) 풍환(馮煥), 현도태수 요광(姚光), 요동태수 채풍(蔡諷)의 침공을 받았으나 아우 수성(遂成 : 뒤의 차대왕)이 이를 잘 방어했으며, 4월에는 선비(鮮卑)와 함께 요대현(遼隊縣)을 공격해 요동태수 채풍을 살해했다. 146년 우보(右輔) 고복장(高福章)

다. 『문헌비고』에 "예국의 도읍은 지금의 춘천부 북쪽 13리에 있는데, 소양강 북쪽이다."하였다.

> 昭陽江水接滄津　　소양강 푸른 물은 창진(滄津)에 접해있고
> 通道碑殘沒棘榛　　통도비는 매몰되어 가시덤불에 묻혔네.
> 東史未窮班掾志　　동사는 반고의 식화지를 제대로 알지 못하여
> 堯時君命漢時臣　　요나라 임금 명령을 한나라 신하가 따랐도다.

○ 昭陽江. 『輿地勝覽』: "昭陽江在春川府北六十里, 源出麟蹄之瑞和縣, 與府之基麟縣水, 合流至楊口縣, 南爲艸沙里灘, 又至府東北, 爲靑淵, 爲丹淵, 爲狄巖灘, 爲昭陽江."

■ 소양강. 『동국여지승람』에 "소양강은 춘천부 북쪽 60리에 있고, 근원은 인제의 서화현[100]에서 나오고 부의 기린현[101]의 물과 더불어 합류하여 양

이 아우 수성을 제거할 것을 건의했으나, 12월 수성에게 왕위를 물려주고 별궁에서 은거했다. 태조왕대의 영토확장 및 중앙 통제력 강화로 고구려 국가발전의 기틀이 마련되었으며, 이때부터 계루부에 의한 왕위계승이 확립되었다. 『후한서』에는 121년에 죽어 아들 수성이 왕위에 오른 것으로 되어 있고, 『삼국유사』에는 태조왕과 차대왕 모두 신대왕에 의해 살해된 것으로 되어 있음.

99) '夏6월 고구려 왕이 예맥과 한의 현도를 침범하고 또 화려성(華麗城)을 공격하였다.' 『동사강목』 <무오년 신라 지마왕 7년, 고구려 태조왕 66년, 백제 기루왕 42년 (한 안제 원초 5년, 118) > 에 보인다.

100) 서화현(瑞和縣) : 강원도 인제군 서화면에 있었던 옛 고을. 『신증동국여지승람』 권46 인제현 조에 본래 개차정현(皆次丁縣)인데, 신라가 옥기현(玉岐縣)으로 바꾸었음. 통일신라시대인 757년(경덕왕 16)에는 치도현(馳道縣)으로 개칭해 양록군 (楊麓郡 : 양구)의 영현이 되었음. 고려에 들어 940년(태조 23)에 서화현으로 이름을 바꾸었으며, 1018년(현종 9)에 춘천, 후에 회양의 속현(屬縣)이 되었다가 1424년(세종 6)에 인제현에 합속됨. 별호는 서성(瑞城)이었다고 했다. 소양강 상류에 해당하는 옛 서화현 지역의 북쪽이 지금은 군사분계선으로 나뉘어 있음.

101) 기린현(基麟縣) : 강원도 인제군 기린면에 있던 옛 고을. 신라의 기지현(基知縣)인

구현[102]에 이르는데, 남쪽은 초사리탄[103]이 되고, 또 부의 동북에 이르면 청연이 되고, 단연[104]이 되고, 적암탄이 되고 소양강이 된다."[105]하였다.

○ 通道碑.『東史』: "檀君命彭吳, 治國內山川, 以奠民居."『本紀通覽』: "牛首州有彭吳碑,『文獻備考』, 彭吳乃漢人, 而非檀君之臣也." 金梅月堂時習詩: "通道自彭吳."

■ 통도비.『동사강목』에 "단군이 팽오에게 명하여 국내의 산천을 다스리며, 백성들이 살 곳을 정했다."하였다.『본기통람』에 "우수주(지금의 춘천)에 팽오비가 있다."하였다.『동국문헌비고』에 "팽오는 곧 한나라 사람이며 단군의 신하가 아니다."하였다. 매월당 김시습의 시에 "팽오로부터 길이 개통되었네."[106][107]하였다.

데 신라가 삼국을 통일한 후 기린현(基縣)으로 고쳐 양록군(楊麓郡 : 양구)의 영현(領縣)을 삼았음. 고려시대인 1018년(현종 9)에 춘천에 속현으로 병합되었으며, 조선시대에도 비입지(飛入地)로 존재하다가 1907년의 월경지(越境地) 정리 때 인제군에 이관됨.

102) 양구현(楊口縣) 강원도 양구군의 고려시대 이름. 강원도 중앙부에 위치한 군. 동쪽은 인제군, 서쪽은 화천군 · 철원군, 남쪽은 춘천시, 북쪽은 회양군과 접하고 있음.

103) 초사리탄(草沙里灘) : 인제(麟蹄)의 서화현(瑞和縣)에서 나온 물과 본부(本府)의 기린현(基麟縣)의 물이 합류하여 양구현(楊口縣)의 남쪽에 이르러서 합류한 여울(灘).

104)『신증동국여지승람』권46「강원도」<춘천도호부> 산천조에는 단연(丹淵)이 주연(舟淵)으로 되어 있다.

105) '소양강 : 부의 북쪽 6리에 있다. 근원이 인제(麟蹄)의 서화현(瑞和縣)에서 나와서 본부(本府)의 기린현(基麟縣)의 물과 합류하여 양구현(楊口縣)의 남쪽에 이르러서 초사리탄(草沙里灘)이 된다. 또 부의 동북쪽에 이르러 청연(靑淵)이 되고 주연(舟淵)이 되며, 적암탄(狄巖灘)이 되고 소양강이 된다.'『신증동국여지승람』권46「강원도」<춘천도호부> 산천조에 보인다.

106)『東史』檀君命彭吳, 治國內山川, 以奠民居云. 蓋洪水之世, 若中國之有伯禹也. [『本紀通覽』云, 牛首州有彭吳碑. 牛首州, 卽今春川也. 金時習詩. "壽春是貊國. 通

고구려 高句麗

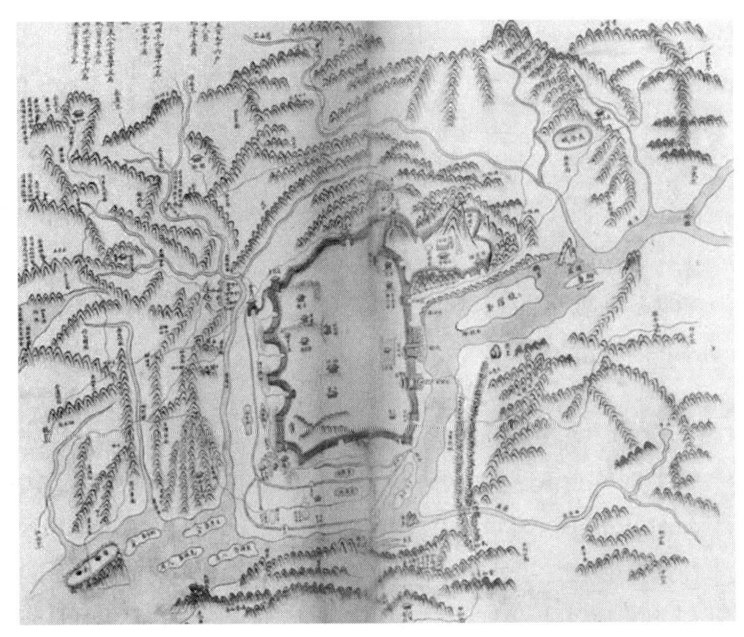

평양

道自彭吳." 按『漢書』「食貨志」. 武帝時, 彭吳穿穢貊. 朝鮮. 置滄海郡. 然則彭吳, 武帝臣也. 彭吳旣有二, 一在檀君, 一在武帝, 則不可不深辨者也.]『동사강목』에 보인다.

107) '일부사서에, "팽오(彭吳)를 명하여 국내 산천을 다스리게 했다." 하였는데, 이는 자못 팽오가 한인(漢人)인 줄을 몰라서 이와 같은 잘못이 있게 된 것이다. 『한서(漢書)』「식화지(食貨志)」에, "팽오가 길을 열어 예맥(濊貊)과 조선(朝鮮)을 통하여 창해군(滄海郡)을 두었다." 하였으니, 대개 무제(武帝) 때였다. 김시습(金時習)의 시(詩)에, "수춘은 곧 맥국인데, 팽오로부터 길이 개통되었네.(壽春時貊國, 通道自彭吳)"라 한 것이 바로 그것이다. 이들 사서의 인용이 부당하므로 취하지 않는다.' 『동사강목』 부록 상권 상. <팽오(彭吳)의 잘못>에 보인다.

魏書: "高句麗者, 出於夫餘, 自言先祖朱蒙. 朱蒙母河伯女. 夫餘王閉於室中, 爲日所照, 引身避之, 日影又逐, 有孕生一卵, 大如五升. 以物裹之, 置於暖處, 有一男破殼而出. 及長, 字之曰朱蒙, 其俗言朱蒙者善射也. 夫餘之臣謀殺之, 朱蒙乃與烏引·烏違等二人, 棄夫餘東南走, 遇一大水. 欲濟無梁, 夫餘人追之急. 朱蒙告水曰: "我日子·河伯外孫, 今日逃走, 追兵垂及, 如何得濟?" 於是, 魚鼈並浮成橋. 朱蒙得渡, 魚鼈乃解, 追騎不得渡. 朱蒙遂至普述水, 遇見三人, 其一人着麻衣, 一人着衲衣, 一人着水藻衣, 與朱蒙至訖升骨城, 居焉. 號曰高句麗, 因以高爲氏." 三國史: "高句麗始祖東明聖王, 姓高氏. 自夫餘至卒本川, 觀其山河險固, 欲都焉, 結廬於沸流水上, 時年二十歲. 漢元帝建昭二年也. 琉璃王二十年, 遷都於國內, 築慰那巖城, 山上王十三年, 移都於丸都, 東川王二十一年, 築平壤城, 移民及廟社." 通典: "高句麗, 自東晋以後, 居平壤."

『위서(魏書)』「동이전(東夷傳)」에, "고구려는 부여에서 나왔는데, 선조가 주몽(朱蒙)이라고 스스로 말한다. 주몽의 어머니는 하백(河伯)의 딸이었다. 부여왕이 방 안에 유폐시켜서 햇빛이 비추자 몸을 끌어 그것을 피하니 해그림자가 또 쫓아와서, 태기가 있어서 알 하나를 낳았는데 크기가 닷 되 정도 되었다. 물건으로 그것을 싸서 따뜻한 곳에 두었더니, 한 사내아이가 껍질을 깨고 나왔다. 성장하여 이름하기를 주몽이라 하였으니, 그 풍속에 주몽은 활을 잘 쏘는 자를 말한다. 부여의 신하들이 그를 죽일 것을 모의하니, 주몽이 이에 오인(烏引)·오위(烏違) 등 두 사람[108]과 함께 부여를 버리고 동남쪽으로 도주하다가 큰 강물[109]을 만났는데, 건너고자

---

108) 『삼국사기(三國史記)』「고구려본기」1에는 오이(烏伊)·마리(摩離)·협보(陜父) 세
　　　사람으로 되어있음.
109) 『삼국사기』「고구려본기」1에는 '엄사수(淹㴲水)로, 후한서에는 엄한수(淹漢水)
　　　로, 왕충(王充)의 『논형(論衡)』에는 '엄호수(淹淲水)'로 되어있음. 개사수(盖斯水)
　　　라고도 하는데 압록강 동북방에 있음.

하였으나 다리가 없었고 부여인들이 쫓아오는 것이 급박하였다. 주몽이
강물에 고하여 말하기를, "나는 태양의 아들이고 하백의 외손이다. 오늘
도주하는데 병사가 추격하여 거의 다다르니, 어찌하면 강을 건너겠느
냐?"라 하였다. 이 때, 물고기와 자라들이 모두 떠올라서 다리를 만들었
다. 주몽이 건너가자 물고기와 자라들이 이에 흩어져서, 추격하던 기병
들이 건널 수 없었다. 주몽이 드디어 보술수(普述水)110)에 이르자 세 사람
을 만났는데, 한 사람은 삼베옷[麻衣]을, 한 사람은 장삼[衲衣]을, 한 사람
은 마름옷[水藻衣]을 입고 있었으며111), 주몽과 함께 흘승골성(訖升骨
城)112)에 가서 거주하였다. 국호를 고구려라 하였는데, 인하여 고(高)로
성씨를 삼았다."113) 고 하였다. 『삼국사기』에 "고구려 시조 동명성왕(東
明聖王)의 성이 고씨라고 했다. 부여에서 졸본천(卒本川)114)에 이르러,

---

110) 보술수(普述水) : 『삼국사기』「고구려본기」1에는 '모둔곡(毛屯谷)'으로 되어있음.
　　　보술은 지금의 혼강(渾江, 동가강)으로, 모둔곡은 이 강 유역 중의 한 곳으로 추정
　　　됨. 고구려인은 이 강을 일명 비류수(沸流水)라 했는데, 비류는 실상 이 강의 한 지
　　　류인 지금의 부이강(富爾江)에 해당한다.

111) 『삼국사기(三國史記)』「고구려본기」1에 의하면, 이들의 이름은 재사(再思)·무골
　　　(武骨)·묵거(默居)임. 주몽이 이들에게 극(克)과 중실(仲室), 소실(少室)이라는 성
　　　(姓)을 각각 하사하고 그들의 재능에 따라 일을 맡겼음.

112) 흘승골성(訖升骨城) : 『삼국유사(三國遺事)』「기이(紀異)」1 <북부여>에 의하면,
　　　『고기(古記)』를 인용하여 해모수가 이 곳에 내려와 왕이라 일컫고 국호를 북부여
　　　라 하였다고 함. 대요(大遼) 의주(醫州) 지경에 있음. 진단사학회『한국사』중 이병
　　　도 박사의 주역에 의하면, 이것은 승흘골성(升訖骨城)의 전도(顚倒)로서 승흘은
　　　곧 수도의 뜻이니 국호 고구려와 같은 말이라고 함. 그 이유로 승흘은 높다, 또는
　　　위를 뜻하는 수리·술솔솟의 사음(寫音)이고, 골은 국읍(國邑)을 뜻하는 구루(溝
　　　漊)·골[忽]로 해석된다고 했음. 『위서』열전88 고구려조에는 흘승골성(紇升骨城)
　　　으로 되어있음.

113) 『삼국사기』고구려본기와 『삼국유사』고구려조에 국호를 고구려라 하고 인하여
　　　성을 高氏로 했다고 함.

114) 졸본천(卒本川) : 호태왕비에는 비류곡홀본서성산(沸流谷忽本西城山)이라하고,
　　　졸본의 주에는 『위서』에서 인용하여 '지흘승골성(至紇升骨城)이라 하였음, 졸본
　　　은 바로 솔골[卒忽]·솔골[升紇骨]의 이칭(異稱)으로 보임.

그 산하의 험준함을 살펴보고, 도읍을 세우고자 해서 비류수(沸流水)[115] 가에 초가집을 지었으니, 그 때 나이가 20세[116]로 한(漢)나라 원제(元帝, BC 48~33) 건소(建昭, BC 38~33) 2년(BC 37)이었다. 유리왕(琉璃王) 20년 (AD 1)에 국내성[國內][117]으로 천도해서 위나암성(慰那巖城)[118]을 세웠고, 산상왕(山上王)[119] 13년(209)에는 도읍을 환도성[丸都][120]으로 옮겼으며, 동천왕(東川王)[121] 21년(247)에는 평양성(平壤城)을 축조하고 백성들과 종묘사직을 옮겼다.”『통전』에 “고구려는 동진(東晋) 이후에 평양에 도읍하였다.”[122]고 되어있다.

弧矢橫行十九年	활과 화살로 세상에 횡행한지 19년
麒麟寶馬去朝天	기린보마 타고가서 천제께 조회했네.
千秋覇氣凉于水	천추의 패기 강물에 차갑게 어려있고
墓裏消沈白玉鞭	묘지 안에는 오직 백옥편만 남아있도다.

---

115) 비류수(沸流水) : 『고려사』에서는 평양의 동북쪽으로 추측하였고, 『동국여지승람』에서도 이 설을 따라 평안도 성천(成川)조에 나와있으나 모두 불명확함. 만주(滿洲) 동가강(佟佳江) 상류로 추측하는 설이 유력함.

116) 『삼국사기』「고구려본기」1에는 22세로, 『삼국유사』「기이」1 <고구려>에는 12세로 나와있음.

117) 국내성[國內城] : 평양으로 천도하기 전 고구려의 수도, 집안에 있다.

118) 위나암성(慰那巖城) : 국내의 위나암성은 만주 안동성(安東省) 집안현(輯安縣) 동구(洞溝)의 산성임. 국내는 ‘골안[洞內·邑內]의 한역명(漢譯名)으로, 지금의 이름인 동구도 실상 동구(洞口)의 오사(誤寫)임. 이 근방은 현토군이 다스리던 옛 고구려현의 중심지였으며, 위나암은 이 국내에 있는 깊은 산골짜기였음.

119) 산상왕(山上王) : 고구려 10대왕(?~223) 이름은 연우·이이모, 환도성으로 천도했음.

120) 환도성[丸都城] : 압록강 중류 집안에 있던 성으로, 산상왕 13년에 이곳으로 천도했음.

121) 동천왕(東川王) : 고구려 11대왕 (?~248) 이름은 우위거, 동황성으로 천도했음.

122) 『통전(通典)』「변방전(邊防典)」186권, 변방2 동이(東夷) 하(下) <고구려>조에 동진이후 평양에 도읍했고, 일명 장안성이라 했다고 했음.

○ **麒麟寶馬** 興地勝覽: "麒麟窟在平壤府九梯宮內浮碧樓下, 東明王養麒麟馬于此. 世傳, 王乘麒麟馬入此窟, 從地中出朝天石升天, 其馬跡至今在石上也. 朝天石, 在麒麟窟南."

■ **기린보마** 『동국여지승람』에 "기린굴(麒麟窟)은 평양부(平壤府) 구제궁(九梯宮) 안 부벽루(浮碧樓) 아래에 있는데, 동명왕(東明王)이 기린마(麒麟馬)를 이 곳에서 길렀다고 한다. 세상에 전하기를, 왕이 기린마를 타고 이 굴에 들어갔다가 땅으로부터 나와서 조천석(朝天石)에서 승천했는데, 그 말의 발자취가 지금도 돌 위에 남아있다고 한다. 조천석은 기린굴 남쪽에 있다."[123]고 한다.

○ 白玉鞭 興地勝覽: "東明王墓在中和府龍山, 俗號眞珠墓. 世傳, 高句麗始祖常乘麒麟馬, 奏事天上, 至四十, 遂昇天不返. 太子以所遺玉鞭, 葬於龍山."

■ **백옥편** 『동국여지승람』에, "동명왕의 묘는 중화부(中和府) 용산(龍山)[124]에 있는데, 속칭 진주묘(眞珠墓)라 한다. 세상에 전하기를, 고구려의 시조는 항상 기린마를 타고 다니다가 천상에 일을 아뢰었고, 40세에 드디어 승천하여 돌아오지 않았다고 한다. 태자가 남겨진 옥편[玉鞭]으로 용산에 장사지냈다."라 하였다.[125]

昔日夫餘挾彈兒	지난날 부여의 탄궁을 낀 아이
東明王子號琉璃	동명왕의 아들 이름은 유리로다.
數聲黃鳥啼深樹	깊은 숲속에 황조의 지저귐은

---

123) 『동국여지승람』51 「평양부(平壤府)」 고적 조에 기린굴·구제궁·조천석 편이 있다.
124) 용산(龍山) : 중화부(中和府, 현재의 평안남도 중화군) 동쪽 30리. 평양(平壤)과의 경계(境界)에 있음.
125) 『동국여지승람』52 중화군(中和郡) 능묘조 동명왕묘편에 보인다.

猶似禾姬罵雉姬　　마치 화희가 치희를 꾸짖는 듯.

○ **挾彈兒** 三國史: "琉璃王諱類利, 初朱蒙在夫餘, 娶禮氏女有娠, 朱蒙歸後乃生子, 是爲類利. 幼年出遊陌上, 彈雀誤破汲水婦人瓦器, 婦人罵曰: "此兒無父, 故頑如此!" 類利慙歸, 問母 "我父何人·今在何處." 母曰 "汝父非常人, 不見容於國, 逃歸南地, 開國稱王." 琉璃乃與屋智·句鄒·都祖等三人, 行至卒本, 見父王, 立爲太子."

■ **협탄아**『삼국사기』에 "유리왕의 휘는 유리(類利)였다.126) 처음에 주몽이 부여에 있을 때, 예씨녀(禮氏女)에게 장가들어 임신을 하였는데 주몽이 떠나간 뒤에 이내 자식을 낳으니, 이것이 유리였다. 어린 시절에 거리에서 놀면서 참새를 쏘다가 잘못하여 물 긷는 부인의 물동이를 깨뜨렸다. 부인이 꾸짖으며 말하길, '이 녀석이 아비가 없으니, 그래서 완악함이 이같구나!'라 하였다. 유리가 부끄러워하며 돌아와서는, 어머니께 자신의 아버지가 어떤 사람이고, 지금 어느 곳에 있는가를 물었다. 어머니가 말하기를, '네 아버지는 범상한 사람이 아니라서 나라에서 용납되지 못해서 남쪽 땅으로 도피하여, 나라를 열어 왕이 되었다.'라 하였다. 유리가 이에 옥지(屋智)·구추(句鄒)·도조(都祖) 등 세 사람과 더불어 졸본으로 가서 부왕을 뵙자, 세워서 태자로 삼았다."라 하였다.127)

○ **黃鳥** 三國史: "琉璃王娶二女, 一曰禾姬, 骨川人之女也, 一曰雉姬, 漢人之女也. 二女爭寵, 王於凉谷造東西二宮, 各置之. 後王田於箕山, 禾姬罵雉姬

---

126) 호태왕비(好太王碑)에는 유류(儒留)라 쓰고,『삼국유사』「왕력(王曆)」에는 '루리(累利)'라 하였는데 다 음차한 것이다.『위서』열전88 고구려 조에는 자(字)를 처음에 여해(閭諧)라 했다가, 고구려에 온 후 이름을 여달(閭達)이라 했다고 함.
127)『삼국사기』「고구려본기」1 유리왕 조.

曰: '汝漢家婢妾, 何無禮之甚乎!' 雉姬慙恨, 亡歸. 王聞之, 策馬追之, 雉姬怒不還. 王嘗息樹下, 見黃鳥飛集, 乃感而歌曰: '翩翩黃鳥 雌雄相依 念我之獨 誰其與歸.'"

■ **황조** 『삼국사기』에, "유리왕이 두 여자에게 장가들었는데, 하나는 화희(禾姬)로 골천인(骨川人)의 딸이었으며, 하나는 치희(雉姬)로 한인(漢人)의 딸이었다. 두 여자가 총애를 다투어, 왕이 양곡(凉谷)에 동궁과 서궁을 만들고는 각각 그곳에 두었다. 후에 왕이 기산(箕山)에 사냥하러 갔는데, 화희가 치희를 꾸짖으며 말하길: "너는 한인 집안의 미천한 아녀자로서 어찌 그토록 무례한가?"라 하자, 치희가 부끄럽고 원통하여 도망쳐 돌아갔다. 왕이 그것을 듣고는 말을 채찍질하여 쫓아갔으나, 치희가 노하여 돌아오지 않았다. 왕이 일찍이 나무 아래에서 쉬다가 황조가 날고 흩어지는 것을 보고는, 이에 느끼는 바 있어 노래하여 말하길, '훨훨나는 저 꾀꼬리, 암수 서로 의지하네, 나의 외로움 생각하니, 누구와 더불어 돌아갈꼬.'"라 하였다.[128]

鷄立山前漲戰塵	계립산 앞 싸움터 흙먼지 휘날리고
丹旌依戀沁園春	붉은 명정(銘旌)[129] 심원[130]의 봄을 그리네.
平生慷慨愚溫達	평생에 강개(慷慨)하던 우온달은
自是龍鍾可笑人	원래 파리하여 우습게 생긴 사람이었다.

---

128) 『삼국사기』「고구려본기」1 유리왕 3년 조.

129) 명정(明旌) : 상례에서, 일정(一定)한 폭과 길이의 천에 죽은 사람의 품계(品階) · 관직(官職) · 본관(本貫) · 성씨를 쓴 기(旗). 장대에 달아 상여(喪輿)앞에서 들고 가서 널 위에 펴고 묻음.

130) 심원(沁園) : 후한시대 명제(明帝:57-75)의 딸인 심수공주(沁水公主)소유의 원림. 건초 2년(建初 二年 77년)에 두헌(竇憲)으로부터 빼앗음. 후세에 심원이라 하면 공주 소유의 원림을 말함. 지금의 하남성(河南成) 심양현(沁陽縣)의 동북쪽 심수(沁水)의 북안(北岸)에 있음.

○ 鷄立山. 輿地勝覽: 鷄立山, 在聞慶縣北二十里. 俗號麻骨山, 以方言相似也.

■ 계립산.131) 『동국여지승람(東國輿地勝覽)』에 "계립산(鷄立山)은 문경현(聞慶縣) 북쪽 20리에 있다. 세속에서는 마골산(麻骨山)이라 부르는데 방언으로 서로 비슷하기 때문이다."라 하였다.132)

○ 愚溫達. 三國史: 溫達, 容貌龍鍾可笑. 家貧, 乞食以養母, 破衫弊履, 往來市井間, 時人目爲愚溫達. 平岡王少女, 好啼, 王戲曰: 汝常啼, 聒我耳, 長必不得爲士大夫妻, 當歸之愚溫達. 及女年二八, 欲下嫁於上部高氏, 公主曰: 大王常語, 必爲溫達之妻, 何故改前言乎. 王怒曰: 宜從汝所適. 於是, 公主以寶釧數十, 繫肘後, 出宮歸溫達. 後周武帝, 伐遼東, 王逆戰於肆山之野, 溫達爲先鋒, 疾鬪, 論功, 第一. 王嘉歎曰: 吾壻也. 備禮迎之, 賜爵大兄. 及陽崗王卽位, 溫達請伐新羅, 王許之. 溫達臨行, 誓曰: 鷄立峴竹嶺以西, 不歸於我, 則不返也. 遂與羅人戰, 中流矢死. 欲葬, 柩不肯動. 公主撫棺曰: 死生決矣, 嗚乎歸矣. 遂擧而窆.

■ 우온달. 『삼국사기(三國史記)』에 "온달은 용모가 파리하여 우습게 생겼다. 집이 가난해서 음식을 구걸하여 어머니를 봉양하였고, 떨어진 옷과 해어진 신으로 시정(市井)을 오가니, 당시 사람들이 그를 가리켜 우온달(愚溫達)이라 하였다. 평강왕의 어린 딸이 울기를 좋아하니 왕이 놀리며 말하길 '너는 항상 울어 되어 내 귀를 시끄럽게 하니, 장성해도 반드시 사대부의 처는 되지 못할 터이니, 마땅히 우온달(愚溫達)에게 시집보내겠다.'라 하였다. 딸의 나이가 16세에 이르자 상부(上部) 고(高)씨에게 하가(下嫁)시키려

---

131) 계립산(鷄立山) : 현재 포암산(布岩山)으로 불림. 충청북도 충주시 수안보면과 경상북도 문경시 문경읍에 걸쳐 있는 산.
132) 『신증동국여지여지승람(新增東國輿地勝覽)』 제29권 「경상도(慶尙道)」 문경현(聞慶縣) 조에 보인다.

하였는데, 공주가 말하길 '대왕께서 항상 말씀하시길 반드시 온달의 처가 되리라 하셨는데, 무슨 이유로 이전의 말을 바꾸십니까?'라 하였다. 왕이 노하여 말하길 '네 멋대로 해라.'라 하였다. 이때에 공주가 귀한 팔찌 수십 개를 팔꿈치 뒤에 매고 궁을 나와서 온달에게 돌아갔다. 후주(後周)[133]의 무제(武帝)가 요동(遼東)을 치자, 왕이 이산(肄山)의 들판에서 맞아 싸우는데, 온달이 선봉이 되어 날쌔게 싸워 공을 논하니 가장 뛰어났다. 왕이 기뻐 감탄하며 말하길 '나의 사위이다.'라 하고, 예를 갖추어 맞이하고 대형(大兄)의 벼슬을 주었다. 양강왕(陽崗王)[134]이 즉위하자 온달이 신라를 치고자 청하니 왕이 허락하였다. 온달이 떠날 때에 맹세하길 '계립현(鷄立峴)[135]과 죽령(竹嶺)[136]의 서쪽을 우리에게 귀속시키지 못한다면 돌아오지 않겠다.'라 하였다. 마침내 신라와 전투 중에 누군가 쏜 화살에 맞아 죽었다. 장사지내려 하는데 구(柩)가 움직이지 않았다. 공주가 관(棺)을 어루만지며 말하길 '죽음과 삶이 결정되었으니, 오호라! 돌아가소서.'라 하니 마침내 들어서 하관(下棺)할 수 있었다."라 하였다.[137]

遼海歸旌數片紅　요해(遼海)[138]로 돌아가는 붉은 깃발

---

133) 후주(後周) : 우문호(宇文護)가 세운 중국 북조(北朝)의 왕조(557~581)를 말함. 서위(西魏)의 실권가인 우문태(宇文泰)가 죽고 아들 우문각(宇文覺)이 뒤를 이었을 때, 그를 보좌한 우문각의 사촌 우문호가 서위의 공제(恭帝)를 제위에서 밀어내고 이 왕조를 세움. 서위(西魏)시대부터 고대의 주(周)를 본받았기 때문에 명칭을 북주라 함. 제3대 무제(武帝) 때 북제(北齊)를 평정하여 화북(華北) 통일을 실현하고, 불교를 폐하여 왕권 강화를 도모함.

134) 양강왕(陽崗王) : 고구려의 제24대 왕(재위 545~558). 동위·북제 등에 조공하여 친선을 도모하고 백암성·신성 등을 중수하였다. 돌궐의 침입을 격퇴하였으나 신라·백제에게 한강 유역을 잃음.

135) 계립현(鷄立峴) : 문경 새재의 동쪽에 위치한 하늘재(길이 나있는 높은 산의 언덕).

136) 죽령(竹嶺) : 경상북도 영주시 풍기읍과 충북 단양군 대강면(大崗面)의 경계에 있는 고개.

137)『삼국사기(三國史記)』 권45 열전 제5에 보인다.

138) 요해(遼海) : 지금의 요하(遼河) 유역.

湯湯薩水捲沙蟲　　세찬 살수 사충을 쓸어 버렸다.
乙支文德眞才士　　을지문덕은 진정 재주 있는 장수
倡五言詩冠大東　　오언시를 부르니 대동의 으뜸이네.

○ 薩水.139) 輿地勝覽: 淸川江, 一名薩水, 源出妙香山, 經安州城北, 又西流三十里, 與博川江合流, 入海.

■ 살수.『동국여지승람(東國輿地勝覽)』에 "청천강(淸川江)140)은 일명 살수(薩水)라 하는데, 근원은 묘향산(妙香山)에서 나와 안주성(安州城)의 북쪽을 지나, 다시 서쪽으로 30리를 흘러 박천강(博川江)과 합류하여 바다로 들어간다."라 하였다.141)

○ 乙支文德. 三國史: 乙支文德, 沈鷙有智. 隋開皇中, 煬帝下詔, 征高句麗, 左翊衛大將軍宇文述, 出夫餘道, 右翊衛大將軍于仲文, 出樂浪道, 與九軍, 至鴨淥水. 文德見隋軍士有饑色, 欲疲之, 每戰輒北. 隋軍一日七捷, 東濟薩水, 去平壤城三十里, 因山爲營. 文德遣使, 詐降於述, 述等爲方陣而還. 文德出軍, 四面抄擊, 至薩水, 隋軍半濟. 文德擊其後軍, 殺右屯衛將軍辛世雄. 諸軍俱潰奔還, 一日一夜至鴨淥. 九軍初渡遼三十萬五千人, 還至遼東城, 惟二千七百人.

■ 을지문덕.『삼국사기(三國史記)』에 "을지문덕은(乙支文德) 침착하며 굳세고 지혜가 있었다. 수(隋)나라 개황(開皇:581-600년)중에 양제(煬帝)142)가

---

139) 살수(薩水): 원문에 薩은 阝가 빠지고 그 자리에 氵가 있음.
140) 청천강(淸川江): 평안북도(平安北道) 적유령(狄踰嶺)에서 시작하여 희천(熙川)·영변(寧邊)·정주(定州)·박천(博川)·안주(安州) 등지를 거쳐 황해로 흐르는 강.
141)『신증동국여지여지승람(新增東國輿地勝覽)』제52권「평안도(平安道)」안주목(安州牧) 조에 보인다.

조서를 내려 고구려를 치니 좌익위대장군(左翊衛大將軍) 우문술(宇文述)143)은 부여도(夫餘道)144)로 출정하고, 우익위대장군(右翊衛大將軍) 우중문(于仲文)145)은 낙랑도(樂浪道)로 출정하여, 구군(九軍)과 함께 압록수(鴨淥水)에 이르렀다. 을지문덕이 수(隋)나라 군사가 배고픈 기색이 있는 것을 보고, 지치게 하고자 하여 싸울 때마다 번번이 달아났다. 수군이 하루에 일곱 번을 이기고 동쪽으로 살수(薩水)를 건너서 평양성에서 삼십 리 정도 떨어져, 산을 의지하여 군영(軍營)을 만들었다. 을지문덕이 사신을 보내 거짓으로 우문술에 항복하니 우문술 등이 방진(方陣)146)을 만들어 회군했다. 을지문덕이 군사를 출동시켜 사면으로 노략하고 공격하여 살수에 이르니, 수군이 반 정도 건너고 있었다. 을지문덕이 그 후군을 공격하여 우둔위장군(右屯衛將軍) 신세웅(辛世雄)을 죽였다. 이때에 여러 군대가 함께 무너져 급히 회군하는데 하루 만에 압록(鴨淥)에 이르렀다. 구군(九軍)이 처음 요하(遼河)147)를 건널 때는 삼십만 오천인 이었는데, 회군하여 요동성에 이르니 단지 이천칠백인 이었다."라 하였다.148)

---

142) 양제(煬帝) : 중국(中國) 수(隋)나라의 제2대 황제(黃帝). 이름은 광(廣)또는 영(英)
   아버지인 문제(文帝)를 죽이고 604년에 즉위(即位). 대운하(大運河)를 비롯한 토목
   공사를 크게 일으켰고 특히 세 번이나 대군을 보내어 고구려에 침입하였다가 을
   지문덕(乙支文德)에게 대패하였음. 반란으로 양주(楊洲)의 별궁에서 살해됨.
143) 우문술(宇文述) : 중국 수나라의 장군. 자는 백통(伯通). 진(陳)나라를 평정한 공으
   로 안주 총관(總管)이 됨, 고구려 영양왕 때 부여도군장(扶餘道軍將)으로 우중문
   과 함께 고구려를 침입하였으나, 살수에서 크게 패함.
144) 부여도(夫餘道) : 심양 북쪽 방면임.
145) 우중문(于仲文) : 중국 수나라의 장수. 북주(北周)의 하남도행군총관(河南道行軍
   摠管)으로서 하남 지방의 반란을 진압하고, 수나라의 좌익위대장군(左翊衛大將
   軍)이 되었으며, 양제의 두 번째 고구려 원정 때 우문술(宇文述)과 더불어 쳐들어
   갔다가 살수에서 패함.
146) 방진(方陣) : 네모지게 친 진. 군사를 바른 네모꼴로 배열하여 가로나 세로나 대각
   선으로나 그 합친 수가 똑같게 되도록 한 것.
147) 요하(遼河) : 중국 동북 지방 남부 평원을 관류하는 강.
148) 『삼국사기(三國史記)』 열전 제4에 보인다.

○ 倡五言詩. 隋書: 遼東之役, 于仲文率軍, 指樂浪道, 至鴨綠水. 高麗将乙支文德詐降, 仲文將執之, 尙書右丞劉士龍, 固止之, 遂捨文德. 尋悔, 遣人, 紿文德曰: 更有言議, 可復來也, 文德不從, 遂濟. 仲文選騎渡水, 每戰破賊. 文德遺仲文詩曰: 神策究天文, 妙籌窮地理. 戰勝功旣高, 知足願云止.

■ 창오언시. 『수서(隋書)』[149]에 "요동의 전쟁에 우중문(于仲文)이 군대를 이끌고 낙랑도(樂浪道)를 향하여 가다 압록수(鴨綠水)에 이르렀다. 고려(高麗)[150]장수 을지문덕이 거짓으로 투항하자, 중문(仲文)이 그를 잡으려 했는데 상서우승(尙書右丞) 류사룡(劉士龍)이 한사코 말려 마침내 문덕을 놓아주었다. 이윽고 후회하여 사람을 보내 을지문덕을 속여 말하길 '다시 의논할 말이 있으니 다시 오는 것이 좋을 듯하다.' 라 하였는데, 을지문덕이 따르지 않고 건너버렸다. 중문(仲文)이 기병을 뽑아서 강을 건너 싸울 때마다 적을 깨뜨렸다. 을지문덕이 중문(仲文)에게 시를 보냈는데, '신기한 계책은 천문을 꿰뚫고, 묘한 계산은 땅의 이치를 궁진하였네. 전쟁에 이긴 공 이미 높으니, 만족함을 알고 그만두길 바란다.'"라 하였다.[151]

句麗錯料下句麗　　고구려를 하구려로 잘못 헤아렸으니
駐蹕山靑老六師　　주필산의 푸르름 육사를 지치게 하였다.

---

149)『수서(隋書)』: 수(隋)나라의 역사를 기록한 정사(正史). 85권. 636년(당태종 10) 장손무기(長孫無忌), 위징(魏徵) 등이 태종(太宗)의 명을 받아 제기(帝紀) 5권, 열전(列傳) 50권, 지(志) 30권으로 나누어 편찬한 사서.

150) 고려(高麗) : 여기서는 고구려(高句麗)를 말함.

151)『수서(隋書)』「열전(列傳)」券六十列傳第二十五에 '遼東之役, 仲文率軍指樂浪道. 軍次烏骨城, 仲文簡嬴馬驢數千, 置於軍後. 旣而率東過, 高麗出兵掩襲輜重, 仲文迴擊, 大破之至鴨綠水, 高麗將乙支文德詐降, 來入其營. 仲文先奉密旨, 若遇高元及文德者, 必擒之至是, 文德來, 仲文將執之, 時尙書右丞劉士龍爲慰撫使, 固止之. 仲文遂捨文德. 尋悔, 遣人紿文德曰: 更有言議, 可復來也. 文德不從, 遂濟. 仲文選騎渡水追之, 每戰破賊. 文德遺仲文詩曰: 神策究天文, 妙算窮地理. 戰勝功旣高, 知足願云止. 仲文答書諭之, 文德燒柵而遁. 時宇文述以糧盡欲還, 仲文議以精銳追文德, 可以有功.으로 되어 있다.

爲問西京紅拂妓　물어보자 서경의 홍불기[152]여
虬髥客是莫離支　규염객은 바로 막리지인가.

ㅇ 下句麗. 後漢書: 王莽, 更名高句麗王, 爲下句麗侯. 尤侗, 外國竹枝詞: 高句麗降下句麗.

■ 하구려.[153] 『후한서(後漢書)』에 "왕망(王莽)[154]이 고구려왕(高句麗王)을 하구려후(下句麗侯)라 했다."라 하였다.[155] 우동(尤侗)[156]의 외국죽지사(外國竹枝詞)에 "고구려를 하구려(下句麗)로 강등하였다."라 하였다.

---

152) 홍불기(紅拂妓) : 중국 명(明)나라 작가 장봉익(張鳳翼:1527~1613)의 희곡. 당(唐)나라 두광정(杜光庭)의 전기소설. 『규염객전(虬髥客傳)』의 홍불 고사를 극화한 작품. 수(隋)나라 말 이정(李靖)은 장안에서 양소(楊素)를 찾아갔는데, 그때 양소의 가기인 홍불과 정이 통하여 함께 도망을 하였다. 도중에 장규염(張虬髥)을 만나 함께 태원에 이르러 이세민(李世民)을 만나게 되었다. 규염은 본디 천하를 쟁탈할 뜻이 있었으나, 이세민의 비범함을 알고 자신은 이세민과 필적할 수 없을 것이라고 생각하였다. 그래서 가산을 기울여 이정으로 하여금 이세민이 성공할 수 있도록 도왔다는 내용.

153) 하구려(下句麗) : 중국의 전한(前漢) 말기에 신(新)나라를 세운 왕망(王莽)이 고구려를 낮추어 이르던 말로, 한(漢)나라 때에는 고구려를 '高句驪'라고 불러 여러 사서에도 '麗'에 '馬'가 붙어 기록되어 있는데, 왕망은 고구려를 '下句驪'로 개칭하여 이를 천하에 공포함.

154) 왕망(王莽) : BC 45~AD 23. 중국 전한(前漢) 말의 정치가이며 신(新) 왕조(8~24)의 건국자. 갖가지 권모술수를 써서 최초로 선양혁명(禪讓革命)에 의하여 전한의 황제권력을 빼앗음. 개혁정책과 대외정책에 실패하고 호족 유수가 군대를 일으켜 건국 15년 만에 멸망하고 후한이 뒤를 이음.

155) 『전·후한서(前·後漢書)』 왕망전과 「열전(列傳)」 등에 '莽貶句町王爲侯, 西域盡改其王爲侯, 單于曰服于, 高句麗曰下句麗. 今皆復其爵號.' 로 되어 있다.

156) 우동(尤侗) : 1618~1704. 중국 청나라의 문학가 겸 희곡작가. 『명사(明史)』편찬에 참여했고 시문에 능하였고 사(詞)·변문(駢文)·희곡에도 뛰어났다. 저서에 시문집 『우서당문집(尤書堂文集)』등이 있고, 전기(傳奇) 『균천락(鈞天樂)』과, 잡극 『독이소(讀離騷)』·『조비파(弔琵琶)』등이 있음.

○駐蹕山. 唐書: 太宗, 自將伐高麗, 次安市. 北部傉薩高延壽·南部傉薩高惠眞等, 擧衆, 降帝. 因號所幸山爲駐蹕山, 勒石紀功, 攻安市, 未能下. 城中見帝旌麾, 輒乘陣噪. 帝怒, 江夏王道宗, 以樹枚裹土, 積之, 迫城不數丈. 果毅都尉傳伏愛, 守之, 自高而排其城. 城且頹, 伏愛私去所部, 虜兵得自頹城出據, 而塹斷之, 積火縈, 盾固守. 帝斬伏愛, 有詔班師. 酋長登城, 拜謝. 帝嘉其守, 賜絹百匹.

■ 주필산. 『당서(唐書)』에 "태종(太宗)이 직접 군대를 거느리고 고려(高麗)를 침략코자 안시(安市)에 주둔하였다. 북부녹살(北部傉薩)[157] 고연수(高延壽)[158]·남부녹살(南部傉薩) 고혜진(高惠眞) 등이 무리를 이끌고 태종(太宗)에게 항복하였다. 이로 인하여 임금이 행차하던 곳의 산을 주필산(駐蹕山)이라 부르고, 돌에 새겨 공을 기록하고 안시(安市)를 공격하였으나 함락하지 못하였다. 성안에서 태종(太宗)의 지휘 깃발을 볼 때마다 성벽에 올라 욕설을 퍼부었다. 태종(太宗)이 노하였는데, 강하왕(江夏王) 도종(道宗)[159]이 나무와 흙 포대를 쌓으니 성에서 몇 장(丈) 떨어지지 않았다. 과의도위(果毅都尉)[160] 부복애(傳伏愛)로 지키게 하고, 높은 곳으로부터 그 성을 공격하였다. 성이 무너지려했는데, 복애(伏愛)가 제 맘대로 관할하는 곳을 떠나자, 오랑캐 군사가 무너진 성으로부터 나와서 점거하고, 구덩이를 파고, 빙 둘러 불을 지르고 방패로 삼아 굳게 지켰다. 태종(太宗)이 복애(伏愛)를

---

157) 녹살(傉薩) : 고구려 때에 둔 지방 오부(五部)의 으뜸 벼슬.
158) 고연수(高延壽) : 645년 당나라 태종(太宗)이 고구려를 침략하여 요동성(遼東城)을 함락하고 안시성(安市城)을 포위하자, 북부욕살(北部傉薩)인 그는 남부욕살 고혜진(高惠眞)과 함께 고구려와 말갈 연합군 15만 명으로 안시성 구원에 노력하였다. 지구전(持久戰)과 기습작전을 건의한 대로(對盧) 고정의(高正義)의 계책을 듣지 않고 무작정 진격하다가, 태종의 유인작전에 빠져 사상자 약 3만을 낸 끝에 참패하여, 고혜진과 함께 3만 6800명을 이끌고 투항함.
159) 이도종(李道宗:600~653) : 당(唐) 태종의 조카로 강하왕(江夏王)에 책봉됨.
160) 과의도위(果毅都尉) : 당(唐) 시대 병제 가운데, 절충부(折衝府)의 차관. 200명을 통솔하는 장.

베고는 조서를 내려 병사를 철수시켰다. 우두머리가 성에 올라 공경히 받들어 사례하였다. 태종(太宗)이 그 성을 지킨 것을 가상히 여겨 명주 백 필(百四)을 하사하였다.”라 하였다.161)

○ 莫離支. 唐書: 蓋蘇文者, 或號蓋金. 姓泉氏, 自云生水中, 以惑衆爲莫離支, 專國, 猶唐兵部尙書中書令職云. 貌魁秀, 美鬚髯. 冠服, 皆飾以金, 佩五刀, 左右莫敢仰視. 使貴人伏諸地, 踐以乘馬, 出入, 陳兵長呼禁切, 行人畏竄, 至投坑谷. 海東稗乘: 虬髯客傳, 雖唐人傳奇, 亦必有其人也. 按, 夫餘之地, 爲高氏所統, 在隋唐之際, 更無所謂夫餘國. 南蠻所奏, 海船千艘, 甲兵十萬, 入夫餘國云云, 似指高句麗爲夫餘也. 意者, 蓋蘇文以東部大人之子, 意氣傑鷔, 乘隋季之亂, 遊歷中國, 將有爲也, 及見文皇異表器氣, 東返, 稱兵作亂, 做得莫離支爾.

■ 막리지.162) 『당시(唐書)』에 “개소문(蓋蘇文)이란 자는 혹은 개금(蓋金)이라 부른다. 성은 천(泉)씨인데 스스로 물 가운데서 태어났다고 하여 무리들을 미혹시켜, 막리지(莫離支)가 되어 나라를 마음대로 하였는데, 당(唐)의 병부상서(兵部尙書)·중서령(中書令)의 벼슬과 같다고 한다. 용모가 뛰어

---

161) 『신당서(新唐書)』「열전(列傳)」卷二百二十 列傳第一百四十五에 '六月丙辰, 師至安市城. 丁巳, 高麗別將高延壽, 高惠眞帥兵十五萬來援安市, 以拒王師. 李勣率兵奮擊, 上自高麗引軍臨之, 高麗大潰, 殺獲不可勝紀. 延壽等以其降, 因名所幸山爲駐蹕山, 刻石紀功焉. 賜天下大酺二日등의 기록이 보인다.' 『구당서(舊唐書)』「열전(列傳)」卷一百九十九 上 列傳 第一百四十九 上에 '八月, 移營安市城東, 李勣遂攻安市 …중략… 每見太宗旄麾, 必乘城鼓譟以拒焉. …중략… 城中隨其崩壞, 卽立木爲柵. 道宗以樹條苞壤爲土, 屯積以爲山, 其中間五道加木, 被土於其上, 不捨晝夜, 漸以逼城. 道宗遣果毅都尉傅伏愛, 領隊兵於山頂, 以防敵, 土山自高而陊, 排其城, 城崩. 會伏愛私離所部, 高麗百人自頹城而戰, 遂據有土山而塹斷之, 積火縈盾以自固. 太宗大怒, 斬伏愛以徇.' 로 되어 있다.

162) 막리지(莫離支) : 고구려(高句麗) 때, 군사(軍事)와 정치(政治)를 도맡던 우두머리의 벼슬.

나고 수염이 멋있었다. 관복은 모두 금으로 꾸미고 다섯 개의 도(刀)를 찼는데, 좌우에서 감히 우러러 볼 수도 없었다. 귀인(貴人)으로 하여금 땅에 엎드리게 하고는 그를 밟고 말에 올랐으며, 출입함에 병사를 나열하고 크게 소리쳐 가까이 함을 금하니, 행인들이 두려워 달아나다 구덩이에 뛰어들 정도였다.”라 하였다. 『해동패승(海東稗乘)』에 “『규염객전(虯髯客傳)』은 비록 당나라 사람의 전기(傳奇)이나 또한 반드시 그 실제 인물이 있을 것이다. 생각컨대 부여(夫餘)의 땅은 고(高)씨에게 통합되어 수(隋)·당(唐)사이에는 다시는 부여국(夫餘國)이 없었다. 남만(南蠻)이 아뢴바 ‘해선 천척과 갑병 십만이 부여국(夫餘國)에 들어갔다.’라 말하는 것은, 고구려를 가리켜 부여라 한 것과 같은 것이다. 생각건대 개소문(蓋蘇文)은 동부대인(東部大人)의 아들로 뜻과 기개가 출중하고 뛰어나 수나라 말엽의 혼란을 타서 중국을 두루 돌아다녔으니, 장차 하고자 함이 있었으나, 문황(文皇)[163]의 뛰어난 모습과 재간과 기품을 접한 뒤, 동쪽으로 돌아가 거병(擧兵)하여 난을 일으켜 막리지(莫離支)가 되었다.”라 하였다.

보덕 報德

唐書 : 乾封元年, 征高麗, 以李勣爲遼東道行軍大摠管兼安撫大使. 三年, 圍平壤, 執王臧. 部其地爲都督府者九, 州四十二, 縣百, 復置安東都護府. 總章二年, 大長鉗牟岑率衆叛, 立臧外孫安舜爲王. 三國史 : 新羅文武王十年, 高句麗水臨城人牟岑大兄, 自窮牟城, 行至西海史冶島, 見高句麗大臣淵淨土之子安勝, 迎致漢城中, 奉以爲君. 遣小兄多式等, 告曰 ‘興滅國繼

---

163) 문황(文皇) : 이세민(李世民). 당나라의 제2대 황제(재위 626~649). 당나라를 수립하고 군웅을 평정하여 국내 통일을 이룸. 이민족을 제압하고 공정한 정치로 후세 제왕의 모범이 되었으며 『오경정의(五經正義)』를 편찬하게 함.

絶世, 天下之公義也. 惟大國是望.' 王處之國西金馬渚, 封安勝爲高句麗王. 十四年, 改[164]封安勝爲報德王. 以王妹妻之. 神文王二年, 徵爲蘇判, 賜姓金氏. 輿地勝覽 : 益山郡, 本馬韓國, 百濟並之, 號金馬渚.

　『당서』에 "건봉(乾封) 원년(666)에 고구려를 정벌하여 이적(李勣)을 요동도행군대총관 겸 안무대사(遼東道行軍大總管兼安撫大使)로 삼았다. 3년(668)에 평양을 포위하여 고구려왕 장(藏)을 사로잡았다. 그 땅을 나누어 9도독부(都督府)·42주(州)·1백현(縣)을 삼고, 다시 안동도호부(安東都護府)를 설치하였다. 총장(總章) 2년(669)에 대장(大長) 겸모잠(鉗牟岑)[165]이 무리를 거느리고 반란을 일으켜 장의 외손 안순(安舜)[166]을 세워 왕으로 삼았다."[167] 하였다.
　『삼국사기』에 "신라 문무왕 10년(670)에 고구려 수임성(水臨城)[168] 사람 대형(大兄) 모잠(牟岑)이 궁모성(窮牟城)으로부터 서해 사야도(史冶島)[169] 에 이르러 고구리 대신 연정토(淵淨土)의 아들 안승(安勝)을 만나 한성(漢城) 안으로 맞아들여 받들어 임금으로 삼았다. 소형(小兄) 다식(多

---

164)『삼국사기』문무왕 14년 조 원문에는 '改' 자가 없다.

165) 겸모잠(鉗牟岑) :『삼국사기』권22「고구려본기」제10 보장왕 27년 조에는 '劍牟岑'으로 되어 있다.

166) 안순(安舜) :『삼국사기』권22「고구려본기」고구려부흥운동 조에는 보장왕(寶臧王)의 서자(庶子) '安勝'과 보장왕의 외손(外孫) '安舜'으로 구별되어 있으며,『삼국사기』권6「신라본기」문무왕 10년 조에는 연정토(淵淨土)의 아들 '安勝'으로 되어 있다. 그러나 문무왕(文武王)이 안승을 고구려왕에 봉하는 책명(冊命)에 '高句麗嗣子 安勝'이라 한 것을 보면 보장왕의 서자로 봄이 옳은 듯하다.

167)『신당서(新唐書)』권220「동이열전(東夷列傳)」고려조(高麗條), 立藏外孫, 安舜爲王

168) 수임성(水臨城) : 신라의 한주(漢州) 개성군(開城郡) 임진현(臨津縣)의 고구려 때 지명인 임진성(臨津城)과 같은 곳으로, 현재의 경기도 파주시 군내면 지역으로 추정된다.

169) 사야도(史冶島) : 현재의 경기도 옹진군 덕적도(德積島) 부근의 소야도(蘇爺島)로 비정된다.

式) 등을 신라로 보내 고하기를 '망한 나라를 일으키고 끊어진 세대를 잇게 해주는 것은 천하의 올바른 도리이니, 오직 대국에게 이를 바랄 뿐입니다.'하였다. 왕은 그들을 나라 서쪽 금마저(金馬渚)170) 에 살게 하고, 안승을 고구려왕으로 봉했다.171) 14년(674)에 안승을 보덕왕(報德王)으로 고쳐 봉하였다.172) 왕의 누이동생으로 아내를 삼게 하였다.173) 신문왕 2년(682)에 안승을 불러서 소판(蘇判)을 삼고 김씨(金氏) 성을 하사하였다."174) 하였다.

『신증동국여지승람』에 "익산군(益山郡)은 본래 마한국(馬韓國)인데, 백제(百濟)가 병합하고 금마저(金馬渚)라 불렀다."175)

春草萋萋金馬渚　봄풀 무성하게 우거진 금마저
句麗南渡有荒城　고구려가 남천했던 황량한 성이라네.
未知欲報誰家德　뉘 집 덕을 갚으려는 보덕(報德)인지
可惜英風劒大兄　영걸스런 검대형이 애석하구나.

○劒大兄. 三國史 : 高句麗劒牟岑, 欲興復國家, 叛唐, 立王外孫安舜爲王. 又云, 牟岑大兄收合殘民, 至浿江南, 殺唐官. 唐書 : 總章二年, 詔高偘·李謹行, 爲行軍總管, 討安舜. 舜殺牟岑, 走新羅.

---

170) 금마저(金馬渚) : 현재의 전북 익산시 금마면이다. 문무왕 10년(670)에 이곳에 안승이 보덕국을 세웠으나 신문왕(神文王) 3년(683)에 폐지되고 경덕왕(景德王) 때 금마군(金馬郡)으로 개칭되었다

171) 고구려……하였다 :『삼국사기』권6「신라본기」문무왕 10년조.

172) 안승을……봉하였다 :『삼국사기』권7「신라본기」문무왕 14년조.

173) 왕의……하였다 :『삼국사기』권7「신라본기」문무왕 20년조.

174) 안승을……하사하였다 :『삼국사기』권8「신라본기」신문왕 3년조. 여기서 '신문왕 2년'이라고 한 것은 저자의 착각으로 보인다.

175) 익산군은……불렀다 :『신증동국여지승람』권33「전라도」익산군조(益山郡條).

■ 검대형.『삼국사기』에 "고구려의 검모잠(劍牟岑)이 나라를 부흥하려고 당나라에 반기를 들어, 왕의 외손 안순(安舜)을 세워 임금으로 삼았다."[176] 하였다. 또 이르기를 "대형 모잠(牟岑)이 유민들을 모아 패강(浿江) 남쪽에 이르러 당나라 관리를 죽였다."[177] 하였다. 『당서』에 "총장 2년에 고간(高偘), 이근행(李謹行)에게 조서를 내려 행군총관(行軍總管)을 삼고 안순을 토벌하자, 안순이 모잠을 죽이고 신라로 달아났다."[178] 하였다.

비류 沸流

遼史地理志 : 正州, 本沸流王故地, 國爲公孫康所幷. 渤海置沸流郡, 有沸流水. 三國史 : 高句麗始祖二年, 沸流國王松讓來降, 以其地爲多勿都, 封松讓爲主. 麗語謂復舊土爲多勿. 輿地勝覽·成川府, 木沸流王松讓故都.

『요사(遼史)』[179]「지리지(地理志)」에 "정주(正州)는 본래 비류왕(沸流王)의 옛 땅인데, 나라가 공손강(公孫康)[180]에게 병합되었다. 발해(渤海)가 비류군(沸流郡)을 두었는데, 비류수(沸流水)가 있다."[181] 하였다. 『삼

---

176) 고구려의……삼았다 : 『삼국사기』권22 「고구려본기」제10 고구려부흥운동조.

177) 대형……죽였다 : 『삼국사기』권6 「신라본기」문무왕 10년조.

178) 총장……달아났다 : 『신당서(新唐書)』권220 「동이열전(東夷列傳)」고려(高麗).

179) 『요사(遼史)』: 원대(元代)의 탁극탁(托克托) 등이 칙명을 받고 1343년(至正 3)에 시작하여 이듬해에 완성한 요(遼)나라의 정사(正史). 본기(本紀) 30권, 지(志) 31권, 표(表) 8권, 열전(列傳) 46권, 국어해(國語解) 1권 등 총 116권으로 이루어져 있으며, 서요(西遼)의 역사까지 포괄하고 있다.

180) 공손강(公孫康) : ?~221. 중국 후한(後漢) 말에서 위나라 초의 장군. 아버지 공손도(公孫度)의 뒤를 이어 요동 태수를 지냈다. 고구려 산상왕을 공격하여 환도성으로 도읍을 옮기게 하고, 대방군을 설치하여 한(韓)과 예(濊)를 침공하였다.

181) 정주(正州)……병합되었다 : 『요사』권38 「지리지」 2 동경도(東京道) 정주(正州)조에 호(戶)가 500이고, 현 하나를 통솔했다고 했음.

국사기』에 "고구려 시조 2년에 비류국(沸流國)의 왕 송양(松讓)이 와서
항복하므로 그 땅을 다물도(多勿都)로 삼고 송양을 봉하여 주인으로 삼
았다. 고구려 말에 옛 땅을 회복하는 것을 '다물(多勿)'이라 한다."[182] 하
였다.『신증동국여지승람』에 "성천부(成川府)는 본래 비류왕 송양의 옛
도읍이다."[183] 하였다.

> 劍樣靑峰一十二　　푸르른 열두 봉우리 칼처럼 뻗었는데
> 遊車衣水逝湯湯　　유거의수 세차게도 흐르누나.
> 朱蒙不是眞豪傑　　주몽은 참다운 호걸이 아니라네
> 欺負酸寒喫菜王　　나물 먹던 빈한한 왕을 속이다니.

○ 劍樣靑峰. 興地勝覽 : 紇骨山, 在成川府西北二里, 有攢峰十二. 朴元亨詩,
'江上群峰劍樣尖, 峰前江水正按藍.'

■ 검양청봉.『신증동국여지승람』에 "흘골산(紇骨山)은 성천부 서북쪽 2리
에 있는데, 봉우리 12개가 모여 있다. 박원형(朴元亨)[184]의 시에 '강가 위의

---

182) 고구려……한다 :『삼국사기』권13「고구려본기」시조 동명성왕 2년조.

183) 성천부(成川府)는……도읍이다 :『신증동국여지승람』권54「평안도」성천도호부
　　　조(成川都護府條).

184) 박원형(朴元亨) : 1411~1469. 조선 전기의 문신. 본관은 죽산(竹山). 자는 지구(之
　　　衢), 호는 만절당(晩節堂). 시호는 문헌(文憲). 병조참의 고(翶)의 아들이며, 어머니
　　　는 양성 이씨(陽城李氏)로 판사복시사(判司僕寺事) 한(瀚)의 딸이다. 1434년(세종
　　　16) 알성문과에 을과로 급제. 계유정난(1453 단종1)과 1455년(세조 원년) 세조의
　　　즉위에 적극 협력한 공으로 좌익 공신(佐翼功臣) 3등에 책록되고, 이듬해 연성군
　　　(延城君)에 봉해졌다. 1468년 예종이 즉위하자 신숙주(申叔舟)·한명회(韓明澮)
　　　등과 함께 원상(院相)이 되어 승정원에 나가서 서무(庶務)를 의결하였으며 익대공
　　　신(翊戴功臣) 2등에 책록되고 연성부원군(延城府院君)에 봉해졌으며, 이해 영의
　　　정이 되었다. 성품이 청렴하였고, 시문에 능하였으며, 과문(科文)에 특히 뛰어났
　　　다. 예종의 묘정에 배향되었다.

여러 봉우리 검처럼 뾰족하고, 봉우리 앞 강물은 쪽을 풀어 놓은 듯 하네'
라고 하였다."185) 하였다.

○ 遊車衣水. 輿地勝覽 : 沸流江, 卽卒本川, 俗稱遊車衣津. 在成川府西186)三
十步. 其源有二. 一出陽德縣吳江山, 一出孟山縣大母院洞, 至府北合流, 歷
紇骨山.187) 山188)有四石穴, 水入穴中, 沸騰而出, 故名沸流江. 又與慈山郡
禹家淵合流, 入大同江.

■ 유거의수. 『신증동국여지승람』에 "비류강은 바로 졸본천(卒本川)으로,
속칭 유거의진(遊車衣津)이라고 하는데, 성천부 서쪽 30보 지점에 있다. 그
근원은 둘이 있는데, 하나는 양덕현 오강산에서 나오고, 하나는 맹산현 대
모원동에서 나와 부의 북쪽에 이르러 합류하여 흘골산을 지난다. 산에 사
석혈이 있는데 물이 구멍 안으로 들어갔다가 끓어올라 나오므로 비류강이
라고 이름하였다. 또 자산군 우가연과 합류하여 대동강으로 들어간다."189)
하였다.

○ 喫菜王. 三國史 : 高句麗東明王見沸流水, 有菜葉逐流下, 知有人在上流者,
因以獵往尋, 至沸流國. 其國王松讓出見曰, '寡人僻在海隅, 未嘗得見君子.
今日相遇, 不亦幸乎? 然不識吾子自何而來.' 答曰, '我是天帝子, 來都於某
所.' 松讓曰, '我累世爲王. 地小不足容兩主. 君立都日淺, 爲我附庸可乎?' 王

---

185) 흘골산(紇骨山)은……하였다 :『신증동국여지승람』 권54 「평안도」 성천도호부
　　조(成川都護府條).
186)『신증동국여지승람』 권54 성천도호부 산천 조에는 '在客館西'로 되어 있다.
187)『신증동국여지승람』에는 '紇骨山下'로 되어 있다.
188)『신증동국여지승람』에는 '山底'로 되어 있다.
189) 비류강은……들어간다 :『신증동국여지승람』 권54 「평안도」 성천도호부조(成川
　　都護府條).

忿其言, 與之射以校藝, 松讓不能抗." 古記 : "東明王, 與沸流王松讓較射. 松讓以畫鹿置百步內, 不能中其臍. 朱蒙以玉指環懸於百步之外, 破如瓦解. 松讓大驚, 欲以立都先後爲附庸. 朱蒙造宮室, 以朽木爲柱, 故如千歲, 松讓不敢爭.

■ 끽채왕. 『삼국사기』에 "동명왕(東明王)은 비류수 가운데로 채소 잎이 떠내려 오는 것을 보고 상류에 사람이 있는 것을 알게 되자, 사냥하며 찾아가서 비류국(沸流國)에 이르렀다. 그 나라 왕 송양(松讓)이 나와 보고는 말하였다. '과인(寡人)이 바다의 구석에 치우쳐 있어서 일찍이 군자를 보지 못하였는데 오늘 서로 만나니 다행이 아닌가. 그러나 잘 모르겠지만 그대는 어디에서 왔는가?' 주몽이 대답하기를 '나는 천제의 아들로서 아무 곳에 와서 도읍하였다.'고 하였다. 송양이 말하였다. '나는 여러 대에 걸쳐서 왕노릇 하였다. 땅이 좁아서 두 왕을 용납하기에 부족하다. 그대는 도읍한 지 얼마 되지 않으니 나의 부용국(附庸國)이 되는 것이 어떠한가?' 동명왕(東明王)은 그 말을 분하게 여겨, 그와 더불어 활을 쏘아 재능을 겨루었는데, 송양이 대항하지 못하였다."190) 하였다. 『고기(古記)』191)에 "동명왕(東明王)이 비류왕 송양과 활쏘기를 겨루었다. 송양은 사슴을 그려서 1백 보 안에 놓고 쏘았는데 사슴의 배꼽을 맞추지 못하였다. 주몽(朱蒙)이 옥가락지를 1백 보 밖에 걸어 놓고 쏘아 기왓장 부수듯이 깨뜨리니, 송양이 크게 놀라, 도읍을 세운 선후에 따라 부용(附庸)을 삼고자 하였다. 주몽이 궁실을 짓는데 썩은 나무로 기둥을 하여 천 년이나 오래된 것 같이 보였으므로, 송양이 감히 다투지 못하였다."하였다.

---

190) 동명왕(東明王)은……못하였다 : 『삼국사기』 권13 「고구려본기」 시조 동명성왕 즉위년조.

191) 『고기(古記)』 : 유득공이 인용한 『고기(古記)』가 어떠한 책인지는 알 수 없다. 다만 인용한 내용은 『신증동국여지승람』 권54 「평안도」 성천도호부조(成川都護府條)에 보인다.

백제 百濟192)

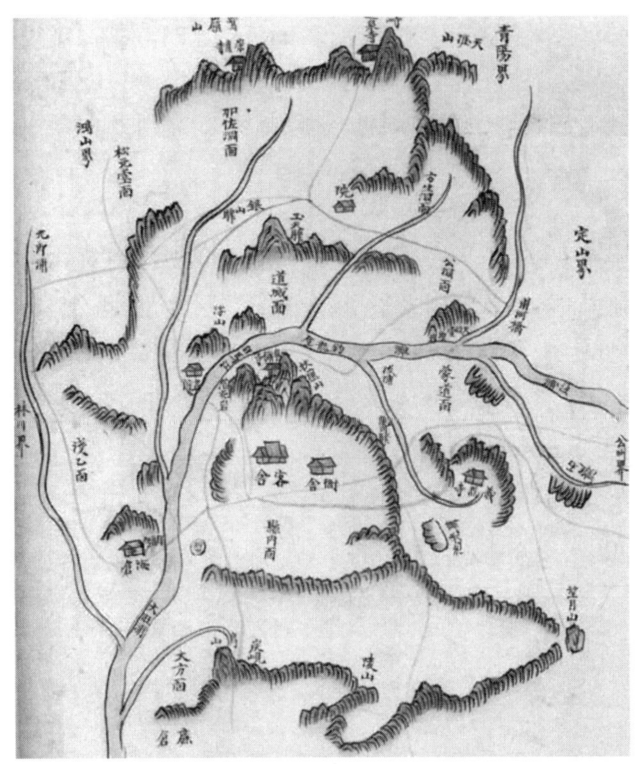

부여

---

192) 백제(百濟 기원전 18~서기 660) : 삼국 시대에, 한반도 남서부에 있던 나라. 기원
전 18년에 온조왕이 위례성(경기도 광주)에 도읍하여 세운 뒤 한강 유역을 중심으
로 지금의 경기 · 충청 · 전라도와 강원 · 경상도의 일부의 땅을 차지하였고, 고이
왕 때 고대 국가의 면모를 갖추었다. 중국의 남조(南朝), 일본 등과 우호 관계를 유
지하였으며 일본 문화에 큰 영향을 끼쳤는데, 의자왕 20년(660)에 나당 연합군에
게 패하여 31대 678년 만에 멸망하였으나, 일본 문화에 크게 영향을 끼쳤음.

南史 : 馬韓有五十四國, 百濟卽其一也. 後漸强大, 兼諸小國. 北史 : 百濟之國, 蓋馬韓之屬也. 初以百家濟, 因號百濟. 其都曰居拔城, 亦曰固麻城. 三國史 : 百濟始祖溫祚王, 都河南慰禮城, 以十臣爲輔翼, 國號十濟, 漢成帝鴻嘉三年也. 後以百姓樂從, 改號百濟, 其世系與高句麗, 同出扶餘, 故以扶餘爲氏. 溫祚王十三年, 就漢山下立柵, 十四年遷都. 蓋婁王五年, 築北漢山城, 近肖古王二十六年, 移都漢山, 文周王元年, 移都熊津, 聖王十六年, 移都泗沘[193], 國號南扶餘. 文獻備考 : 百濟所夫里郡, 一云泗沘, 今扶餘縣.

『남사』에 "마한에는 54국이 있는데, 백제는 바로 그 중 하나이다. 후에 점점 강대해져서 작은 나라들을 병합했다."[194]하였다. 『북사』에 "백제국은 무릇 마한에 속해있다. 처음에는 백가제하여, 인하여 백제라고 불렀다.[195] 그 도읍을 거발성(居拔城)[196]이라고도 하고, 또 고마성(固麻城)이

---

193) 사자(泗沘 : 자(沘)는 혹 비(沘)로도 쓴다. 『신증동국여지승람』 제18권 「충청도(忠淸道)」 <부여현(扶餘縣)> 조에 보임.

194) 『南史』:『新校本南史』, 卷七十九, 列傳 第六十九, 夷貊下, 東夷, 百濟 - 百濟者,其先東夷有三韓國 : 一曰馬韓, 二曰辰韓,三曰弁韓.弁韓, 辰韓各十二國,馬韓有五十四國.大國萬餘家,小國數千家,總十餘萬戶,百濟卽其一也.後漸强大,兼諸小國.其國本與句麗俱在遼東之東千餘里,晉世句麗旣略有遼東,百濟亦據有遼西、晉平二郡地矣,自置百濟郡.

195)『北史』:『新校本北史』, 列傳, 卷九十四, 列傳 第八十二, 百濟, 百濟之國, 蓋馬韓之屬也, 出自索離國. 其王出行, 其侍兒於後姙娠, 王還, 欲殺之. 侍兒曰, 前見天上有氣如大鷄子來降, 感,故有娠, 王捨之. 後生男,王置之豕牢, 豕以口氣嘘之,不死 後徙於馬闌, 亦如之. 王以爲神, 命養之, 名曰東明. 及長, 善射, 王忌其猛, 復欲殺之. 東明乃奔走, 南至淹滯水, 以弓擊水, 魚鼈皆爲橋, 東明乘之得度, 至夫餘而王焉. 東明之後有仇台, 篤於仁信, 始立國于帶方故地. 漢遼東太守公孫度以女妻之, 遂爲東夷强國. 初以百家濟, 因號百濟.

196) 거발성(居拔城) : 백제 성(城) 가운데 하나. 충청남도 부여의 옛 이름으로 짐작된다. 『수서』「동이전」 백제조에 보면, 백제는 동쪽과 서쪽의 거리가 450리, 남쪽과 북쪽은 900여 리가 되었다. 남쪽은 신라와 접해 있고 북쪽은 고구려와 등지고 있으며, 그 도읍을 거발성이라 한다고 했다. 『북사』「백제전」에도 그 도읍을 거발성 또

라고도 한다.[197][198]"하였다. 『삼국사기』에 "백제의 시조는 온조왕으로[199], 하남위례성에[200] 도읍하였으며, 열 명의 신하가 보필을 하여, 국호를 십제[201]라고 했는데, 한성제 홍가 3년(BC.18)[202]이였다. 후에 백성

는 고마성(固麻城)이라고 했다.

197) 백제이경(百濟二京) : 백제시대 두 개의 서울.『북사』의 백제국에 대한 설명 가운데 백제의 왕은 동·서 양성(兩城)에서 사는데, 하나는 거발성(居拔城)이고 또 하나는 고마성(古麻城)이라고 한 데에서 유래되었다. 고마성의 고마는 곧 곰[熊]을 뜻하므로 웅진성의 우리말인 '고마나루'의 '고마'를 한자로 음사(音寫)한 것이라 생각된다. 그러나 거발성(居拔城)이 곧 사비성을 뜻하는지는 불분명함.

198) 『新校本北史』列傳 卷九十四 列傳 第八十二, 百濟 耽牟羅國, 西南俱限大海, 處小海南,東西四百五十里, 南北九百餘里. 其都曰居拔城, 亦曰固麻城.

199) 온조왕(溫祚王) : 백제의 시조(BC 18~AD 28 재위). 백제의 시조(?~28). 위례성에 도읍을 정하고 나라를 세웠다. 기원전 11년에 말갈(靺鞨)의 침입을 받았으며, 기원전 5년에 서울을 남한산으로 옮기고, 9년에는 마한을 병합하여 국토를 확장하였다. 재위 기간은 기원전 18~기원후 28년임.

200) 위례성(慰禮城) : 한강을 기준으로 하북위례성(河北慰禮城)과 하남위례성(河南慰禮城)으로 나뉜다. 처음엔 하북위례성(河北慰禮城 : 서울 북한산 동쪽 산기슭이나, 북한산을 배경으로 한 세검동·평창동계곡 일대 또는 상계동·중랑천 방면을 비정(比定)하고 있으나 확실하지 않음)에 도읍을 정했었으나, 건국한지 13년(서기전 6년(온조왕 13)에 하남위례성(河南慰禮城 : 경기도 하남시 춘궁동과 남한산성을 포함한 일대의 의견이 있었으나, 요즘은 서울시 송파구 석촌동·가락동과 직근 거리에 있는 몽촌토성(夢村土城) 백제 초기 고분밀집지대로 비정하고 있음)으로 도읍을 옮겼음. (위례성의 위치에 대해서『삼국유사』에서는 지금의 충청남도 천안시 직산면으로 비정하는데, 직산이 위례성으로 지목된 근거는 확실하지 않으나, 475년 한성 함락 후 남쪽으로 피란하던 문주왕이 일시 머물렀던 데서 기인한 것으로 생각되기도 함. 또는 웅진 천도 후, 한성시대의 지명이 이동한데 기인한 현상으로 풀이하기도 함.)

201) 십제(十濟) : 백제 시조 온조(溫祚)가 졸본부여(卒本扶餘)로부터 남하해 BC 18년 한강 유역에 세운 나라.『삼국사기』에 전하는 백제 건국설화에 따르면 온조왕은 그 아버지가 추모(鄒牟 : 주몽)라고 한다. 주몽은 북부여에서 도망해 졸본부여로 왔는데, 졸본부여 왕이 그의 둘째 딸을 아내로 삼게 했다. 부여왕이 죽자 주몽이 왕위를 이어 비류(沸流)와 온조 두 아들을 낳았다. 그러나 얼마 후에 주몽이 북부여에 있을 때 낳은 유리(琉璃)가 와서 태자가 되자, 비류와 온조는 남하해 온조는 하남위례성(河南慰禮城 : 지금의 서울일원)에 도읍을 정하고 10신(十臣)의 도움을 받아 국호를 십제라 함.

들이 즐겨 따라서, 백제라고 고쳐 불렀다. 그 세계(世系)가 고구려와 같이 부여에서 나왔으므로, 부여(扶餘)[203]로써 성씨를 삼았다.[204] 온조왕 13년 (BC.6)에 바로 한산[205] 아래에 목책을 세우고, 14년(BC.5)에 도읍을 옮겼다.[206] 대저 개루왕[207] 5년(AD.132)에 북한산성[208]을 쌓았고,[209] 근초고왕[210] 26년(AD.371)에 한산으로 도읍을 옮겼으며,[211] 문주왕[212] 원년

202) 전한(前漢) 성제(成帝) 즉위 16년, 전한(前漢) 홍가(鴻嘉) 3년에 신라(新羅)는 박혁거세 거서간(朴赫居世 居西干) 즉위 40년, 고구려(高句麗)는 유리명왕(瑠璃明王) 즉위 2년, 백제(百濟)는 온조왕(溫祚王) 즉위 원년으로 위례성에 도읍을 정함.

203) 부여(夫餘/扶餘) : 기원전 1세기 무렵에 부여족이 북만주 일대에 세운 나라. 농경 생활을 주로 했고, 중국으로부터 철기 문화를 받아들이고 은력을 사용하는 등 진보된 제도와 조직을 갖추었으나, 3세기 말에 선비족의 침입으로 쇠퇴한 후, 그 영토가 대부분 고구려에 편입되었음.

204) 『三國史記』卷二十三 百濟本紀 第一, 始祖 : 溫祚都河南慰禮城, 以十臣爲輔翼, 國號十濟, 是前漢成帝鴻嘉三年也. 沸流以彌鄒土濕水鹹, 不得安居, 歸見慰禮, 都邑鼎定, 人民安泰, 遂慙悔而死, 其臣民皆歸於慰禮, 後以來時百姓樂從, 改號百濟. 其世系與高句麗, 同出扶餘, 故以扶餘爲氏.

205) 한산(漢山) : 한성(漢城) 백제의 두 번째 도읍지. 온조왕 14년(5)에 이곳으로 옮겼는데, 지금의 경기도 광주의 옛 읍과 남한산성임.

206) 『三國史記』卷第二十四, 百濟本紀, 第一 溫祚王, 十三年, 秋七月, 就漢山下立柵, 移慰禮城民戶. 十四年, 春正月, 遷都.

207) 개루왕(蓋婁王) : 백제 제4대 왕(?~166). 165년에 신라를 모반한 아찬 길선(吉宣)의 망명을 받아들인 뒤로 신라와 사이가 나빠졌다. 재위 기간은 128~166년임.

208) 북한산성(北漢山城) : 경기도 고양시 덕양구 관내 북한산에 있는 백제시대의 산성. 유사시에 대비하기 위하여 조선 숙종 40년(1714)에 축조하였다. 사적 제162호. 현재 대서문(大西門)이 남아 있고 장대지(將臺址)·우물터·건물터로 추정되는 방어시설의 일부가 있다. 현재의 북한산성에는 삼국시대의 토성이 약간 남아 있기는 하나 대개 조선 숙종 때 쌓은 것으로 성곽의 여장(女墻 : 성 위에 낮게 쌓은 담)은 허물어졌으나 성체는 잘 남아 있음.

209) 『三國史記』卷第二十四 百濟本紀 第一 蓋婁王, 五年, 春二月, 築北漢山城.

210) 근초고왕(近肖古王) : ?~375 백제 제13대 왕. 재위 346~375. 비류왕의 아들이다. 369년에 마한과 대방을 병합하였고, 371년에는 고구려의 평양성을 점령하여 고국원왕을 전사하게 하였다. 이를 통하여 백제는 강력한 고대 국가의 기반을 마련하였다. 아직기(阿直崎)와 왕인(王仁)을 일본에 파견하였으며, 박사 고흥(高興)에게 『서기(書記)』를 편찬하게 하였다. 일본의 『고사기(古事記)』에는 '조고왕(照古

(AD.475)에 웅진[213]으로 도읍을 옮겼으며,[214] 성왕(聖王)[215] 16년 (AD.538)에 사자(泗泚)[216]로 도읍을 옮기고 국호를 남부여(南扶餘)[217]라 하였다.[218]"하였다. 『동국문헌비고』에 "백제는 소부리군(所夫里郡)이라 고 하고, 사자(泗泚)라고도 하는데, 지금의 부여현이다."하였다.

王)'으로, 『일본서기(日本書紀)』에는 '초고왕(肖古王)'으로, 『진서(晉書)』권9 간문 제기에는 '여구(餘句)'로 표기되어 있음.

211) 『三國史記』卷第二十四, 百濟本紀, 第二, 近肖古王, 二十六年, 高句麗擧兵來, 王聞 之伏兵於浿河上, 俟其至急擊之, 高句麗兵敗北, 冬, 王與太子帥精兵三萬, 侵高句 麗攻平壤城, 麗王斯由力戰拒之, 中流矢死, 王引軍退, 移都漢山.

212) 문주왕(文周王) : ?~477 백제 제22대 왕. 재위 475~477. 부왕(父王)인 개로왕이 고 구려군에게 전사하자, 곧 즉위하여 서울을 웅진(熊津)으로 옮기고 국방에 힘썼으 나 국력을 떨치지는 못하였다. (『삼국사기』年表에는 3년간, 本紀에는 4년간으로 되어 있다.). '문주(文洲)' 또는 '문주(文州)'로도 쓴다. 그 후 병관좌평 해구(解仇) 에게 신권을 빼앗기고 시해 당하였음.

213) 웅진(熊津) : 충청남도 공주시의 백제시대 이름.

214) 『三國史記』卷第二十六, 百濟本紀 第四. 文周王(或作汶洲) 蓋鹵王之子也…… 蓋鹵嗣位 文周輔之……使文周求救於新羅, 得兵一萬廻. 麗兵雖退, 城破王死, 遂 卽位. 性柔不斷 而亦愛民, 百姓愛之. 冬十月, 移都於熊津.

215) 성왕(聖王) : ?~554 백제 제26대 왕. 재위 523~554. 이름은 명농(明襛). 무녕왕의 아들이다. 538년 사비성[泗城]으로 천도하고 국호를 남부여(南扶餘)라고 하였다. 진흥왕에게 한강 유역을 빼앗기자 554년 신라를 공격하였으나 관산성(管山城) 싸 움에서 전사하였다. 『양서(梁書)』권54 열전48 제이(諸夷) 백제전에는 이름을 명 (明)이라 했고, 『일본서기』에는 명왕(明王) 또는 성명왕(聖明王)으로 표기되어 있음.

216) 사자(泗泚) : 충청남도 부여군의 백제시대 이름.

217) 남부여(南扶餘) : 성왕(聖王) 16년(538)부터 멸망 때까지의 백제의 국호. 도읍을 웅 진(熊津)에서 사비(泗泚, 지금의 부여)로 옮기고 백제를 중흥하고자 하는 의도로 부른 이름임. 부여라는 국호는 백제 성왕 때부터 쓰기 시작해, 멸망할 때까지 별 칭으로 썼다고 볼 수 있다. 이는 백제왕실이 당시까지도 스스로 부여족의 한 갈래 임을 자처하고 있었던 증거의 하나로 보기도 함.

218) 『三國史記』卷第二十六, 百濟本紀 第四. 聖王, 十六年, 春, 移都於泗泚(一名所夫 里), 國號 南扶餘.

歌樓舞殿向江開　　노래하고 춤추던 누전 강을 향해 열려있고
半月城頭月影來　　반월성 꼭대기엔 달그림자 드리웠네.
紅毿毿寒眠不得　　붉은 담요[219]덮어도 한기에 잠 못 이루는데
君王愛在自溫臺　　임금님은 자온대에 가기를 좋아했네.

○ 半月城. 輿地勝覽 : 扶餘縣半月城, 石築周一萬三千六尺, 卽古百濟都城也. 抱扶蘇山而築, 兩頭抵白馬江, 形如半月.

■ 반월성.『신증동국여지승람』에 "부여현 반월성은 돌로 건축되었는데 둘레가 1만 3천6척이니, 곧 옛날 백제도성이다. 부소산을 안고서 쌓았는데, 성곽의 두 머리가 백마강[220]에 닿았는데 형상이 마치 반달과 같다."하였다.[221]

○ 自溫臺. 輿地勝覽 : 自溫臺在扶餘縣西五里, 自落花巖順流而西, 有巖跨水渚, 可坐十餘人. 俗傳, 百濟王遊于此巖, 則巖自溫.

■ 자온대.『신증동국여지승람』에 "자온대는 부여현 서쪽 5리에 있는데, 낙화암[222]에서 물을 따라 내려가면 서쪽에 바위가 물가에 걸터앉아 있는데,

---

219) 毿자는 毵자와 같은 자.
220) 백마강(白馬江) : 현 서쪽 5리에 있다. 양단포(良丹浦) 및 금강천(金剛川)이 공주의 금강(錦江)과 합류하여 이 강이 된 것인데, 임천군(林川郡) 경계로 들어가서는 고다진(古多津)이 된다.『신증동국여지승람』제18권 「충청도(忠淸道)」 <부여현(扶餘縣)> 산천조에 보인다. 충청남도 부여군 북부를 흐르는 강으로, 금강(錦江)의 본류이며, 백강(白江)이라고도 함.
221) 반월성(半月城) : 돌로 쌓았다. 주위가 1만 3천 6척이니 이것이 곧 옛 백제의 도성(都城)이다. 부소산을 쌓아 안고 두 머리가 백마강(白馬江)에 닿았는데, 그 형상이 반달같기 때문에 반월성이라 이름한 것이다. 지금의 아문(衙門)이 그 안에 있다.『신증동국여지승람』제18권 「충청도(忠淸道)」 <부여현(扶餘縣)>에 고적조에 보임.

십여 명이 앉을 수 있다. 전해오는 말에 의하면, 백제왕이 이 바위에서 놀면, 곧 바위가 저절로 따뜻해졌다."하였다.[223]

落日扶蘇數點烽	해 저문 부소산 봉화불 피어오르고
天寒白馬怒濤洶	찬바람 몰아치는 백마강엔 물결만 출렁이네.
奈何不用成忠策	어찌하여 성충의 계책을 써보지도 않고
却恃江中護國龍	도리어 강 속의 호국룡만 믿었던가.

---

222) 낙화암(落花巖) : 현 북쪽 1리에 있다. 조룡대 서쪽에 큰 바위가 있는데 전설에 의하면, 의자왕(義慈王)이 당 나라 군사에게 패하게 되자 궁녀들이 달아나 나와 이 바위 위에 올라 스스로 강물에 몸을 던졌으므로 낙화암이라 이름했다." 한다. 『신증동국여지승람』 제18권 「충청도(忠淸道)」 <부여현(扶餘縣)> 고적조에 보임. 충청남도 부여군 부여읍 백마깅변의 부소산에 있는 바위. 바위 위에는 백화정(百花亭)이라는 조그마한 정자가 있다. 『삼국유사』에 인용된 백제고기(百濟古記)에 의하면 부여성 북쪽 모퉁이에 큰 바위가 있어 아래로는 강물에 임하는데, 모든 궁녀들이 굴욕을 면하지 못할 것을 알고 차라리 죽을지언정 남의 손에 죽지 않겠다고 하고, 서로 이끌고 이곳에 와서 강에 빠져 죽었으므로 이 바위를 타사암(墮死巖)이라 하였다고 한다. 이러한 내용으로 보아 낙화암의 본래 명칭은 타사암이었는데, 뒷날에 와서 궁녀, 즉 여자를 꽃에 비유하고 이를 미화하여 붙인 이름이 분명할 것으로 보기도 함.

223) 자온대(自溫臺) : 현 서쪽 5리에 있다. 낙화암에서 물을 따라 서쪽으로 내려가면 괴상한 바위가 물가에 걸터앉은 듯이 있는데, 10여 명이 앉을 만하다. 전해 오는 말에 의하면, "백제의 왕이 이 바위에서 놀면 그 바위가 자연히 따뜻해졌기 때문에 그와 같이 이름했다." 한다. 『신증동국여지승람』 제18권 「충청도」 <부여현(扶餘縣)> 고적조에 보임. 『삼국유사』기이 제2 남부여 조에 의하면, 백제왕이 왕흥사에 예불을 드리러 가다 사비수 언덕 바위에 올라 부처님을 향해 절을 하자, 바위가 저절로 따뜻해져서 이곳을 자온대로 부르게 되었다고 한다. 강 쪽으로 돌출한 부분에 우암 송시열의 글씨로 알려진 자온대란 글씨가 새겨져 있다. 속설에 자온대는 백마강가에 있는 바위로 의자왕이 가끔 놀던 곳인데 간신배들이 미리 와서 불을 피워 바위를 덥히고 왕이 오면 숯불을 쓸어 넣어버리니 이 사실을 모르는 왕이 스스로 따뜻해지는 바위라하며 지은 이름이라고 함.

○ 扶蘇. 興地勝覽 : 扶蘇山在扶餘縣北三里. 東岺曰迎月臺, 西岺曰送月臺.

■ 부소.『신증동국여지승람』에 "부소산은 부여현 북쪽 3리에 있다. 동쪽 봉우리는 영월대[224]라 하고, 서쪽 봉우리는 송월대라 한다."하였다.[225]

○ 成忠. 三國史 : 百濟義慈王十六年, 佐平成忠上書曰, 臣觀時察變, 必有兵革之事. 若異國兵來, 陸路不使過沈峴, 水軍不使入岐伐浦, 據險以禦, 然後可也. 王不省, 及唐兵乘勝迫城, 王歎曰, 悔不用成忠之言.

■ 성충.『삼국사기』에 "백제 의자왕 16년(AD.656)에 좌평[226] 성충이 상소를 올려 말하기를, '신이 때를 보고 변화를 살펴보니, 반드시 전쟁이 있을 것입니다. 만약 다른 나라에서 침입해 오면, 육로는 심현[227]을 넘어오지 못

---

224) 영월대(迎月臺) : 충청남도 부여에 있는 명승지. 삼국 시대에 백제의 임금이 달맞이하던 곳이다.

225) 부소산(扶蘇山) : 현 북쪽 3리에 있는 진산(鎭山)이다. 동쪽 작은 봉에 비스듬히 올라간 곳을 영월대(迎月臺)라 부르고, 서쪽 봉을 송월대(送月臺)라 이른다.『신증동국여지승람』제18권「충청도(忠淸道)」<부여현(扶餘縣)> 산천조에 보임. 낙화암은 부소산 북쪽의 절벽으로서, 나당연합군에 의해 백제가 멸망할 때 삼천궁녀가 백마강(白馬江)에 몸을 던졌다는 고사로 유명하다. 낙화암 아래 백마강에 임하여 고란사가 있다. 이 절 뒤편의 암벽에서 솟아나는 약수는 백제왕들의 어용수(御用水)로서 사용되었다고 전해오며, 약수터 주변의 고란초는 고사리과에 속하는 다년생 은화식물로 그늘진 바위틈에 자생하는 희귀식물임.

226) 좌평(佐平) : 백제 때에 둔 전체 십육 관등 가운데 첫째 등급.『삼국사기』백제본기2 고이왕 27년(260)에 내신(內臣), 내두(內頭), 내법(內法), 위사(衛士), 조정(朝廷), 병관(兵官) 등의 여섯 좌평을 두었다고 했음.

227) 심현(沈峴) : 탄현(炭峴) 현 동쪽 14리에 있는데 공주와의 경계이다. 부산(浮山) 고성진(古省津)의 북쪽 언덕에 있다. 망월산(望月山) 현 동쪽 15리에 있으며, 또 석성현(石城縣) 편에도 나와 있다.『신증동국여지승람』제18권「충청도(忠淸道)」<부여현(扶餘縣)> 산천조에 보임. 대전광역시 동구와 충청북도 옥천군 군서면의 경계에 위치한 식장산(食藏山)에 있는 고개임. 대체로 옥천지방 또는 대전 동쪽 식장산을 가리킨다고 하나, 보다 정확한 위치는 옥천군 군서면 오동리와 군북면 자모리의 경계인 식장산 중심 산록 중 깊은 자루목이다. 백제의 마지막 왕인 의자왕

하게 하고, 수군은 기벌포228)를 들어오지 못하게 하고, 험한 곳을 막은 후
에야 이길 수 있습니다.'라고 하였으나, 왕은 깨닫지 못하고, 당나라 병사
가 성에 거의 다 다가와서야 왕이 탄식하며 말하기를, '성충의 말을 쓰지
않은 것이 후회스럽구나.'"하였다.229)230)

이 나당연합군이 침공하자 유배중이던 충신 흥수(興首)에게 좋은 방책을 묻자 백
마강과 탄현을 지킬 것을 말하였으나 간신들이 이를 무시하였으므로 당나라의
군사는 백마강을, 신라군은 탄현을 함락하게 되어 백제가 멸망하였다. 탄현이 전
략적으로 중요한 위치라는 사실은 백제의 충신 성충(成忠)도 옥중에서 임종 시에
왕에게 이곳과 백마강을 잘 지켜 국방을 게을리 하지 말도록 하였다는 기록에서
도 입증된다. 여러 자료로 미루어볼 때 사서(史書)에 나오는 심현(沈峴)과 동일한
지역으로 추정됨.

228) 기벌포(伎伐浦) : ……백강(白江, 기벌포(伎伐浦 지금의 금강 하구)라고도 이른
다)……『신증동국여지승람』제18권「충청도(忠淸道)」<부여현(扶餘縣)> 인물조
에 보인다. 676년(문무왕 16)에 신라와 당나라 사이에 전투가 벌어져 신라가 승리
하여 당나라 세력을 물리쳤으며, 신라와 당나라 연합군이 백제를 공격하여 멸망
시켰던 곳임.

229)『三國史記』卷第二十八, 百濟本紀, 第六, 義慈王. 十六年, 春三月, 王與宮人淫荒
醉樂, 飲酒不止. 佐平成忠極諫, 王怒囚之獄中. 由是無敢言者, 成忠瘐死, 臨終上書
曰, 忠臣死不忘君, 願一言而死, 臣常觀時察變, 必有兵革之事, 凡用兵必審擇其地,
處上流以延適, 然後可以保全. 若異國兵來, 陸路不使過沈峴, 水軍不使入伎伐浦之
岸, 據其險隘以禦之, 然後可也. 王不省焉.

230) 성충(成忠) : 의자왕(義慈王)이 궁녀들과 더불어 음란하게 연락(宴樂)에 빠져 술마
시기를 그치지 않으므로, 좌평(佐平) 성충(成忠)이 극력 간하였더니, 왕이 노하여
옥에 가두었다. 성충이 옥중에서 병이 나서 죽을 때에 글을 올려 간하기를, "충신
은 죽어도 임금을 잊지 않는 것이오니, 원하건대 한 말씀 드리고 죽겠나이다. 신
이 시변(時變)을 관찰하니, 반드시 병란이 있을 것입니다. 무릇 군사를 쓰려면 그
땅을 살펴 선택하여 상류에 처하여 적군을 맞이한 뒤에야 보전할 것이니, 만약 다
른 나라의 군병이 공격해 올 경우, 육로(陸路)로는 탄현(炭峴-침현(沈峴)이라고도
한다)을 넘어오지 못하게 하며, 수군(水軍)은 백강(白江-기벌포(伎伐浦)라고도 이
른다)에 들어오지 못하게 하고, 그 험준하고 막힌 지리(地利)를 점거하여 방어한
뒤에야 가할 것입니다." 하였다. 왕이 그 말에 유의하지 아니하였다가 당나라와
신라의 군사가 탄현과 백강을 통과한 승세(勝勢)를 타고 도성에 임박하니 왕이 패
배를 면하지 못할 것을 알고 한탄하여 말하기를, "성충의 말을 듣지 않았더니 이
지경이 되었음을 후회하노라." 하였다. 『신증동국여지승람』제18권「충청도(忠淸

○ 護國龍. 輿地勝覽 : 扶蘇山下, 有巖跨江, 上有龍攫跡. 俗傳, 蘇定方伐百濟,
臨江欲渡, 風雨大作, 以白馬爲餌, 釣得一龍, 須臾開霽, 遂渡師, 故江名白馬,
巖名釣龍臺.

■ 호국룡.『신증동국여지승람』에 "부소산 아래에 바위가 강을 타 넘어 있는
데, 위에 용이 발톱으로 할퀸 흔적이 있다. 전해오는 말에 소정방[231]이 백
제를 침략할 때, 강에 이르러 건너가고자 하였는데 비바람이 크게 일어서,
백마를 미끼로 하여 한 마리의 용을 낚으니 순식간에 날씨가 개어 마침내
군사가 건넜다. 그러므로 그 강 이름을 백마라 하고, 바위 이름을 조룡대라
한다."하였다.[232]

雨冷風凄去國愁	싸늘한 비바람 나라 떠난 슬픔을 떠올리고
巖花落盡水悠悠	바위꽃 다 떨어져도 강물은 유유히 흐르네.
泉臺寂寞誰相伴	천대는 적막하니 뉘와 서로 짝하리
同是江南歸命侯	오나라의 망국 군주 손호와 같도다.

　　　道)」<부여현(扶餘縣)> 인물조에 보인다. 일명 '정충(淨忠)'이라고도 함. 벼슬은
　　　좌평(佐平)이었는데, 의자왕 16년에 극간(極諫)하다 하옥되어 죽었다.
231) 소정방(蘇定方) : 중국 당나라의 장군(595~ 667). 이름은 열(烈). 정방은 자(字). 현
　　　경(顯慶) 5년(660)에 나당(羅唐) 연합군의 대총관으로서 13만의 당군을 거느리고
　　　백제의 사비성을 함락시키고, 의자왕과 태자 융(隆)을 사로잡았다. 661년에는 평
　　　양성을 포위하였으나 실패하였음.
232) 조룡대(釣龍臺) : 호암(虎巖)으로부터 물을 따라 남쪽으로 내려가다 부소산(扶蘇
　　　山) 아래에 이르러, 한 괴석(怪石)이 강가에 걸터앉은 듯이 있는데 돌 위에는 용이
　　　발톱으로 할퀸 흔적이 있다. 전하는 말에 의하면 "소정방(蘇定方)이 백제를 공격
　　　할 때, 강에 임하여 물을 건너려고 하는데 홀연 비바람이 크게 일어나므로 흰 말
　　　로 미끼를 만들어 용 한 마리를 낚으니, 잠깐 사이에 날이 개어 드디어 군사가 강
　　　을 건너 공격하였다. 그러기 때문에 강을 백마강이라 이르고, 바위는 조룡대라고
　　　일렀다." 한다.『신증동국여지승람』제18권「충청도」<부여현(扶餘縣)>에 고
　　　적조에 보임. 그런데 '물고기'를 한자로 적을 때 '어룡(魚龍)'이라고 하는 것으로
　　　보아, 소정방이 어룡을 낚은 것을 뒷날 잘못 전하여 용을 낚았다고 하게 된 것이
　　　아닌가 하는 설도 있음.

○ 巖花 輿地勝覽 : 落花巖在扶餘縣北一里. 俗傳, 義慈王爲唐兵所敗, 宮女奔迸登是巖, 自墜于江, 故名.

■ 암화『신증동국여지승람』에, "낙화암(落花巖)은 부여현(扶餘縣) 북 1리에 있다. 세상에 전하기를, 의자왕이 당나라 군대에게 패하자 궁녀들이 달아나다가 이 바위에 올라가서, 스스로 강으로 떨어졌기 때문에 이러한 이름이 붙었다."고 하였다.[233]

○ 歸命侯 唐書 : 顯慶五年, 詔左衛大將軍蘇定方, 爲神邱道行軍大摠管, 討百濟. 自城山濟海, 百濟守熊津口, 定方縱擊大破. 乘潮以進, 拔其城, 執義慈送京師, 平其國, 置熊津·馬韓·東明·金漣·德安五都督府. 義慈痛死, 贈衛尉卿. 許舊臣赴臨, 詔葬孫皓·陳叔寶墓左.

■ 귀명후『당서』에, "현경(顯慶) 5년(660), 좌위대장군(左衛大將軍) 소정방(蘇定方)에게 조서를 내려, 신구도행군대총관(神邱道行軍大摠管)으로 삼아서 백제를 토벌하게 했다. 성산(城山)[234]에서부터 바다를 건너자 백제가 웅진강[熊津][235] 어귀를 지켰는데, 소정방이 쫓아가서 쳐서 대파시켰다. 조수를 타고 나아가서 성을 공략하여, 의자왕을 잡아서 경사(京師)[236]에 보내고, 그 나라를 평정하여 웅진(熊津)·마한(馬韓)·동명(東明)·금련(金漣)·덕안(德安)의 다섯 도독부(都督府)를 두었다.[237] 의자왕이 울분에 차

---

233) 낙화암(落花巖) : 『신증동국여지승람』 제18권 「충청도(忠淸道)」 <부여현(扶餘縣)> 고적조에 보임. '釣龍臺西有巨巖'이라는 설명이 추가로 적혀있다.

234) 성산(城山) : 지금의 산동반도(山東半島) 동단(東端)으로 추정됨.

235) 웅진강[熊津江] : 금강(錦江)의 일부. 『신증동국여지승람』에 의하면 공주지역의 금강을 웅진강이라 한다.

236) 경사(京師) : 당시 당나라 수도인 장안(長安).

237) 다섯 도독부[五都督府] : 의자왕 20년(660) 백제가 패망한 후, 5개의 도독부가 설치 운영되다가 663년 백제 저항군의 중요 거점이었던 임존성(任存城)이 함락되고 지도자인 흑치상지가 투항하여 저항군의 세력이 약화되자, 664년 당나라는 웅진도

서 훙거하자 위위경(衛尉卿)238)에 추증239)하고 옛 신하들이 와서 조문하는 것을 허락하였으며, 손호(孫皓)240)와 진숙보(陳叔寶)241)의 묘 좌측에 안장하도록 조서를 내렸다.242)"고 하였다.

浴槃零落涴臙脂	욕반은 퇴락하여 고운 모습 더럽혀지고
石室藏書事可疑	석실장서는 사적이 의심스럽도다.
時見荒原秋艸裏	이따금 가을풀 무성한 황야에서
行人駐馬讀唐碑	행인이 말 멈추고 당비 읽는 모습 보이네.

○ 浴槃 扶餘縣志 : 縣庭有石槃, 夜衙或燃松明炬於其上, 焦黑剜缺, 隱隱有

독부 하나만 남기고 나머지 도독부를 폐지한 후, 동명(東明)·지심(支瀋)·노산(魯山)·고사(古四)·사반(沙牟)·대방(帶方)·분차(分嵯)의 7주와 51현을 설치했다. 671년 신라가 당나라 세력을 몰아낸 후, 지금의 부여지방에 소부리주(所夫里州)를 설치하고 아찬(阿湌) 진왕(眞王)을 도독으로 임명하면서 사실상 웅진도독부는 폐지된다.

238) 위위경(衛尉卿) : 궁중과 이궁(離宮)의 경비병을 통솔하는 직책으로 위위시(衛尉寺)의 장관이다. 금중(禁中)을 경비하는 것 외에 병기(兵器)와 천자의 의장(儀仗) 및 장막(帳幕) 등을 관장했다. 귀명후(歸命侯)로 봉해진 손호와 비교해서, 경(卿)은 후(侯)보다 직급이 낮다.

239) 의자왕은 사후 금자광록대부위위경(金紫光祿大夫衛尉卿)에 추증되었다가, 뒤에 다시 사가경(司稼卿)에 추증되었다. 당나라 망산(芒山)에 안장되었는데, 망산은 현재 중국 하남성 낙양시 북망산(北邙山) 봉황대(鳳凰臺) 일대이다.

240) 손호(孫皓) : 242~284. 자 원종(元宗)·호종(皓宗). 별명 팽조(彭祖). 손권(孫權)의 손자로서 오정후(烏程侯)에 책봉되었으며 제3대 황제인 손휴(孫休)의 뒤를 이어 264년에 오나라 황제로 즉위. 폭정 때문에 호족세력의 지지를 잃어 각지에서 반란이 잇달아 일어나는 가운데, 남하하여 쳐들어온 진(晋)나라 대군에게 항복(280년). 후에 귀명후(歸命侯)의 작위를 받았다.

241) 진숙보(陳叔寶) : 553~604. 자 원수(元秀), 남조(南朝) 진(陳) 선제(宣帝)의 장자로, 음락에 빠져 정사를 돌보지 않다가 수(隋)나라 문제(文帝)에 의해 멸망당함.

242) 『신당서(新唐書)』권220 열전 145 백제 조와 『구당서』 열전 33 소정방 조등을 종합했다.

蓮花刻紋. 傳爲百濟宮女浴槃.

■ 욕반 『부여현지(扶餘縣志)』에, "현(縣)의 마당에 석반(石槃)이 있었는데, 밤에 관청에서 때때로 그 위에 솔가지 횃불을 밝혀서, 그을려 검어지고 마모되었지만 은은한 연꽃 무늬가 보인다. 백제 궁녀의 욕반(浴槃)이라 전한다."고 하였다.

○ 石室藏書 扶餘縣志: 縣之豊田驛東, 有石壁巉立, 坼痕如戶, 號冊巖. 傳爲百濟時藏書處. 舊有好事者欲斲開, 晴日大雷, 懼而止云.

■ 석실장서 『부여현지(扶餘縣志)』에, "현의 풍전역(豊田驛) 동쪽에 석벽(石壁)이 가파르게 있는데, 터진 금의 흔적이 문호(門戶) 같아서 책암(冊巖)이라 불린다. 백제 때 책을 보관하던 곳이라 전해진다. 예전에 일만들기를 좋아하는 사람이 쪼개어 열려고 했는데, 마른 하늘에 날벼락이 치자 두려워서 그만두었다."고 하였다.

○ 唐碑 扶餘縣志 : 縣南二里, 有石塔, 刻云, 大唐平百濟國碑. 顯慶五年, 歲在庚申八月十五日癸未建, 陵州長史判兵曹賀遂亮撰, 洛州河南權懷素書. 盖蘇定方紀功之辭也. 文體騈儷, 筆法遒勁, 當爲海東古碑第一. 縣北三里, 又有劉仁願紀功碑, 中折字多剜.

■ 당비 『부여현지(扶餘縣志)』에, "현 남쪽 2리에 석탑[243]이 있는데, '대당평백제국비(大唐平百濟國碑)'라고 새겨져있다. 현경 5년, 경신(庚申) 8월

---

243) 부여 정림사지 오층석탑(扶餘定林寺址五層石塔) :   충청남도 부여군 부여읍 동남리(東南里) 부여 정림사지에 있는 백제 말기의 화강석 석탑. 1962년 12월 20일 국보 제9호로 지정되었다. 제1탑신(塔身) 4면에는 당나라의 장군 소정방(蘇定方)이 백제를 평정한 후에 새긴 기공문(紀功文)이 있어 속칭 '평제탑(平濟塔)'이라고 불리어지기도 하였다.

15일 계미(癸未)에 세웠는데, 능주장사(陵州長史) 판병조(判兵曹) 하수량(賀遂亮)이 찬(撰)했으며, 낙주(洛州) 하남(河南) 권회소(權懷素)가 서(書)했다. 모두 소정방의 공덕을 기념하는 글이다. 문체는 변려체이고, 필법이 씩씩하며 굳세어, 마땅히 해동의 옛 비석 중 제일이 된다. 현의 북쪽 3리에, 또 유인원(劉仁願)244)의 공덕을 기념한 비가 있는데, 중간에 새긴 글자가 많이 깎여있다."라 하였다.

---

244) 유인원(劉仁願) : 백제 침공시 소정방 밑에서 낭장(郎將)을 지냄. 사비성 점령 후 1
　　만의 군사를 거느리고 백제에 주둔. 후에 고구려 침공 당시 비열도행군총관을 지
　　내면서 고구려 공격을 지체하다가 668년 8월에 유배를 당함.

미추홀 彌鄒忽

인천

三國史 : 朱蒙自北扶餘逃難, 至卒本扶餘, 扶餘王以女妻之. 扶餘王薨, 朱蒙嗣位生二子, 長曰沸流, 次曰溫祚. 及朱蒙在北扶餘所生子, 來爲太子, 沸流溫祚恐爲太子所不容, 遂與烏干·馬黎等十臣南行, 百性從之者多. 至漢山, 登負兒岳, 望可居之地. 沸流欲居海濱, 十臣諫曰, 惟此河南之地, 北帶漢水, 東據高岳, 南望沃澤, 西阻大海, 作都於斯, 不亦宜乎. 沸流不聽, 分其民歸彌鄒忽以居之. 溫祚都河南慰禮城. 沸流以彌鄒土濕水鹹, 不得安居, 歸見慰禮, 都邑鼎定, 人民安泰, 遂慚悔而死. 輿地志: 今仁川府南十里, 海坪上有大冢, 墻垣舊址宛然, 石人偃仆而甚大. 俗傳, 彌鄒王墓云.

『삼국사기』(백제본기 제1-역자)에, "주몽이 북부여로부터 도망와서 졸본부여에 다다르자, 부여왕이 딸을 그에게 시집보냈다. 부여왕이 죽자, 주몽이 자리를 이어 두 아들을 낳았는데, 큰 아들을 비류라 했고 둘째 아들을 온조라 했다. 주몽이 북부여에 있을 때 낳은 아들이 와서 태자가 되자, 비류와 온조가 태자가 자신들을 용납하지 않을까 두려워하여, 드디어 오간(烏干)·마려(馬黎) 등 열 명의 신하와 함께 남행하였는데, 백성들 중 따르는 자가 많았다. 한산(漢山)에 이르러 부아악(負兒岳: 삼각산)에 올라 살 만한 곳을 바라보았다. 비류는 해변에 살기를 원하였으나 열 명의 신하들이 간언하기를, '생각건대 이 하남의 땅은 북으로는 한수를 띄고, 동으로는 높은 산악을 의지하였으며, 남으로는 옥택(沃澤)을 바라보고, 서로는 큰 바다에 막혀있으니, 이 곳에 도읍을 삼는 것이 또한 마땅하지 않겠습니까?'라 하였다. 비류가 듣지 않고, 백성을 나누어 미추홀로 가서 살았다. 온조는 하남 위례성에 도읍하였다. 비류는 미추의 땅이 습기가 많고 물이 짜서 편안히 살 수 없으므로, 돌아와서 위례를 보았는데 도읍이 안정되고 백성들이 편안하니, 드디어 부끄러워하며 죽었다."고 하였다. 『여지지(輿地志)』에, "지금 인천부 남쪽 10리의 바닷가 평평한 곳 위에 큰 무덤이 있는데, 경계와 옛 터가 뚜렷하여, 석인(石人)들이 쓰러져 있는데 매우 크다. 세상에 전하기를, 미추왕묘(彌鄒王墓)라고 일컬어진다.” 하였다.

浿上悲歌別弟兄	패수 가의 슬픈 노래 형제가 이별하는데
登山臨水汨南征	산에 올라 강에 임해 멱수(汨水) 남으로 가도다.
三韓地劣姜肱被	삼한의 지세 좁으니 강굉의 이불 덮고서[245]
休築崢嶸恚忿城	우뚝한 에분성은 쌓지 말 것을.

○ 恚忿城 輿地志 : 今仁川府南有山名南山, 一名文鶴山. 山上有城, 世傳, 沸流所都以王, 恚忿而死, 故名恚忿城.

■ 에분성 『여지지(輿地志)』에, “지금 인천부 남쪽에 산이 있는데 이름이 남산이며, 일명 문학산(文鶴山)이라 한다. 산 위에 성이 있는데, 세상에 전하기를 비류(沸流)가 도읍을 정하여 왕노릇을 하다가, 분통이 터져 죽었으므로 에분성(恚忿城)이라는 이름이 붙었다.”고 하였다. (『신증동국여지승람』 권9 인천도호부 산천조에 남산 및 남산고성과 관계가 있는 듯 함.-역자)

---

245) 『후한서(後漢書)』 열전 43 <강굉전(姜肱傳)>에 후한(後漢)의 강굉(姜肱)이 동생인 중해(仲海)·계강(季江)과 지극히 우애가 깊어서 늘 한 이불을 덮고 잤다는 고사가 있다.

신라 新羅

경주

北史: 新羅者, 其先本辰韓種也. 地在高麗東南, 居漢時樂浪地. 其王本
百濟人, 自海逃入新羅, 遂王其國. 三國史: 新羅始祖, 姓朴氏, 諱赫居世.
漢宣帝五鳳元年四月丙辰卽位, 號居西干, 時年十三. 先是, 朝鮮遺民, 分
居山谷間, 爲六村, 是爲辰韓六部. 高墟村長蘇伐公, 望楊山麓, 蘿井旁, 林
間有馬, 跪而嘶. 往觀之, 忽不見馬, 只有大卵. 剖之, 有嬰兒出焉, 取而養
之. 及年十餘歲, 岐嶷然夙成. 六部人以其生神異推尊之, 至是立以爲君.
辰人謂瓠爲朴, 以大卵如瓠, 故以朴爲姓. 居西干, 辰言王也. 文獻備考: 新
羅, 國號徐耶伐. 或云斯羅, 或云斯盧. 東京雜記: 慶州, 本新羅古都.

『북사(北史)』246)에 "신라는 그 선조가 본래 진한의 종족이다. 그 땅은
고구려 동남쪽에 있는데, 한(漢)나라 때의 낙랑(樂浪) 지역이다. 그 나라
의 왕은 본래 백제 사람이었는데, 바다로 도망쳐 신라로 들어가 마침내
그 나라의 왕이 되었다."247)『삼국사기』에 "신라의 시조는 성이 박씨(朴
氏)로, 휘는 혁거세(赫居世)이다. 한(漢)나라 선제(宣帝) 오봉(五鳳) 원년
(기원전 57) 4월 병진일에 즉위하여 거서간(居西干)이라 칭하니, 그 때 나
이 13세였다. 이에 앞서 조선의 유민이 산곡(山谷) 간에 나누어 거주하여
여섯 촌락을 이루었는데, 이것이 진한(辰韓)의 6부이다. 고허촌장(高墟村
長) 소벌공(蘇伐公)이 양산(楊山) 기슭을 바라보았는데, 나정(蘿井) 옆 숲
속에 말이 있어 무릎을 꿇고 울고 있었다. 가서 살펴보니 홀연 말은 보이
지 않고 큰 알만 있었다. 알을 쪼개보니 아이가 나왔으므로 데려다 길렀
다. 13세가 되자 헌걸차게 성숙하였다. 6부의 사람들이 그가 신비롭게 태
어났다 하여 받들어 존중하였는데 이때에 이르러 그를 세워 임금으로 삼
았다. 진한 사람들은 '박[瓠]'을 '박(朴)'이라 부르는데, 큰 알이 마치 박과

---

246)『북사』: 중국 위진남북조 시대 북위(北魏) · 북제(北齊) · 북주(北周) · 수(隋)의 역
　　사를 다룬 정사(正史). 본기(本紀) 12권, 열전(列傳) 88권의 총 100권으로 구성되어
　　있다. 당(唐)의 이연수(李延壽)가 편찬했다.
247) 신라는……되었다:『북사』열전 권82『신라전』을 종합 정리하여 기술했다.

같았으므로 '박'을 성으로 삼았다. 거서간은 진한의 말로 왕이라는 뜻이다."[248] 하였다. 『동국문헌비고』에 "신라는 국호가 서야벌(徐耶伐)인데, 혹은 사라(斯羅)라고 하기도 하고 혹은 사로(斯盧)라고 하기도 한다." 하였다. 『동경잡기(東京雜記)』[249]에 "경주는 본래 신라의 옛 도읍이다." 하였다.

辰韓六部澹秋烟　　진한 육부 가을 연하(烟霞) 담박하니
徐苑繁華想可憐　　번화했던 서울 풍경 상상하니 애처롭네.
萬萬波波加號笛　　만만파파로 이름 더한 젓대를
橫吹三姓一千年　　비껴 불며 세 성이 일천년을 누렸다.

○ 辰韓六部. 三國史: 一曰閼川楊山村, 二曰突山高墟村, 三曰觜山珍支村, 四曰茂山大樹村, 五曰金山加利村, 六曰明活山高耶村, 是爲辰韓六部.

■ 진한육부. 『삼국사기』에 "알천(閼川) 양산촌(楊山村),[250] 돌산(突山) 고허촌(高墟村),[251] 취산(觜山) 진지촌(珍支村),[252] 무산(茂山) 대수촌(大樹村),[253] 금산(金山) 가리촌(加利村),[254] 명활산(明活山) 고야촌(高耶村)[255]이

---

248) 신라의……뜻이다 : 『삼국사기』 권1 「신라본기」 1
249) 『동경잡기(東京雜記)』: 1845년(헌종 11) 경주부윤 성원묵(成原默)이 증보하여 간행한 경주의 지지. 3권 3책. 목판본. 작자 미상으로 전해오던 『동경지(東京誌)』를 1669년(현종 10) 부윤 민주면(閔周冕)이 진사 이채(李埰) 등과 함께 증수하여 『동경잡기』라고 이름붙여 간행하였다. 1711년(숙종 37) 부윤 남지훈(南至熏)이 이를 간행하였으며, 1845년에 다시 증보하여 중간한 것이다.
250) 알천(閼川) 양산촌(楊山村) : 현재 경주의 남천(南川) 이남, 남산(南山) 서북 일대.
251) 돌산(突山) 고허촌(高墟村) : 현재 경주의 남천(南川) 이북, 서천(西川) 이동(일설에는 서천 이서) 일대.
252) 취산(觜山) 진지촌(珍支村) : 현재 경주시 인왕동(仁旺洞) 일대.
253) 무산(茂山) 대수촌(大樹村) : 현재 경주 서천(西川)의 지류(支流)인 모량천(牟梁川) 유역.

진한의 6부이다.”[256] 하였다.

○ 徐菀. 文獻備考: 新羅, 國號徐耶伐. 後人稱凡京都曰徐伐, 轉爲徐菀.

■ 서울.『동국문헌비고』에 “신라는 국호가 서야벌이다. 후세 사람이 모든 서울을 지칭하여 ‘서벌’이라고 하였는데, 그것이 전화되어 ‘서울’이 된 것이다.” 하였다.

○ 萬萬波波. 東京雜記: 神文王時, 東海中有小山, 隨波往來. 王異之, 汎海入其山, 上有竹一竿. 命作笛吹之, 兵退病愈, 旱雨雨晴, 風定波平, 號萬波息笛, 歷代傳寶之. 至孝昭王, 加號萬萬波波息笛.

■ 만만파파.『동경잡기』에 “신문왕 때 동해 가운데 작은 산이 있어서 물결 따라 왔다갔다 하였다. 왕이 기이하게 여겨 바다에 배를 띄워 그 산으로 들어가니 산 위에 대나무 한 그루가 있었다. 그 대나무로 젓대를 만들어 불게 하니, 적병이 물러가고 질병이 치유되며, 가뭄에는 비가 내리고 장마에는 날이 개며, 바람은 멎고 물결은 잔잔해졌으므로 만파식적이라고 불렀다. 대대로 보물로 전하였는데 효소왕에 이르러 호칭을 더하여 만만파파식적이라고 하였다.” 하였다.

○ 三姓. 三國史: 新羅始祖, 姓朴氏. 脫解尼斯今, 姓昔氏. 味鄒尼斯今, 姓金氏. 芝峯類說: 新羅, 享國幾一千年. 統合三韓, 時和歲豐, 號稱新羅聖代.

---

254) 금산(金山) 가리촌(加利村) : 현재 경주 북천(北川) 북쪽의 소금강산(小金剛山)일대.
255) 명활산(明活山) 고야촌(高耶村) : 현재 경주 명활산 서남쪽에서 낭산(狼山)에 이르는 일대.
256)『알천(閼川)』……6부이다 :『삼국사기』권1「신라본기」1

■ 삼성. 『삼국사기』에 "신라의 시조는 성이 박씨이고, 탈해 이사금은 성이 석씨이고, 미추 이사금은 성이 김씨이다."257) 하였다. 『지봉유설』에 "신라는 거의 천년 동안 나라를 유지하였다. 삼한을 통합하고 계절의 변화는 순조롭고 농사는 풍년이 드니 '신라 태평성대'라고 일컬었다." 하였다.

幾處靑山幾佛幢　청산마다 곳곳에 불당도 많았건만
荒池鴈鴨不成雙　황폐한 안압지엔 기럭 오리 외롭구나.
春風谷口松花屋　봄바람 불어대던 골짝 어귀 송화옥엔
時聽寥寥短尾狵　적막 속에 이따금씩 동경개 짖는 소리.

○ 荒池鴈鴨. 輿地勝覽: 雁鴨池, 在慶州府天柱寺北. 新羅文武王, 鑿池積石爲山, 象巫山十二峯, 種花卉養珍禽. 其西有臨海殿舊址.

■ 황지안압. 『신증동국여지승람』에 "안압지는 경주부 천주사(天柱寺) 북쪽에 있다. 신라 문무왕이 못을 파고 돌을 쌓아 무산(巫山) 12봉의 모습을 본따 산을 만들고 화초를 심고 진귀한 짐승들을 길렀다. 그 서쪽에 임해전(臨海殿)의 옛터가 있다."258) 하였다.

○ 松花屋. 東京雜記: 新羅金庾信宗女, 財買夫人死, 葬青淵上谷, 因名財買谷. 每春月, 同宗士女, 會宴於谷之南澗. 于時百卉敷英, 松花滿谷, 架菴於谷口, 名松花房.

■ 송화옥. 『동경잡기』에 "신라 김유신의 종녀(宗女) 재매부인(財買夫人)259)

---

257) 신라의⋯⋯김씨이다 : 『삼국사기』 권1 「신라본기」 1
258) 안압지는⋯⋯있다 : 『신증동국여지승람』 권21 「경상도」 경주부
259) 생몰년 미상. 신라시대의 귀족. 삼국통일기 최고의 장군인 김유신(金庾信)의 종녀
　　(宗女)이다. 재매부인의 호칭은 김유신의 본가 택호인 재매정댁(財買井宅)에서 유

이 죽자 청연(靑淵)의 위쪽 골짜기에 장사 지내고, 인하여 이름을 재매곡(財買谷)이라고 칭했다. 매번 봄이 되면 동족의 사녀(士女)들이 골짜기 남쪽의 시냇가에 모여 연회를 베풀었는데, 이때 온갖 꽃이 만발하고 송화(松花)가 골짜기에 가득하니, 골짜기 입구에 암자를 짓고 이름을 송화방(松花房)이라 하였다.”고 하였다.

○ 短尾狵. 東京雜記: 慶州, 北方虛缺, 故狗多短尾, 謂之東京狗.

■ 단미방.『동경잡기』에 “경주는 북방이 허결(虛缺)하기 때문에 꼬리 짧은 개가 많은데, 이를 ‘동경개’라고 한다.

料峭風中過上元	쌀쌀한 바람 속에 대보름을 지내는데
忉忉怛怛踏歌喧	도도달달의 답가 소리 시끄럽네.
年年糯飯無人祭	해마다 찰밥 지어 제사지낼 이 없으니
一陣寒鴉噪別村	한 떼의 까마귀만 별촌에서 우지진다.

○ 忉忉怛怛. 輿地勝覽: 書出池, 在慶州府金鰲山東. 新羅炤智王十年正月十五日, 王幸天泉寺,260) 有烏鼠之異. 王令騎士追烏, 南至避村, 兩猪相鬪, 留連見之, 失烏所在. 有老翁自池中出, 奉書, 題云: 開見二人死, 不開一人死. 馳獻于王, 王曰 ‘與其二人死, 莫若勿開一人死耳.’ 日官奏云 ‘二人者庶人也, 一人者王也.’ 王然之, 開見, 書中云: 射琴匣. 王入宮, 見琴匣射之. 乃內殿焚修僧, 與宮主潛通謀逆也. 宮主與僧伏誅, 名其池, 曰書出池. 又云: 王旣免琴匣之禍, 國人以爲若非烏鼠龍馬猪之功, 則王之身慽矣. 遂以正月上子上辰上午上亥等日, 忌百事, 不敢動, 作爲愼日. 俚言忉忉, 謂悲愁而禁忌也. 又以

래된 듯하다.『삼국유사』에는 ‘김씨종재매부인(金氏宗財買夫人)’으로 되어 있다.
260)『신증동국여지승람』권 21 <서출지> 조에는 ‘寺’가 ‘亭’으로 되어 있다.

十六日爲烏忌日, 以糯飯祭之. 國俗至今猶然. 佔畢齋集, 切怛歌261): 怛怛復切切, 大家幾不保. 流蘇帳裏玄鶴倒, 揚且之晳難偕老.

■ 도도달달.『신증동국여지승람』에 "서출지(書出池)는 경주부 금오산 동쪽에 있다. 신라 소지왕(炤智王) 10년 정월 15일에 임금이 천천사(天泉寺)에 거둥하였는데, 이상한 까마귀와 쥐가 있으므로 임금이 기사(騎士)에게 까마귀를 쫓아가게 하였다. 기사가 남쪽으로 피촌(避村)에 이르렀을 때에 두 마리 돼지가 서로 싸우고 있었다. 머물러 그것을 구경하다가 홀연히 까마귀를 놓쳤다. 그때 한 늙은이가 못 속에서 나와 글을 바쳤다. 겉봉에 쓰기를, '뜯어 보면 두 명이 죽고 뜯어 보지 않으면 한 명이 죽는다.' 하였다. 달려와 왕에게 바치니, 임금이 이르기를, '두 명이 죽는 것보다는 뜯지 않아서 한 명이 죽는 것이 낫다.' 하였다. 일관(日官)이 아뢰기를, '두 명이라 한 것은 서민(庶民)을 말함이고, 한 명이라고 한 것은 임금을 말한 것입니다.' 하니, 임금이 옳게 여기고 뜯어 보니, 글에 씌어져 있기를, '거문고 갑(匣)을 쏘라.' 하였다. 임금이 궁궐로 들어가 거문고 갑을 쏘았더니, 바로 내전(內殿)에서 분수(焚修)262)하던 중이 궁주(宮主)와 몰래 간통하고 역모를 꾸몄던 것이다. 궁주와 중은 죽임을 당하였고, 그 못을 서출지라고 하였다" 하였다. 또 이르기를 "왕이 금갑(琴匣)의 화(禍)를 면한 뒤 나라 사람들이 말하기를, '만약 까마귀와 쥐와 용과 말과 돼지의 공(功)이 아니었더라면 임금께서는 화를 입었을 것이다.' 하였다. 마침내 정월의 첫 자일(子日), 첫 진일(辰日), 첫 오일(午日), 첫 해일(亥日)263)에는 모든 일에 조심하고 감히 함부로 행동하지 않아 신일(愼日)로 삼았다. 이언(俚言)에 '도도(忉忉)'라는 것은 슬퍼하고 근심하여 금기(禁忌)한다는 뜻이다. 또 정월 16일을 오기일

---

261)『점필재집』에는 '怛忉歌'로 되어 있다.

262) 부처 앞에 향불을 피우고 도를 닦음.

263) 자일(子日)은 이상한 쥐를, 진일(辰日)은 연못 속에서 나온 늙은이를, 오일(午日)은 기사(騎士)를, 해일(亥日)은 서로 싸우던 두마리의 돼지를 상징한다.

(烏忌日)로 정하고, 찰밥으로 제사하였다. 나라의 풍속이 지금도 그렇게 하고 있다."264) 하였다. 점필재(佔畢齋) 김종직(金宗直)의 도달가(忉怛歌)에 "놀랍고 놀랍고 또 슬프고 슬퍼라, 임금이 하마터면 목숨을 잃을 뻔했네. 오색 술 장막 속의 현학금이 거꾸러지니, 어여쁜 왕비265) 해로하기 어려워라."266) 하였다.

金鰲山色晚蒼蒼　　금오산 빛 바래져 어두워 가고
渲染雞林一半霜　　짙게 물든 계림에는 서리가 반이로다.
萬疊伽倻人去後　　첩첩한 가야산으로 들어간 후에
至今紅葉上書莊　　지금 상서장에 단풍만 물들었구나.

○ 金鰲山. 興地勝覽: 金鰲山, 一名南山, 在慶州府南六里. 唐 顧雲, 贈崔致遠 詩: 我聞海上三金鰲, 金鰲頭戴山高高. 山之上兮 珠宮貝闕黃金殿, 山之下兮 千里萬里之洪濤.

■ 금오산.267)『동국여지승람(東國輿地勝覽)』에 "금오산은 일명 남산(南山)이라 하는데 경주부 남쪽 6리에 있다. 당(唐)나라 고운(顧雲)이 최치원에게 시를 주었는데 '바다에 세 마리 금오가 있는데, 금오 머리에 높은 산을 이고 있다 하네. 산 위에는 금은보화 궁전이요, 산 아래에는 천리만리의 큰 물

---

264) 서출지(書出池)는……있다 :『신증동국여지승람』권21「경상도」경주부
265) 어여쁜 왕비 : '揚且之晳'은『詩經』「鄘風」<君子偕老章>에 나오는 말로, 춘추시대 衛나라 夫人 宣姜의 아름다운 용모를 묘사한 구절이다.「詩序」에는 <군자해로장>은 위나라 부인의 음란한 행실을 풍자한 시라고 하였다.
266) 놀랍고……어려워라 :『佔畢齋集』권3「東都樂府」에 보임.
267) 금오산(金鰲山) : 높이는 468m로 일명 남산이라고도 함. 타원형으로 이루어졌으며, 금거북이가 서라벌 깊숙이 들어와 편하게 앉아 있는 형상이라고 한다.『삼국유사』에는 남산으로 표현되어 있다. 남산에는 불상 118체, 탑 96기 · 석등 22기 · 연화대 19기 · 절터 147곳 · 왕릉 13기 · 산성터 4곳이 있음.

결이로다.’”라 하였다.268)

○ 雞林. 三國史: 脫解尼斯今九年春三月, 王聞金城西始林樹間, 有雞鳴聲, 遣瓠公視之, 金色小櫝掛樹枝, 白雞鳴其下. 瓠公還以告, 王使人取櫝開之, 有小男兒在其中, 姿容奇偉. 王喜曰 ‘此豈非天遺我令胤乎’, 收養之. 及長, 聰明多智, 乃名關智, 以其出於金櫝, 姓金氏, 改始林名雞林, 因以爲國號.

■ 계림.『삼국사기(三國史記)』에 “탈해(脫解) 이사금(尼斯今) 9년(66년) 봄 3월에 왕이 금성(金城)의 시림(始林) 서쪽 나무 사이에 닭이 우는 소리를 듣고, 호공(瓠公)을 보내어 살피게 하니, 금색의 작은 궤가 나무 가지에 걸려 있고, 흰 닭이 그 아래에 울고 있었다. 호공이 돌아와 고하니 왕이 사람을 시켜 취하여 열어보게 하였는데, 작은 남자 아이가 그 속에 있었고, 용모가 기이하고 뛰어났다. 왕이 기뻐 말하길 ‘이는 어찌 하늘이 나에게 후사을 주는 것이 아니겠는가.’라 하고 거두어 길렀다. 장성함에 이르러 총명하고 지혜가 많아 이에 알지(關智)라 이름하고, 금색 궤에서 나왔기 때문에 성(姓)을 김씨로 하고, 시림의 이름을 고쳐 계림이라 하고서, 인하여 국호로 삼았다.”라 하였다.269)

○ 伽倻. 輿地勝覽: 伽倻山, 在陜川郡北三十里, 一名牛頭山.

■ 가야.『동국여지승람(東國輿地勝覽)』에 “가야산은 합천군 북쪽 30리에 있는데, 다른 명칭은 우두산270)이다.”라 하였다.271)

---

268)『신증동국여지승람』제21권「경상도(慶尙道)」＜경주부(慶州府)＞에 보임.
269)『삼국사기』권제1「신라본기」제1 탈해 이사금 조에 보임.
270) 우두산(牛頭山) : 높이 1,430m로 소의 머리와 모습이 비슷하다고 하여 우두산(牛頭山)이라고 불렀다.
271)『신증동국여지승람』제30권「경상도(慶尙道)」＜합천군(陜川郡)＞ 조에 가야산은

ㅇ 上書莊. 三國史: 崔致遠, 字孤雲, 或云海雲, 沙梁部人也. 年十二, 隨使舶
入唐, 乾符元年, 禮部侍郎裴瓚下及第, 調溧水縣尉, 考績, 爲承務郎侍御史
內供奉, 賜紫金魚袋. 黃巢叛, 高騈爲諸道行營兵馬都統, 以討之, 辟致遠, 爲
從事. 光啓元年, 將詔書來聘, 留爲侍讀兼翰林學士, 出爲大山太守. 自西事
大唐, 東歸故國, 皆遭亂世, 無復仕進意, 帶家, 隱伽倻山海印寺, 偃仰終老.
輿地勝覽: 上書莊, 在金鰲山北. 高麗太祖之興, 崔致遠知必受命, 上書有,
'鷄林黃葉, 鵠嶺靑松'之語. 後人名其所居曰, 上書莊.

■ 상서장.272) 『삼국사기(三國史記)』에 "최치원은 자는 고운 혹은 해운이라
하며 사량부(沙梁部)의 사람이다. 12세에 사신의 배를 따라 당나라에 들어
가서 건부(乾符) 원년(元年 874년)에 예부시랑 배찬(裴瓚) 아래에서 급제하
여 율수현위에 임명되었고, 치적을 평가하여 승무랑시어사내공봉(承務郎
侍御史內供奉)이 되어 자금어대(紫金魚袋)273)를 하사받았다. 황소(黃巢)가
반란하자 고병(高騈)이 제도행영병마도통(諸道行營兵馬都統)이 되어 이를
토벌하였는데, 치원을 불러 종사(從事)를 삼았다.274) 광계(光啓) 원년(元年
885년)에 당(唐) 황제의 조서를 받들고 와서 빙문(聘問)하고, 신라에 머물러
시독(侍讀)275)겸 한림학사(翰林學士)276)가 되었다가, 외직으로 나가 태산

　야로현 북 30리에 있다고 했다.

272) 상서장(上書莊) : 『신증동국여지승람』 권21 경주부 고적조에, 금오산 북쪽에 있는
　　데 최치원(崔致遠)이 임금에게 글을 올리던 곳이라 했음.

273) 자금어대(紫金魚袋) : 물고기 모양의 장식이 붙어있는 주머니. 공복(公服)의 띠에
　　매달아 관직의 귀천을 구분하였음.

274) <토황소격문(討黃巢檄文)> : 중국에서 황소의 난이 일어나자, 881년(헌강왕 7) 최
　　치원은 그 토벌총사령관인 고변(高騈)의 휘하에 종군하였는데, 황소가 이 격문을
　　보다가 저도 모르게 침상에서 내려앉았다는 일화가 전할 만큼 뛰어난 명문이었
　　다. 그의 시문집인 『계원필경(桂苑筆耕)』 권11에 실려 전한다.

275) 시독(侍讀) : 경연(經筵)에서 글을 강의함, 또는 그 벼슬 이름.

276) 한림학사(翰林學士) : 신라의 관직. 당나라 때 황제의 자문 구실을 하며 주로 조칙
　　의 기초를 담당하였는데 이 제도를 신라에서 받아들였음. 고려 시대에 들어 한림
　　원에 속하여 문한지임(文翰之任)을 담당하였음.

(大山)의 태수가 되었다. 서쪽으로 당나라를 섬김으로부터, 동쪽으로 고국에 돌아오기까지, 모두 난세를 만나 다시 벼슬에 나아갈 뜻이 없어, 가족을 이끌고 가야산 해인사에 은거하여, 편안하게 쉬며[偃仰] 일생을 마쳤다.”라 하였다.277)『동국여지승람(東國輿地勝覽)』에 “상서장은 금오산 북쪽에 있다. 고려 태조가 흥할 때, 최치원이 반드시 천명을 받을 것을 알고 글을 올렸는데, ‘계림의 누런 잎, 곡령의 푸른 솔’이란 말이 있었다. 후세 사람들이 그 살던 곳을 일러 상서장이라 했다.”라 하였다.278)

城南城北蔚藍峯	성의 남북쪽 울창한 산봉우리
落日昌林寺裏鐘	해지는 창림사 안 만종이 울리네.
閒補東京書畵傳	한가히 동경279) 서화의 명인을 꼽는다면
金生碑版率居松	김생의 비판과 솔거의 솔이로다.

○ 金生. 三國史: 金生, 自幼能書, 平生不攻他藝. 年踰八十, 猶操筆不休, 隷書·行·草皆入神. 崇寧中, 學士洪灌, 隨進奉使, 入宋, 館於汴京, 翰林待詔楊球·李革, 奉勅至館, 書圖簇. 灌以金生行·艸一卷, 視之, 二人大駭曰 ‘不圖今日得見右軍手書.’ 灌曰 ‘此乃新羅人金生書也.’ 二人不信之. 趙子昂, 昌林寺碑跋云, 右唐新羅僧金生所書, 其國昌林寺碑, 字畵深有典型, 雖唐人名刻, 無以遠過之也. 古人云 ‘何地不生才.’ 信然. 輿地勝覽: 昌林寺, 在金鰲山, 今廢, 有古碑, 無字.

■ 김생.『삼국사기(三國史記)』에 “김생은 어릴 때부터 글씨를 능하였고 평생 동안 다른 재주는 배우지 않았다. 나이가 80이 넘었으나 오히려 붓을 잡고 쉬지 않았는데 예서·행서·초서가 모두 신의 경지에 들었다. 숭녕(崇寧

---

277)『삼국사기』권제46「열전」제6에 보임.
278)『신증동국여지승람』제21권「경상도(慶尙道)」<경주부(慶州府)>에 보임.
279) 동경(東京), 고려 시대, 사경(四京)의 하나로 지금의 경주에 해당하는 행정 구역.

1102-1106년) 연중에, 학사(學士) 홍관(洪灌)280)이 진봉사(進奉使)281)를 따라 송(宋)에 들어가 변경(汴京)에 묵었는데, 한림대조(翰林待詔) 양구(楊球)·이혁(李革)이 칙명을 받들어 관(館)에 이르러 그림족자를 썼다. 홍관이 김생의 행서·초서 한권을 보이니 두 사람이 크게 놀라 말하길, '오늘에 왕우군의 친히 쓴 글씨를 볼 수 있음을 생각하지 못하였다.'라 했다. 홍관이 말하길, '이는 신라사람 김생의 글씨이다.'라 했는데 두 사람은 믿지 않았다."라 하였다.282) 조자앙(趙子昻)283)은 창림사비(昌林寺碑) 발문(跋文)에서 "앞에 것은 당나라 땅 신라 승려 김생이 쓴 글씨인데 그 나라 창림사비의 자획(字畵)이 심히 전형(典型)으로 삼을 것이 있으니, 비록 당나라 사람의 명각(名刻)이라 해도 멀리 뛰어날 수 없다. 옛 사람이 '어떤 땅이든 재주 있는 이가 나지 않겠는가.'라 하였는데 진실로 그러하다."라 하였다.284)『동국여지승람(東國輿地勝覽)』에 "창림사(昌林寺)285)는 금오산에 있는데 지금은 없어졌고, 오래된 비는 있으나 글자는 없다."라 하였다.286)

---

280) 홍관(洪灌) : 고려시대의 문신 · 서예가로 김생의 필법을 본받은 명필. 1102년 숙종의 명으로 집상전(集祥殿)의 문액(門額)을 썼으며, 회경전(會慶殿) 병풍에『서경(書經)』의「무일(無逸)」을 썼다. 예종의 명으로 삼한(三韓) 이래의 사적(事蹟)을 찬집하여『편년통재속편(編年通載續編)』을 완성하였고 김부일(金富佾)· 박승중(朴昇中)과 함께 음양이서(陰陽二書)를 논변(論辯)함.

281) 진봉사(進奉使) : 중국에 방물(方物)을 바치기 위해 보내는 사신.

282)『삼국사기』권제48「열전」제8 김생 조에 보임.

283) 조자앙(趙子昻) : 조맹부(趙孟頫1254~1322) 중국 원(元)나라의 화가 ·서예가. 서예에서 왕희지(王羲之)의 전형에 복귀할 것을 주장하고 그림에서는 당 ·북송의 화풍으로 되돌아갈 것을 주장함. 그림은 산수 ·화훼 ·죽석 ·인마 등에 모두 뛰어났고, 서예는 특히 해서 ·행서 ·초서의 품격이 높았으며, 당시 복고주의의 지도적 입장에 있었음.

284) 조맹부의『동경서당집고첩(東京書堂集古帖)』안에 있는 발문을 인용한 것임.

285) 창림사(昌林寺) : 고려 시대 경주에 있었던 사찰로 불아(佛牙)가 봉안되었음.

286)『신증동국여지승람』제21권「경상도(慶尙道)」<경주부(慶州府)>에 보임.

ㅇ 率居. 三國史: 率居善畵. 嘗於黃龍寺壁, 畵老松, 體幹鱗皴, 烏鳶往往望之
飛入, 及到蹭蹬而落. 歲久色暗, 寺僧以丹靑補之, 烏鳶不復至. 又慶州芬皇
寺觀音·晉州斷俗寺維麾像, 皆其筆也.

■ 솔거.『삼국사기(三國史記)』에 "솔거는 그림을 잘 그렸다. 일찍이 황룡사
의 벽에 노송(老松)을 그렸는데 몸체와 줄기가 비늘처럼 주름잡혀서[鱗皴],
까마귀와 솔개가 가끔 바라보고 날아들다가, 그림에 닥아와서 부딪혀 비틀
거리며 떨어졌다. 세월이 오래되어 색이 흐려져 절의 중이 단청으로 보수
하였는데, 까마귀와 솔개가 다시는 이르지 않았다. 또한 경주 분황사[287]의
관음상(觀音像)·진주 단속사의 유마상(維麾像)[288]도 모두 그의 필적이다."
라 하였다.[289]

三月初旬去踏靑	삼월 초순 답청[290]을 나가니
蚊川花柳鎖冥冥	문천의 꽃과 버들 그윽이 얽혀있네.
流觴曲水傷心事	유상곡수는 마음 아픈 일이니

---

287) 분황사(芬皇寺) : 경북 경주시 구황동(九黃洞)에 있던 신라시대의 절. 634년(선덕
    여왕 3 仁平 원년)에 창건(創建)되었다. 국보 제30호로 지정된 모전석탑(模塼石塔)
    을 비롯하여, 화쟁국사비 비석대(和諍國師碑 碑石臺) · 석정(石井) · 석조(石槽) ·
    초석(礎石) · 석등 · 대석(臺石)과 당간지주(幢竿支柱)가 남아 있어 보존되고 있음.
    솔거가 그린 관음보살상은 신화(神畵)로 일컬어짐.
288) 단속사(斷俗寺) : 경상남도 산청군 지리산에 있었던 절. 조연사(槽淵寺)라고도 함.
    신라 경덕왕 7년(748) 이순(李純)이 50세에 출가하여 조연사를 중창하여 단속사라
    고 하고, 스스로 삭발하여 법명을 공굉(孔宏)이라고 하였다는 설과 경덕왕 22년
    (763)에 신충(信忠)이 두 친구와 함께 벼슬을 버리고 지리산에 은거하였는데, 임금
    이 불러도 나오지 않고 승려가 되어 임금을 위해 이 절을 짓고 머물렀다는 설이
    있음. 이 절에는 진흥왕 때 솔거(率居)가 그린 유마상(維摩像)이 있었다고 함.
289)『삼국사기』권 제48「열전」제8 솔거조를 발췌했다.
290) 답청(踏靑) : 교외를 산책하며 화초를 즐기는 중국의 풍속. 답백초(踏百草)라고도
    한다. 남방에서는 2월 2일, 북방에서는 5월 5일, 9월 9일에 하는 예도 있으나, 대개
    는 청명절(淸明節)에 하는 풍류 행사임.

休上春風鮑石亭　　봄바람 부는 포석정에 오르지 말라.

○ 蚊川. 輿地勝覽: 蚊川, 在慶州府南五里, 史等川下流也. 高麗, 金克己, 有
蚊川祓禊詩.

■ 문천.『동국여지승람(東國輿地勝覽)』에 "문천은 경주부 남쪽 5리에 있는
데 사등천(史等川)의 하류이다. 고려 김극기(金克己)291)의 문천 불계시(祓
禊詩)292)가 있다."라 하였다.293)

○ 鮑石亭. 輿地勝覽: 飽石亭, 在慶州府南七里, 金鰲山西麓, 鍊石作鮑魚形,
故名. 流觴曲水遺跡宛然. 三國史: 甄萱, 猝入新羅王都. 時王與夫人嬪御, 出
遊鮑石亭, 置酒娛樂, 賊至, 狼狽不知所爲, 侍從·臣僚及宮女·伶官, 皆陷沒.

■ 포석정.294)『동국여지승람(東國輿地勝覽)』에 "포석정은 경주부 남쪽 7
리, 금오산 서쪽 기슭에 있는데, 돌을 다듬어 포어(鮑魚)의 형태로 만들었

---

291) 김극기(金克己 ?~?) : 고려 명종 때의 시인으로 호는 노봉(老峯). 명종 때 학행(學
行)으로 한림원(翰林院)에 보직되었으나 얼마 후 죽음. 고려 말엽에 간행된『삼한
시귀감(三韓詩龜鑑)』에 따르면 그의 문집이 150권이나 된다고 함. 저서에『김거
사집(金居士集)』이 있었지만, 지금 전하지 않음.
292)『신증동국여지승람』권21 산천 조. 원문은 '今年濕蟄少開霽, 十日愁霖如倒河. 忽
喜陰雲淨似掃, 南山萬朶開靑螺. 逸勢橫奔五百里, 中塗拗怒成坡陀. 下有蚊川一帶
水, 千盤萬折流透蛇. …후략…'으로 되어있음.
293)『신증동국여지승람』제21권「경상도(慶尙道)」＜경주부(慶州府)＞산천 문천 조에
보임.
294) 포석정(鮑石亭) : 경상북도 경주시 배동 있는 통일신라시대의 석구(石構). 역대 왕
들이 전복 모양으로 생긴 유상곡수(流觴曲水)에 술잔을 띄워 놓고 시를 읊으며 연
회를 하던 장소. 원래 뒷산에서 내려오는 물을 받아 토하는 돌거북이 있었다 하나
없어졌고, 이 물을 받는 원형 석조(石槽)가 있어, 이곳에서 구불구불한 모양의 곡
석(曲石)이 타원 모양으로 되돌아오게 되어 있음.

기 때문에 이름으로 삼았다. 유상곡수(流觴曲水)[295]의 유적이 그대로 남아있다."라 하였다.『삼국사기(三國史記)』에 "견훤(甄萱)이 갑자기 신라 왕도로 들어갔다. 이때에 왕과 부인·빈어(嬪御)들이 포석정에 놀며 술자리를 마련하고 즐겼는데, 적이 이르자 낭패(狼狽)하여 어찌할 바를 알지 못하였으며, 시종·신료와 궁녀·악사들이 모두 죽었다."라 하였다.

---

295) 유상곡수(流觴曲水) : 삼월 삼짇날, 굽이도는 물에 잔을 띄워 그 잔이 자기 앞에 오기 전에 시를 짓던 놀이.

명주 溟州

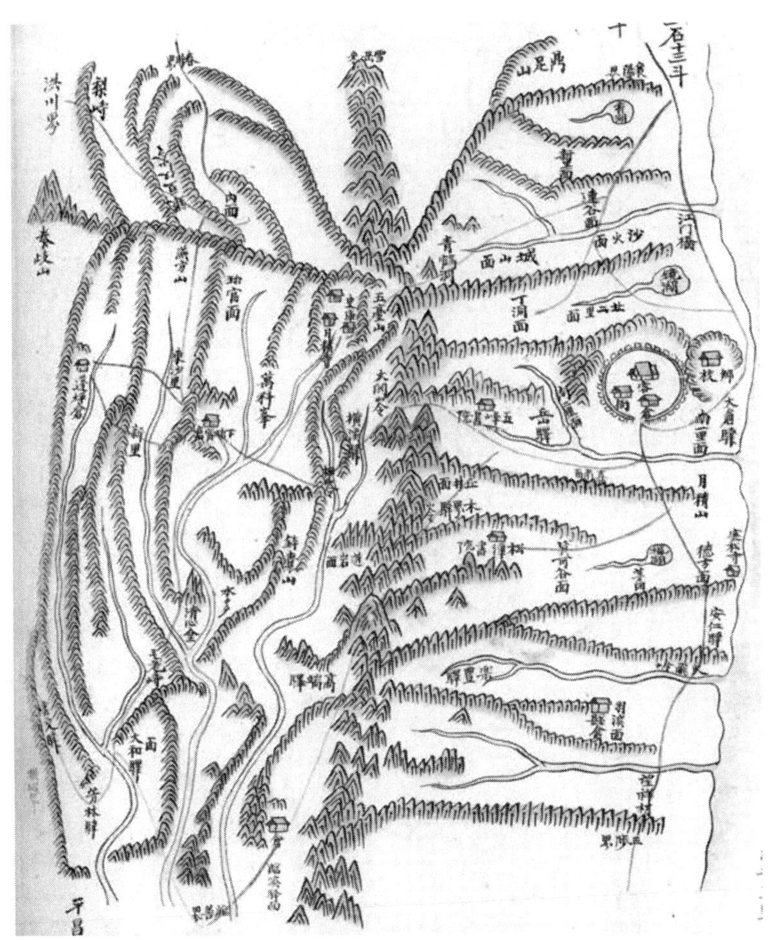

강릉

三國史 : 新羅宣德王薨, 無子, 羣臣議欲立族子周元. 周元宅京北二十里, 會大雨, 閼川漲, 不得渡. 或曰, 天其或者不欲立周元乎. 今上大等敬信, 前王之弟, 德望素高, 有人君之體. 於是, 衆議翕然立之, 旣而雨止, 國人皆呼萬歲. 輿地志 : 周元懼禍, 退居溟州不朝請. 後二年, 封周元爲溟州郡王, 割溟州·翼嶺·三陟·斤乙於·蔚珍等地爲食邑. 文獻備考 : 溟州今江陵府.

『삼국사기』에 '신라 선덕왕이 돌아가셨는데, 자식이 없어, 군신들이 의론하여 조카뻘 되는 주원(周元)296)을 세우고자 하였다. 주원의 집은 서울의 북쪽 20리에 있었는데, 마침 큰 비가 내려 알천(閼川)297)이 넘치는

---

296) 김주원(金周元) : 생몰년 미상. 신라 하대의 진골귀족·재상. 아버지는 각간(角干) 유정(惟靖). 무열왕의 둘째아들 김인문(金仁問)의 5대 손으로 알려졌으나, 최근 연구는 무열왕의 셋째아들 문왕(文王)의 5대손이라고 한다. 777년(혜공왕 13) 이찬(伊湌)으로 시중(侍中)에 임명. 혜공왕이 살해된 후 선덕왕 원년 780년에 시중 직에서 퇴임. 그 후 병부령(兵部令)을 지냈던 것으로 보아 세력이 막강했을 것으로 추정. 『삼국사기』에 "선덕왕이 아들이 없이 죽자, 군신들이 의논해 선덕왕의 족자(族子)인 김주원을 추대하려 하였다."라는 기사가 있다. 그러나 그를 추대한 것은 친족 관계가 아닌 실질 세력 관계였던 것 같다. 당시 그의 경쟁자인 김경신(金敬信)은 780년 선덕왕 즉위 때 상대등에 오른 인물이지만, 세력 면에서는 김주원에게 뒤지고 있었다. 『삼국유사』 원성대왕조에 "이찬 김주원이 상재(上宰)이고, 각간 김경신은 이재(二宰)로 있었다."라고 한 것으로도 알 수 있다. 이러한 연유로 왕위 계승자로 추대될 수 있었으나, 김경신의 정변으로 즉위는 실현되지 못하였다. 『삼국유사』에는 "왕(김경신)이 먼저 왕궁에 들어가 즉위하니, 상재를 지지하던 무리들이 모두 왕에게 붙어 새로이 등극한 임금에게 배하(拜賀)하였다."라고 하였다. 『삼국사기』와 『삼국유사』에는 김경신이 왕위에 오를 것을 예고한 꿈과 북천신(北川神)의 비호에 대한 설화가 전한다. 김주원의 집이 북천의 북쪽에 있었음이 사실일 수도 있으나, 북천신에 의한 비호 설화는 당시 원성왕계 왕실의 변칙적 즉위 합리화를 위해 꾸며 낸 내용이다. 왕위 계승전에서 패배 후 김주원의 장원(莊園)이 있었고, 그의 친족 세력이 있던 명주(溟州)지방으로 물러나 독자적인 세력을 형성하여 '명주군왕(溟州郡王)'으로 칭해졌으며, 강릉김씨의 시조가 되었다. 그 뒤 명주도독은 대대로 세습되었는데, 신라 말까지 반독립적인 지방 호족 세력으로 남아 있었음.

297) 알천(閼川) : 경주부(慶州府) 동쪽 5리(里)에 있음, 지금의 동천(東川).

바람에 건너 올 수가 없었다. 혹자가 말하기를 '하늘이 어쩌면 주원을 세우고자 하지 않는 것인가!'라고 하였다. 지금 상대등(上大等)[298] 경신(敬信)[299]은 전왕의 아우인데 덕망이 평소에 높아 임금의 체모를 가지고 있었다. 이에 중론이 그를 세우기로 합하니, 이윽고 비가 그치자, 나라사람들이 모두 만세를 불렀다.'하였다.[300] 『동국여지지』[301]에 '주원이 화를

---

298) 상대등(上大等)은 원문에 '大上等'으로 되어있는데, 삼국사기 원문에 의거하여 '上大等'의 오기로 생각되어 '上大等'으로 바로 잡음. 상대등(上大等) : 신라 때의 최고 벼슬로 정권을 맡은 대신. 상신(上臣).

299) 원성왕(元聖王) : 신라의 제38대 왕(?~798). 성은 김(金). 이름은 경신(敬信). 상대등(上大等)에 올랐다가 선덕왕이 후사가 없이 죽자 왕으로 추대되었다. 788년에 독서삼품과를 두어 인재를 고루 등용하는 한편 790년에는 벽골제를 증축하여 농사에도 힘썼다. 재위 기간은 785~798년. 『三國史記』 卷第十 「元聖王」 : '원성왕이 왕위에 올랐다. 이름은 경신(敬信)이고 나물왕(奈勿王)의 12세손이다. 어머니는 박씨 계오부인(繼烏夫人)이고, 왕비 김씨는 각간 신술(神述)의 딸이다. 일찍이 혜공왕 말년에 반역하는 신하가 발호했을 때 선덕(宣德)은 당시 상대등으로서, 임금 주위에 있는 나쁜 무리늘을 제거할 것을 앞장서 주장하였다. 경신도 여기에 참가하여 반란을 평정하는 데 공이 있었기 때문에, 선덕이 즉위하자 곧바로 상대등이 되었다.(元聖王立. 諱敬信, 奈勿王十二世孫. 母朴氏繼烏夫人, 妃金氏, 神述角干之女. 初惠恭王末年, 叛臣跋扈, 宣德時爲上大等, 首唱除君側之惡. 敬信預之, 平亂有功, 宣德卽位, 卽爲上大等.)'

300) 『三國史記』 卷第十 「元聖王」 : '宣德薨, 無子. 群臣議後, 欲立王之族子周元. 周元宅於京北二十里, 會大雨, 關川水漲, 周元不得渡. 或曰 : 卽人君大位, 固非人謀. 今日暴雨, 天其或者不欲立周元乎. 今上大等敬信, 前王之弟, 德望素高, 有人君之體. 於是, 衆議翕然, 立之繼位, 旣而雨止, 國人皆呼萬歲.

301) 『동국여지지(東國輿地志)』: 조선 현종대(1660~74)에 반계 유형원(柳馨遠)이 편찬한 사찬(私撰) 전국 지리지. 9권 10책. 필사본. 편찬 연대가 명시되어 있지 않으나 효종조까지의 내용이 있고, 1662년에 허목이 편찬한 「척주지 陟州誌」가 참고 도서 목록에 있어 현종대 반계 유형원의 저작으로 추정된다. 책머리에는 사요총목(事要總目)·범례(凡例)·찬집제서(纂輯諸書)·목록후(目錄後) 등을 수록하여 책의 항목과 체제, 항목의 수록 내용, 참고 서적을 밝혔다. 도별 지지는 군현 단위로 서술되어 있는데, 4권의 상(上)으로 목록에 기록된 경상좌도 36개 읍이 결본이다. 범례에 따르면 이 책은 조선 전기 지리지의 완성편인 『신증동국여지승람』을 증수하는 것을 1차적인 목적으로 하고 있는데, 『신증동국여지승람』이 편찬된 지 130여 년이 지난 시기에, 그리고 임진·병자 양난을 겪은 후에 편찬되었으므로 조

두려워하여 물러나 명주에 살면서 조정의 청함을 받들지 않았다. 2년 후에, 주원을 명주의 군왕으로 봉하고, 명주·익령·삼척·근을어·울진을 잘라서 식읍으로 삼았다.'하였다.『동국문헌비고』302)에 '명주는 지금의 강릉부이다.'하였다.

雞林眞骨大王親   계림의 진골이오 대왕의 지친이라
九雉分供左海濱   아홉 꿩을 하사 받아 동해 가에 봉해졌네.
最憶如花池上女   가장 기억할 건 꽃 같은 연못가의 여자
魚書遠寄倦遊人   물고기 편지 멀리 떠난 님께 부쳤다네.

○ 眞骨. 三國史 : 新羅斯多含, 系出眞骨. 又薛罽頭言新羅用人論骨品. 令狐澄新羅國記 : 其國王謂之弟一骨, 餘貴族, 謂之弟二骨.

■ 진골.『삼국사기』에 '신라 사다함(斯多含)303)은 가계가 진골에서 나왔

선 전기와 후기를 연결해주는 전국 지지로서 의의가 크다. 또한 개인이 편찬한 최초의 전국 지리지이기도 하다. 특히 여지승람과 다른 점은 여지승람에는 수록되지 않았던 한전(旱田)·수전(水田) 등 토지 면적을 항목으로 설치하고 그 단위를 경(頃)으로 한 점이다. 국가의 공식적인 토지 단위인 결부법(結負法)을 사용하지 않았으므로 각 군현마다 이 항목은 공백으로 남겨졌는데, 이는 토지제도 개혁을 중시했던 반계의 사회개혁 의도가 반영된 것으로 이해된다. 1983년 아세아문화사에서 한국지리지총서『전국지리지』3으로 영인 발간하였다. 규장각에 소장되어 있음.

302)『동국문헌비고(東國文獻備考)』: 일명 『문헌비고』. 조선 영조 46년(1770)에 왕명에 따라 홍봉한 등이 우리나라 고금의 문물제도를 수록한 책. 중국의『문헌통고』를 참고로 하여 편찬하였으며, 그 내용은 상위(象緯), 여지(輿地), 예(禮), 악(樂), 병(兵), 형(刑), 전부(田賦), 재용(財用), 호구(戶口), 시려(市閭), 선거(選擧), 학교(學校), 직관(職官) 따위로 분류하였다. 100권 40책의 활자본.

303) 사다함(斯多含) : 생몰년 미상. 신라 진흥왕 때의 화랑. 내물왕의 7대손이며, 급찬(級飡) 구리지(仇梨知)의 아들이다. 진골출신으로 풍채가 청수(淸秀)하고 지기(志氣)가 방정(方正)하였다. 화랑으로 추대되어 1천여명의 낭도를 거느렸으며, 562년

다. 또 설계두(薛罽頭)304)는 신라인은 사람을 등용할 때 골품을 논한다고 말하였다.'305)하였다. 영호징(令狐澄)의『신라국기』306)에 '그 국왕은 제 일품 골이라고 하고, 나머지 귀족은 제 2품 골이라고 한다.'307)하였다.

(진흥왕 23) 9월 이사부(異斯夫)가 대가야를 정벌할 때 십오륙세의 어린 나이로 종군을 신청하여 귀당비장(貴幢裨將)으로 출정, 기병 5천을 거느리고 국경선에 있는 적군의 성문인 전단량(旃檀梁)을 기습하여 대가야를 멸망시키는 데 큰 공을 세웠다. 그 공으로 왕에게서 가야인 포로 300명(혹은 200명)을 노비로 하사받았으나 모두 놓아주었고, 다시 왕으로부터 전지를 하사받았으나 사양하다가 왕이 이를 억지로 권하므로 어쩔 수 없이 알천(閼川)의 불모지만 받았다. 그는 어려서부터 무관랑(武官郞)과 우정을 맺어 사우(死友)를 약속하였는데, 무관랑이 병사하자 7일간을 통곡하다가 17세로 죽었음.

304) 설계두(薛罽頭) : ?~645 중국 당나라에서 활동한 신라출신의 무인. 그는 육두품가문에서 출생하여 진골이 아니면 대신·장군이 될 수 없는 자신의 처지를 분통히 여겨 중국에 가서 크게 출세할 것을 기약하였다. 당태종은 그가 신라인이라는 이야기를 듣고는 어의(御衣)를 벗어 시신을 덮어주고 대장군의 관직을 내려주었다. 그의 이야기는 당시 신라의 골품제도가 육두품 이하 하급귀족들의 커다란 불만의 대상이었음을 말하여주는 좋은 예임.

305) 『三國史記』 卷第四十七 列傳 第七 '薛罽頭 : 亦新羅衣冠子孫也. 嘗與親友四人, 同會燕飲, 各言其志. 罽頭曰 : 新羅用人, 論骨品, 苟非其族, 雖有鴻才傑功, 不能踰越. 我願西遊中華國, 奮不世之略, 立非常之功, 自致榮路, 備簪紳劍佩, 出入天子之側, 足矣. 武德四年辛巳, 潛隨海舶入唐, 會太宗文皇帝親征高句麗, 自薦爲左武衛果毅, 至遼東, 與麗人戰駐蹕山下, 深入疾鬪而死, 功一等, 皇帝問是何許人, 左右奏新羅人薛罽頭也. 皇帝泫然曰 '吾人尙畏死, 顧望不前, 而外國人爲吾死事, 何以報其功乎.' 問從者, 聞其平生之願, 脫御衣覆之, 授職爲大將軍, 以禮葬之.

306) 『신라국기(新羅國記)』 : 김부식(金富軾)이 『삼국사기』를 찬술하면서, 이 책을 당나라 영호징(令狐澄)의 저술이라 하였으나, 영호징은 다만 『대중유사(大中遺事)』를 찬술하면서, 『신라국기』를 인용하였을 따름이다. 『신라국기』는 현재 전해지지 않고, 오직 『삼국사기』에 일부 인용되고 있는데, 그 내용은 화랑제(花郎制)·골품제(骨品制) 및 망덕사(望德寺)에 관한 것으로서 사료상 가치가 있음. 귀인의 자제로 아름다운 사람을 가려 뽑아서 분을 바르고 곱게 단장하여 화랑이리 이름하고, 나라 사람들이 모두 존경하여 섬겼음.

307) 『三國史記』 卷第五 新羅本紀 第五 眞德王 : '唐令狐澄 新羅記曰 : 其國王族, 謂之第一骨, 餘貴族, 第二骨.'

○九雉. 文獻備考 : 新羅之制, 王日飯米三斗, 雄雉九首.

■ 구치.『동국문헌비고』에 '신라의 제도에 왕이 매일 쌀 세말과, 수꿩 9마리를 먹었다.'하였다.

○ 魚書遠寄. 高麗史樂志 : 高句麗俗樂部, 有溟州曲. 世傳, 書生遊學至溟州, 見一良家女, 美姿色頗知書, 生每以詩挑之, 女曰 '婦人不妄從人, 待生擢第. 父母有命則, 事可諧矣.' 生卽歸京, 師習學業, 女家將納婿, 女平日臨池養魚, 魚聞警咳聲必來就食. 女食魚謂曰, '吾養汝久, 宜知我意.' 將帛書投之, 有一大魚跳躍含書, 悠然而逝. 生在京師, 一日爲父母具饌, 市魚而歸, 剝之得帛書, 驚異. 卽持帛書及父書, 徑詣女家, 婿已及門矣. 生以書示女家, 遂歌此曲, 女父母異之曰 '此精誠所感, 非人力所能爲也.' 遣其婿而納生焉. 疆界志 : 新羅王弟, 無月郎二子, 長曰周元, 次曰敬信. 母溟州人. 始居蓮花峯下, 號蓮花夫人. 及周元封於溟州, 夫人養於周元. 溟州曲, 卽蓮花夫人事. 書生指無月郎也. 且溟州乃新羅時置, 非高句麗時, 名則溟州曲, 當屬新羅樂.

■ 어서원기.『고려사』의 악지에 '고구려 속악부에 「명주곡(溟州曲)」이라는 것이 있다. 세속에 전하기를 서생이 명주에 유학을 와서 한 양가집 여자가 아름다운 자색이 있고 자못 글을 아는 것을 보고는, 서생은 매번 시를 지어서 유혹했는데, 여자가 말하기를 "부인은 망령되게 남을 따를 수 없으니, 서생이 급제를 할 때까지 기다리겠습니다. 부모의 명령이 있으면 혼사가 이루어질 것입니다.'라 하였다. 서생은 곧 서울로 돌아가 스승에게 과거공부를 익혔다. 여자 집에서 장차 사위를 드리려고 하자, 여자가 평일에 연못에서 기르는 물고기에게 임하였는데, 물고기가 기침소리를 들으면 반드시 와서 밥을 먹었다. 딸이 물고기에게 먹이를 주며 말하길, "내가 너를 길러 온 지 오래되었는데, 마땅히 내 뜻을 알 것이다."라 하였다. 장차 백서를 던지자 어떤 큰 물고기가 뛰어올라 편지를 물고는 유유히 사라졌다. 서생은

서울에 있었는데, 하루는 부모님을 위해서 반찬을 마련하려고 물고기를 사서 갈라보니 백서가 있었다. 놀랍게 생각하며 곧 백서 및 (서생의) 아버지의 편지를 가지고 한달음에 여자 집에 도착하였는데, 사위가 이미 문에 다다랐다. 서생이 여자 집에 편지를 보여주면서 마침내 이 곡을 노래로 부르니, 여자 부모가 이상하게 생각하며 말하기를 : "이 정성은 감동할만하니, 인력으로서 능히 할 수 있는 바가 아니다."라 하고, 그 사위를 보내고 서생을 사위 삼았다.'하였다.『강계지(疆界誌)』308)에 '신라왕의 아우 무월랑은 두 아들이 있었는데, 장자는 주원(周元)이요, 차자는 경신(敬信)이라고 한다. 어머니는 명주 사람이다. 처음에 연하봉 아래에 살아서, 연화부인이라고 불렀다. 주원이 명주에 봉해짐에 미쳐서 부인은 주원의 봉양을 받았다. 명주곡은 곧 연화부인의 일이다. 서생은 무월랑을 가리킨다. 또 명주는 곧 신라 때 설치한 것이고, 고구려 때가 아니니, 이름이 명주곡이라면 마땅히 신라악에 속한다.309)'하였다.

금관 金官310)

南齊書 : 加羅國, 三韓種也. 建元元年, 國王荷知使來獻, 授輔國將軍·本國王. 北史 : 新羅附庸於迦羅國. 三國史註 : 伽倻或云加羅. 駕洛國記 : 後

---

308) 『강계지(疆界誌)』: 조선 후기의 문신 신경준(申景濬 1712~1281)이 저술한 한국의 역사지리서. 3권 3책. 수필고본(手筆稿本). 책표지에는 『강계지(疆界誌)』권3～권5로 표시되어 있다. 그러나 권3의 첫머리에 수록된 서문에는 책의 제목을 '『강계고(疆界考)』'로 밝히고 있으므로 표시의 제녕과는 달리, 이 수필고본의 원 명칭을 『강계고로』보아야 함.

309) 『與猶堂全書』第一集 雜纂集 第二十三卷『文獻備考』輿地考 刊誤 卷七, '『古記』輿地考, 周元母溟州人. 始居蓮花峰下, 號蓮花夫人. 溟州曲當屬新羅樂府. 案溟州曲, 與蓮花夫人事毫不相涉.'

310) 금관(金官) : 지금의 김해, 신라 오소경(五小京)의 하나였음.

漢 光武 建武十八年三月, 駕洛九干, 禊飮水濱, 望見龜旨峯, 有異氣, 就見, 紫繩繫金盒而下. 開盒有金色六卵, 奉置之. 翼日六卵剖爲六童子, 日就岐嶷, 十餘日身長九尺. 衆奉一人爲主, 卽首露王也. 生于金盒, 因姓金氏, 國號伽倻, 乃新羅儒理王十八年也. 餘五人爲五伽倻主, 東以黃山江, 西南以海, 西北以智異山, 東以伽倻山爲境. 輿地勝覽 : 五伽倻, 高靈爲大伽倻, 固城爲小伽倻, 星州爲碧珍伽倻, 咸安爲阿那伽倻, 咸昌爲古寧伽倻. 又云, 龜旨峯, 在金海府北三里. 首露王宮遺址, 在府內. 輿地志 : 首露王墓在金海府西三百步, 墓傍有廟, 龜旨山東有王妃墓. 府人竝祭以正五八月. 芝峯類說 : 壬辰倭賊發首露王墓, 頭骨大如銅盆, 柩傍有二女, 顔色如生, 出置壙外卽鎖. 文獻備考 : 駕洛或作伽落, 又稱伽倻, 後改爲金官.

　『남제서』에 '가야국은 삼한의 종류다. 건원 원년(479)에 가라국왕(加羅國王) 하지(荷知)가 남제(南齊) 왕조에 사신을 보내어 예물을 바치자 '보국장군본국왕(輔國將軍本國王)'이라는 작호를 주었다.'311)하였다.『북사』에 '신라는 가야국에 부용국(附庸國)이다.'312)하였다.『삼국사기주』에 '가야(伽倻)는 혹 가라(加羅)하고도 한다.'313)하였다.『가락국기』314)에 '후

---

311)『南齊書』「列傳」卷五十八 列傳 第三十九 東南夷 : '加羅國,三韓種也.建元元年,國王荷知使來獻.詔曰 : '量廣始登,遠夷洽化.加羅王荷知款關海外,奉贄東遐.可授輔國將軍、本國王.'

312)『北史』「列傳」卷九十四 列傳 第八十二 ＜新羅＞ : '新羅者,其先本辰韓種也. 地在高麗東南, 居漢時樂浪地. 辰韓亦曰秦韓. 相傳言秦世亡人避役來適, 馬韓割其東界居之, 以秦人, 故名之曰秦韓.其言語名物, 有似中國人, 名國爲邦, 弓爲弧, 賊爲寇, 行酒爲行觴, 相呼皆爲徒, 不與馬韓同. 又辰韓王常用馬韓人作之, 世世相傳, 辰韓不得自立王, 明其流移之人故也. 恒爲馬韓所制. 辰韓之始, 有六國, 稍分爲十二, 新羅則其一也. 或稱魏將毋丘儉討高麗破之, 奔沃沮, 其後復歸故國, 有留者,遂爲新羅, 亦曰斯盧. 其人雜有華夏、高麗、百濟之屬, 兼有沃沮、不耐、韓、濊之地.其王本百濟人, 自海逃入新羅, 遂王其國. 初附庸于百濟, 百濟征高麗, 不堪戎役, 後相率歸之, 遂致强盛. 因襲百濟, 附庸於迦羅國焉. 傳世三十, 至眞平. 以隋開皇十四年, 遣使貢方物.文帝拜眞平上開府、樂浪郡公、新羅王.'.

313)『三國史記』卷第四十四 列傳 第四 異斯夫(或云 苔宗) '姓金氏, 奈勿王四世孫. 智

한의 세조(世祖) 광무제 건무(建武) 18년(壬寅 AD.42) 3월에 가락 구간(九干)315)은 계제사를 지내고 물가에서 會飮을 하다316) 귀지봉317)을 바라보니, 이상한 기운이 있어서 가서 보았더니, 자줏빛 새끼줄이 금상자를 매달고 내려왔다. 상자를 여니, 금란이 여섯 개가 나왔는데, 그것을 받들어 두었다. 다음날 여섯 알이 갈라져 여섯 동자가 되었는데, 나날이 쑥쑥 영특하게 자라더니, 십여 일 이 지나자 키가 9척이나 되었다. 무리가 한 사람을 받들어 임금을 삼으니 곧 수로왕318)이다. 금상자에서 나와서 인하여 성은 금씨이고, 국호는 가야라 하였으니, 바로 신라 유리왕 18년(AD.2) 때이다. 나머지 다섯 사람도 다섯 가야의 임금이 되었으니, 동쪽은 황산강319), 서남쪽은 창해(滄海), 서북은 지리산, 동쪽은 가야산이며 남쪽은

度路王時, 爲沿邊官, 襲居道權謀, 以馬戲誤加耶(或云加羅)國取之.

314) 『가락국기(駕洛國記)』: 고려 문종 때 편찬된 가락국에 대한 역사서. 완전한 내용은 전하지 않으며, 『삼국유사』 기이편(紀異篇)에 간략하게 초록하여 전하고 있다. 『삼국유사』에 수록된 「기락국기」의 주에는 징확한 서사의 이름이 나와 있지 않으며, 다만 금관주지사(金官州知事) 문인(文人- 이름일 수도 있다. - 역자)이 편찬하였다고만 밝히고 있다. 가야사에 대한 문헌 사료가 거의 사라진 오늘날 남아있는 유일한 문헌 사료이나. 중국 사료인 『삼국지』의 한전(韓傳) 및 변진전(弁辰傳), 『후한서(後漢書)』의 한전 등과 함께 가야사를 연구하는 데 매우 중요한 자료임.

315) 『삼국유사』 기이 제2 「駕洛國記」 '開闢之後, 此地未有邦國之號, 亦無君臣之稱. 越有我刀干·汝刀干·彼刀干·五刀干·留水干·留天干·神天干·五天干·神鬼干 等九干者, 是酋長, 領總百姓, 凡一百戶, 七萬五千人. 多以自都山野, 鑿井而飮, 耕田而食.'

316) 계욕일(禊浴日) : 除厄의 의미로 목욕하고 물가에서 會飮하는 것. 三月 上巳日에 했음.

317) 구지(龜旨) : 이것은 산봉우리를 말함이니, 마치 십붕(十朋)이 엎드린 모양과도 같기 때문에 이렇게 말한 것이다. 『삼국유사』 「駕洛國記」 '龜旨(是峯巒之稱, 若十朋伏之狀, 故云也.)'

318) 수로(首露) : 가장 높은 사람이란 뜻.

319) 황산강(黃山江) : 낙동강의 원래 이름은 삼국시대엔 '황산강(黃山江)' 또는 '황산진(黃山津)'이었다. 고려·조선시대에 와서 낙수(洛水), 가야진(伽倻津), 낙동강이라 하였다. '황산이란 이름은 '황산나루' 때문에 나온 것인데, 이 나루는 지금의 양산

나라의 끝이었다.'320) 하였다.『신증동국여지승람』에 '오가야란 고령(高
靈)이 대가야(大伽倻), 고성(固城)이 소가야(小伽倻), 성주(星州)가 벽진가
야(碧珍伽倻), 함안(咸安)이 아라가야(阿那伽倻), 함창(咸昌)이 고녕가야
(古寧伽倻)였다.'321) 또 말하기를 '귀지봉은 김해부 북쪽 3리에 있다.322)
수로왕궁 유지가 부(府) 안에 있다.'323)하였다.『동국여지지』에 '수로왕
릉(首露王陵) 부 서쪽 3백 보 지점에 있으며,324) 묘 옆에 묘당이 있으며,

　　　군 물금면 물금리에 있던 나루로, 삼국시대에 신라의 수도 경주와 가락의 중심지
　　　김해 사이에 교류가 성했던 곳임.

320)『삼국유사』기이2「駕洛國記」(文廟朝, 大康年間, 金官知州事文人所撰也.　今略
　　　而載之.) '屬後漢世祖光武帝, 建武十八年壬寅三月, 禊浴之日. 所居北龜旨(是峯巒
　　　之稱, 若十朋伏之狀, 故云也.)有殊常聲氣, 呼喚 衆庶, 二三百人集會於此. 有如人
　　　音, 隱其形而發其音曰 '此有人否.' 九干等云, '吾徒在.' 又曰: '吾所在爲何.' 對云,
　　　'龜旨也.' 又曰: 皇天所以命我者, 御是處. 惟新家邦, 爲君后. 爲茲故降矣. 儞等須掘
　　　峯頂撮土. 歌之云, '龜何龜何, 首其現也. 若不現也, 燔灼而喫也.' 以之踏舞, 則是迎
　　　大王, 歡喜踴躍之也. 九干等如其言, 咸忻而歌舞. 未幾仰而觀之. 唯紫繩自天垂而
　　　着地, 尋繩之下. 乃見紅幅裹金合子. 開而視之. 有黃金卵六, 圓如日者. 衆人悉皆驚
　　　喜. 俱伸百拜. 尋還, 裹著抱持, 而歸我刀家. 寘榻上. 其衆各散. 過浹辰. 翌日平明.
　　　衆庶復相聚集開合. 而六卵化爲童子. 容貌甚偉. 仍坐於床. 衆庶拜賀. 盡恭敬止. 日
　　　日而大. 踰十餘晨昏. 身長九尺, 則殷之天乙. 顔如龍焉, 則漢之高祖. 眉之八彩, 則
　　　有唐之高. 眼之重瞳則, 有虞之舜. 其於月望日卽位也. 始現故諱首露. 或云首陵(首
　　　陵是崩後諡也.). 國稱大駕洛, 又稱伽耶國, 卽六伽耶之一也. 餘五人各歸爲五伽耶
　　　主. 東以黃山江, 西南以滄海, 西北以地理山, 東北以伽耶山, 南而爲國尾.'

321)『신증동국여지승람』제32권「경상도(慶尙道)」<김해도호부(金海都護府)> 산천
　　　조 : '다섯 가야는 고령(高靈)이 대가야(大伽倻), 고성(固城)이 소가야(小伽倻), 성
　　　주(星州)가 벽진가야(碧珍伽倻), 함안(咸安)이 아나가야(阿那伽倻), 함창(咸昌)이
　　　고녕가야(古寧伽倻)였다.'

322)『신증동국여지승람』제32권「경상도(慶尙道)」<김해도호부(金海都護府)> 산
　　　천조 : '구지봉(龜旨峯) 부 북쪽 3리 지점에 있다.'

323)『신증동국여지승람』제32권「경상도(慶尙道)」<김해도호부(金海都護府)> 고적
　　　조 : '수로왕궁(首露王宮) 지금 부 안에 옛터가 남아 있다.' 수로왕릉(首露王陵) 부
　　　서쪽 3백 보 지점에 있다.

324)『신증동국여지승람』제32권「경상도(慶尙道)」<김해도호부(金海都護府)> 능묘
　　　조 : '수로왕릉(首露王陵) 부 서쪽 3백 보 지점에 있다.

구지산 동쪽에 왕비묘가 있다. 고을 사람들이 정월 5월 8월에 함께 제사를 지낸다.'하였다.『지봉유설』[325]에 '임진왜적이 수로왕 묘를 발굴하니, 두골의 크기가 구리 그릇 같았으며, 널 옆에 두 여자가 있었는데 안색이 살아있는 것 같았는데, 구덩이 밖으로 꺼내 놓으니 곧 부서졌다.'[326]하였다.『동국문헌비고』에 '가락(駕洛)은 혹 가락(伽落)이라고도 하며, 또 가야(伽倻)라고도 칭하며, 후에 고쳐서 금관(金官)이 되었다.'하였다.

訪古伽倻咽竹枝　옛 가야 방문하니 죽지사[327]에 목이 메이고
婆娑塔影虎溪湄　파사탑 그림자 호계 물가에 비치네.
回看落日沈西海　돌아보니 떨어지는 해 서해에 잠기는데
正似紅旗入浦時　정히 붉은 깃발 포구에 드는 때 같구나.

ㅇ 訪古伽倻　鄭圃隱夢周, 金海鷰子樓詩, 訪古伽倻艸色春, 興亡幾度海爲塵.

■ 방고가야(訪古伽倻)　포은(圃隱) 정몽주(鄭夢周)의 '김해연자루시(金海鷰子樓詩)'[328]에서 '옛 가야 방문하니 풀 색은 봄빛인데, 흥망은 몇 차례 변하

---

325)『지봉유설(芝峯類說)』: 조선 선조 때의 학자 이수광이 지은 책. 우리나라 최초의 백과사전적인 저술로, 천문, 지리, 병정, 관직 따위의 25부문 3,435항목을 고서에서 뽑아 풀이하였다. 20권 10책.

326)『지봉유설』권 19,「宮室部」<陵墓> : '壬辰年後, 倭賊發金海首露王墓, 壙中甚闊. 頭骨大如銅盆, 手足脛骨亦甚偉. 柩傍有二女, 面貌如生, 年可二十. 出置壙外, 則旋卽鎖滅, 蓋其殉葬者也.'

327) 죽지사(竹枝詞) : 건곤가(乾坤歌)라고도 한다. 중국의 악부(樂府)에 7절(絶)로 음영(吟詠)한 죽지사가 있으며, 한국에서도 이를 본떠 향토의 경치와 인정·풍속 등을 노래하여 죽지사라 하였으나 지금은 12가사 중의 한 곡명이 되었다.

328) <김해연자루시(金海鷰子樓詩)> : 원 제목은『포은집(圃隱集)』권2에 실린 '昔宰相埜隱田先生爲雞林判官時, 有贈金海妓玉纖纖云, 海上仙山七點靑, 琴中素月一輪明, 世間不有纖纖手, 誰肯能彈太古情, 後十餘年, 埜隱來鎭合浦, 時纖纖已老矣. 呼置左右, 日使之彈琴, 予聞之, 追和其韻題于壁上. 四絶'이다. '此生何日眼還靑 太古遺音意自明 十載玉人滄海月 重遊胡得獨無情 首露陵前草色靑 招賢堂下

여 바다가 땅이 되었는가?(訪古伽倻艸色春, 興亡幾度海爲塵)'라 했다.[329]

○ 婆娑塔　興地勝覽, 婆娑石塔, 在虎溪上, 凡五層, 其色赤斑, 彫鏤甚奇, 世傳, 許后自西域來時, 船中載此塔, 以鎭風濤.

■ 파사탑(婆娑塔) 『여지승람(興地勝覽)』(『신증동국여지승람』권32 김해부 고적 조 - 역자)에, "파사석탑(婆娑石塔)[330]은 호계(虎溪) 가에 있는데, 모두 5층이고 그 색상의 붉은 얼룩이며 조각을 새긴 것이 매우 기이하다. 세상에 전하기를, 허황후가 서역으로부터 올 때, 배 안에 이 탑을 실어서 바람과 파도를 억눌렀다."고 한다.

○ 虎溪　興地勝覽, 虎溪在金海府城中, 源出盆山南, 流入江倉浦.

■ 호계(虎溪) 『여지승람(興地勝覽)』에 "호계[331]는 김해부성(金海府城) 안

　　海波明 春風遍入流亡戶 開盡梅花慰客情 訪古伽耶草色春 興亡幾變海爲塵 當時
　　腸斷留詩客 自是心淸如水人 七點山前霧靄橫 三叉浦口綠波生 春風二月金州客
　　正似江南路上行'에서 보면, 21도회고시에서 '草'가 '艸'로, '變'이 '度'로 바뀌었
　　음을 확인할 수 있다.
329)『포은집(圃隱集)』권3「잡저(雜著)」＜김해산성기(金海山城記)＞에 '내 장차 옛 가
　　야의 터를 방문하여, 마땅히 새로 지은 성 위에서 술을 들어 박정적(朴政績) 수령
　　의 공적을 경하하겠노라.(余將訪古伽倻之墟, 當擧酒於新城之上, 以賀朴侯政績之
　　有成也.)라는 구절이 보인다.
330) 파사석탑(婆娑石塔) :『삼국유사』탑상 제4 금관성 파사석탑 조에 의하면 호계사
　　(虎溪寺)에 보관되어 있었으며, 지금은 허황후릉 근처에 있다.
331) 호계(虎溪) : 현재 경상남도 김해시 부원 8통과 부원 9통을 관통해 지나며 북쪽으
　　로는 부원 3통과 부원 12통의 경계를 이루고 있고, 보통 남문밖다리라고 부른다.
　　1933년 국도 개통과 함께 호계교가 가설되어 오랫동안 김해읍의 입구가 되어왔
　　다. 남쪽은 강창포(江倉浦)에 이르고, 세월이 오래되어 모래가 쌓이므로 정조 14
　　년(1790년)에는 내를 곧게 만들었다가, 순조(純祖)31년(1831년) 직천(直川)은 읍기
　　(邑基)에 해롭다고 부사 권복(權馥)이 또 다시 곡천(曲川)으로 고쳤다고 한다. 지금

에 있으며, 분산(盆山) 남쪽에서 원류가 나와서 강창포(江倉浦)로 흘러들어
간다.”고 하였다.

○ 紅旗入浦 駕洛國記, 東漢建武二十四年, 許皇后自阿踰陀國, 渡海而至. 望
見緋帆茜旗, 自海西南隅而指北. 首露王於宮西, 說幔殿候之. 王后維舟登陸,
憩於高嶠, 解所着綾袴, 質于山靈. 及至, 王迎入幔殿. 越二日, 同輦還闕, 立
以爲后. 國人號初來維舟處曰, 主浦. 解綾袴處曰, 綾峴. 茜旗入海處曰, 旗出
邊. 輿地勝覽, 許皇后, 或云南天竺國王女, 姓許名黃玉, 號普州太后.

■ 홍기입포(紅旗入浦) <가락국기(駕洛國記)>332)에, “동한(東漢) 건무(建
武) 24년(AD 48)에 허황후(許皇后)가 아유타국(阿踰陀國)333)으로부터 바다
를 건너왔다. 붉은 돛대와 꼭두서니색 기(旗)가 바라보이더니 바다 서남쪽
에서 북쪽을 향하여 오고 있었다. 수로왕(首露王)이 궁(宮) 서쪽에 만전(幔
殿)을 설지하고 그들을 맞이했다. 왕후는 배를 묶고 상륙하여, 높은 언덕에
서 쉬면서 입고 있던 비단하의를 풀어놓아서 산신령에게 폐백으로 바쳤다.
일행이 다다르자 왕이 만전에서 맞이하였다. 이틀이 지나자, 수레를 같이
타고 대궐로 돌아와서 황후로 세웠다. 나라 사람들이 처음에 와서 배를 묶

은 연자루도 사라지고 호계천도 복개되었다.

332) <가락국기(駕洛國記)> : 저자는 금관주(金官州:김해지방)의 지사(知事)였던 문인
으로 추측되며, 현재 책은 전해지지 않으나 일부 내용이 『삼국유사』에 요약되어
남아있다. 그 내용에는 수로왕의 탄생과 여섯 가야의 건국, 수도와 궁실 건립, 수
로왕과 탈해왕(신라의 脫解尼師今)간의 분쟁, 허황후(許皇后)와의 혼인, 관제 정
비, 수로왕릉과 사당(祠堂)에 얽힌 설화, 신라에 합병된 이후부터 고려시대까지
김해지방의 연혁, 수로왕묘(廟)에 할당된 토지 결수, 왕후사(王后寺) 창건, 2대 거
등왕(居登王)부터 마지막 구형왕(仇衡王)까지의 왕력(王歷), 신라에 투항한 연대
에 대한 고증 등이 포함되어 있다.

333) 아유타국(阿踰陀國) : 인도 중부에 있던 고대의 왕국인 아요디아. 갠지스강의 지
류인 고그라강(江) 연변에 있었으며 힌두교 7성지 중 하나이며, 전성시대에는 100
여 개의 사원이 늘어선 불교 중심지였다.

었던 곳을 불러 말하길 '주포(主浦)'라 하고, 비단하의를 풀어놓았던 곳을
말하길 '능현(綾峴)'이라 했으며, 꼭두서니색 기가 바다로 들어온 곳을 말
하길 '기출변(旗出邊)'이라 했다."고 한다.334) 『여지승람』에, "허황후는 혹
남천축국(南天竺國)의 왕녀라고 하는데, 성은 허(許)씨이고 이름은 황옥(黃
玉)이며, 보주태후(普州太后)라 불렸다."고 한다.335)336)

---

334) 주포와 능현, 기출변의 정확한 위치는 현재까지도 미상이다. 김해시 웅동2동 가주
　　마을 주포의 경우 지금도 임이 내린 갯가라고 해서 '임개'라 불리고 있지만 다른
　　사료가 없어서 확인이 어려우며, 이 곳이 아니라 부산시 강서구 녹산동 상곡마을
　　(옛 장락나루)로 보는 설도 있다.
335) 『삼국유사』 「기이(紀異)」2 <가락국기(駕洛國記)>
336) 한양대 문화인류학과 교수인 김병모(金秉模)는 허왕후의 능비에 새겨진 '보주(普
　　州)'가 사천성 안악현(安岳縣)의 옛 지명이며, 아유타국의 왕족들이 북방 민족의
　　침입으로 중국 촉 지방으로 도주했다가, 다시 반란이 일어나서 허황후 일행이 가
　　야로 피신했다고 주장한다. 하지만 그가 아요디아국의 문장이라고 내세운 수로
　　왕릉의 쌍어문(雙魚紋)이 사실은 조선 정조 대에 만들어진 것이므로 근거의 신빙
　　성이 의심된다. 이외에 허황후가 태국 메남강 유역에 있던 인도 아요디아왕국의
　　식민지인 아유타아국 출신이라는 설도 있다.

대가야 大伽倻

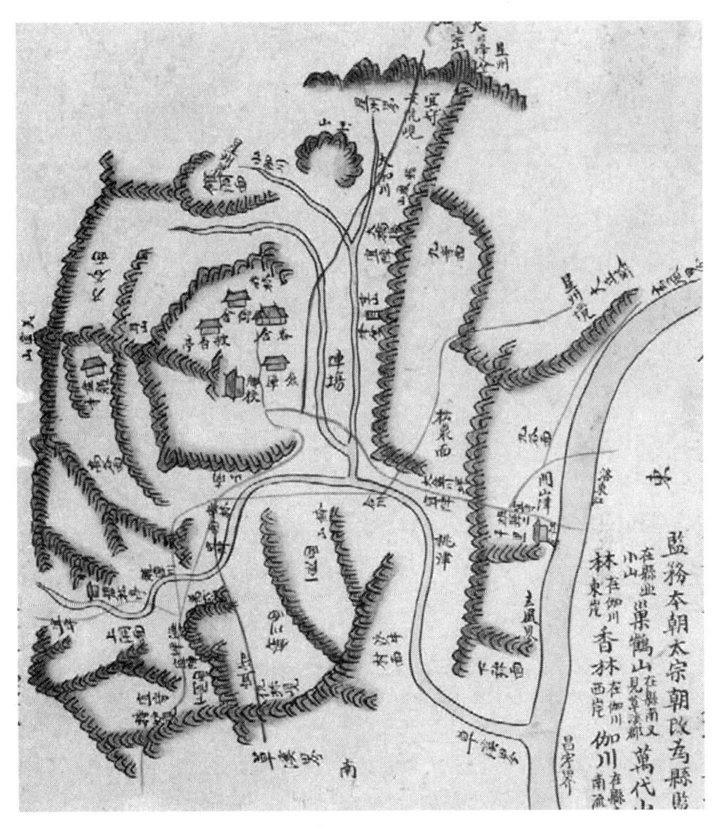

고령

三國史, 眞興王二十三年, 命異斯夫討伽倻, 多斯含爲副, 領五千騎, 馳
入栴檀門, 立白旗, 城中恐懼, 不知所爲, 異斯夫引兵臨之, 一時盡降. 輿地

志, 大伽倻, 今高靈縣. 縣南一里有宮闕遺址. 又有石井, 號御井. 文獻備考,
大伽倻始祖, 伊珍阿鼓王, 至道設智王, 凡十六世.

『삼국사기』에, "진흥왕 23년 이사부(異斯夫)에게 명하여 가야를 토벌
하도록 했는데, 다사함(多斯含)이 부장이 되어 5천 기병을 거느리고 전단
문(栴檀門)에 달려들어가 백기를 세우니, 성 안에서 두려워서 어찌 할 바
를 모르다가 이사부가 병사를 이끌고 임하니 일시에 모두 항복하였다."
고 한다.『여지지(輿地志)』에, "대가야(大伽倻)는 지금의 고령현(高靈
縣)337)이다. 현 남쪽 1리에 궁궐(宮闕) 옛 터가 있다. 또 돌우물이 있는데,
어정(御井)이라 불린다."고 한다.『문헌비고(文獻備考)』에, "대가야의 시
조는 이진아고왕(伊珍阿鼓王)이고, 도설지왕(道設智王)에 이르기까지 모
두 16세(世)였다."고 한다.

千載高山流水音　　천년 전 높은 산 물 흐르는 소리338)
泠泠一十二絃琴　　청량한 열 두줄의 가야금 곡조.
凄凉往事無人問　　안타깝게도 지난 일 묻는 이 없는데
紅葉迎霜作錦林　　붉은 잎 서리맞아 비단 숲을 만드누나.

---

337) 고령현(高靈縣) : 경상북도에 있는 옛 대가야국(大伽倻國)의 중심지로서 신라에
　　병합된 후 757년(경덕왕 16) 고양군이 되었고, 1018년(고려 현종 9)에 영천현(靈川
　　縣)이 되어 경산부(京山府 : 현재의 성주)에 속하였다. 조선 태종 때 고양군의 고와
　　영천현의 영을 따서 고령현(高靈縣)이라 하였으며, 1895년(고종 32) 현(縣)을 군
　　(郡)으로 개칭함에 따라 성주(星州) 9개 면과 현풍(玄風) 3개 면을 병합하여 고령군
　　이 되었다.
338) 천년 전 높은 산 물 흐르는 소리 :『여씨춘추(呂氏春秋)』에 나오는 백아절현(伯牙
　　絶絃)의 고사와 연관이 있다. 금(琴)의 명수 백아가 연주를 하면, 그의 친구 종자기
　　(鍾子期)가 그것을 듣고서 백아의 연주하는 뜻이 태산에 있으면 우뚝하다 하고,
　　흐르는 물에 있으면 출렁출렁하다고 했다. 그 후 종자기가 죽자 백아는 금의 줄을
　　끊어버리고 다시는 연주를 하지 않았다.

○ 一十二絃琴　輿地勝覽, 伽倻國, 嘉悉王樂士于勒, 象中國秦箏而制琴, 號 伽, 倻琴. 高靈縣北三里, 地名琴谷, 世傳勒率工人肄琴處. 芝峯類說, 伽倻國 王 制十二絃琴, 今所謂伽倻琴, 卽是.

■ 12현금(一十二絃琴) 『여지승람(輿地勝覽)』에 "가야국(伽倻國) 가실왕(嘉 悉王)의 악사(樂士) 우륵(于勒)이 중국 진(秦)나라의 쟁(箏)을 본따서 금(琴) 을 만들고 가야금(伽倻琴)이라 불렀다. 고령현(高靈縣) 북쪽 3리 땅을 금곡 (琴谷)이라 부르는데, 세상에 전하기를 우륵이 공인들을 거느리고 가야금 을 익히던 곳이라 한다."고 하였다. 『지봉유설(芝峯類說)』에, "가야국왕이 12현금을 만들었는데, 지금 소위 가야금이라고 하는 것이 바로 이것이다." 라 하였다.

○ 錦林　輿地勝覽, 高靈縣西二里有古藏, 俗稱錦林王陵.

■ 금림(錦林) 『여지승람(輿地勝覽)』에 "고령현 서쪽 2리에 옛 무덤이 있는 데, 속칭 금림왕릉(錦林王陵)이라 한다. (『신증동국여지승람』 권29 고령현 고적 조에 나옴 - 역자)"고 하였다.

감문 甘文

김천

　三國史, 新羅助賁尼斯今二年, 以伊湌于老爲大將軍, 討破甘文國, 以其
地爲郡. 輿地志, 甘文今開寧縣也. 甘文山在縣北二里. 又㭆山在縣東二里,

桺山北甘文國遺址, 尙存.

『삼국사기』에, "신라(新羅) 조분니사금(助賁尼斯今) 2년(231)에 이찬(伊湌) 우노(于老)를 대장군으로 삼아서 감문국(甘文國)을 토벌하여 파괴하고 그 땅을 군(郡)으로 삼았다."고 하였다. 『여지지(輿地志)』에, "감문(甘文)은 지금의 개녕현(開寧縣)[339]이다. 감문산(甘文山)은 현 북쪽 2리에 있다. 또 류산(桺山)[340]은 현 동쪽 2리에 있는데, 류산 북쪽에 감문국(甘文國)의 옛 터가 아직도 남아있다."고 하였다.

<table>
<tr><td>獐姬一去野花香</td><td>장희 한 번 떠난 뒤 들꽃 향기만 남아있고</td></tr>
<tr><td>埋沒殘碑古孝王</td><td>매몰된 남은 비석 옛 효왕의 것이로다.</td></tr>
<tr><td>三十雄兵曾大發</td><td>서른 명 용감한 병사 일찍이 크게 발병하여</td></tr>
<tr><td>蝸牛角上鬪千場</td><td>달팽이뿔 위에서 천 번이나 싸우던 장소라네.[341]</td></tr>
</table>

○ 獐姬 輿地勝覽, 獐陵在開寧縣西熊峴, 俗稱甘文國獐夫人陵.

■ 장희(獐姬) 『여지승람(輿地勝覽)』에 "장릉(獐陵)은 개녕현 서쪽 웅현(熊峴)에 있는데, 속칭 감문국 장부인(獐夫人)의 무덤이라 한다."고 하였다.

---

339) 개녕현(開寧縣) : 지금의 경북 김천.

340) 유산(桺山) : 현 동쪽 2리에 있는 소산으로 감천(甘川)이 그 아래로 흐른다.

341) 蝸牛角上鬪千場 : 『장자(莊子)』 「칙양편(則陽篇)」의 와우각상쟁(蝸牛角上爭)에서 나온 말로, 달팽이 뿔 위에서의 싸움이란 뜻이다. 제(齊)나라 위왕(威王)이 위(魏)나라 혜왕(惠王)을 배신하자 혜왕은 제나라를 치려 하였는데, 이때 대진인(戴晉人)이란 사람이 달팽이를 예로 들어, 혜왕에게 "달팽이 왼쪽 뿔은 촉씨(觸氏)의 나라이고 달팽이 오른쪽 뿔은 만씨(蠻氏)의 나라인데, 두 나라가 영토를 놓고 싸우다가 사람이 1만여 명이나 죽고, 달아나는 적을 보름 동안이나 추격하다 돌아왔다"고 말하면서, 광대한 우주와 넓은 세계 속의 위나라나 제나라는 달팽이 뿔보다도 작은 존재라는 것을 풍자하였다.

○ 孝王 輿地勝覽, 開寧縣北二十里, 有大冢, 俗傳甘文金孝王陵.

■ 효왕(孝王)『여지승람(輿地勝覽)』에, "개녕현 북쪽 20리에 큰 무덤이 있는데, 세상에 전하기를 감문김효왕(甘文金孝王)의 무덤이라 한다."고 하였다.

○ 三十兵 東史, 甘文國大發兵三十. 文獻備考, 甘文盖國之至小者也.

■ 30병(三十兵)『동사(東史)』에, "감문국(甘文國)이 크게 30명을 발병하였다."라고 하였다.『문헌비고(文獻備考)』에, "감문(甘文은 대개 지극히 작은 나라이다."라고 하였다. (병사 30명으로는 서라벌을 공격할 수 없다. 300이나 3,000의 오각일 가능성이 있다. 감문국을 정벌하여 현(縣)이 아닌 군(郡)을 삼은 것으로 봐서 더욱 그렇고, 30명을 발병하는 데 크게(大)라고 표현하는 것도 무리이다. - 역자)

우산 于山

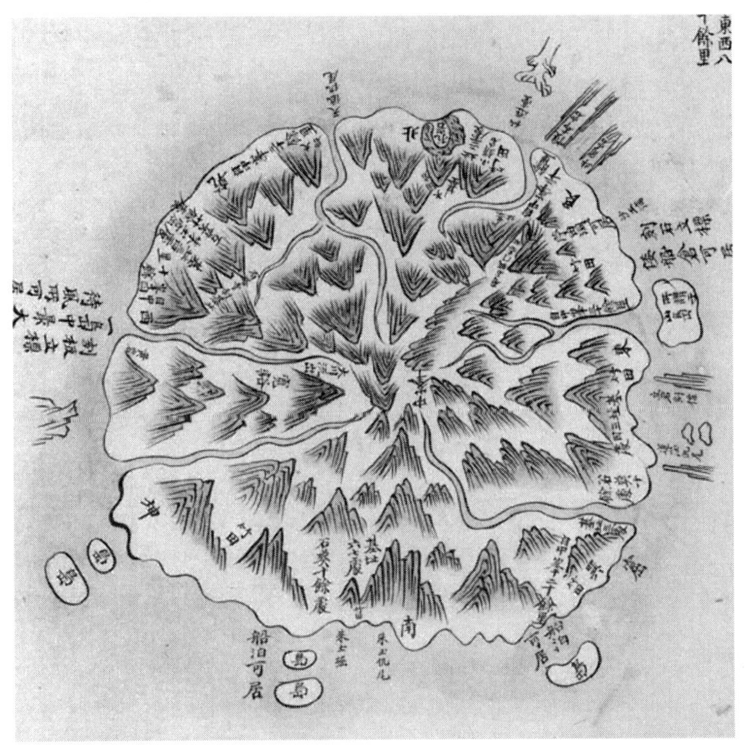

울릉도

　三國史, 新羅智證麻立干十三年, 于山國歸服, 歲以土宜爲貢. 于山國在溟州正東海島, 或名鬱陵島. 輿地勝覽, 鬱陵島一云武陵, 又云羽陵, 在蔚珍縣正東海中. 地方百里, 土地饒沃. 竹大如杠, 鼠大如猫, 桃核大如升.

『삼국사기』에, "신라 지증마립간(智證麻立干) 13년(512)에 우산국(于
山國)342)이 귀복(歸服)하여 해마다 토산품을 공물로 하였다. 우산국(于山
國)은 명주(溟州: 강릉) 정동쪽 바다의 섬으로, 혹은 울릉도(鬱陵島)343)라
한다."고 하였다. 『여지승람(輿地勝覽)』에, "울릉도(鬱陵島)는 한 편으로
는 '무릉(武陵)'이라 하고 또는 '우릉(羽陵)'이라 하는데, 울진현(蔚珍縣)
정동쪽 바다 가운데 있다. 땅은 사방 100리로 토질이 비옥하다. 대나무가
커서 깃대만 하고, 쥐가 커서 고양이만 하며, 복숭아 열매가 커서 됫박만
하다."고 한다.

春風五兩邏帆廻	봄바람 불자 오척의 나범이 돌아오고
海上桃花寂寞開	바다 위의 복숭아꽃 적막하게 피네.
唯見可之登岸臥	오직 보이는건 언덕 위에 누워있는 바다사자 뿐
更無獅子撲人來	또다시 사자가 사람을 겁박하는 일 없으리라.

ㅇ 邏帆 文獻備考, 鬱陵島産柴胡·藁本·石楠藤艸·諸香木·蘆·竹, 多合抱
者. 蘆實 桃核, 大可爲杯升. 本朝刷出逃民, 空其地. 每三年一送人審視, 官給
斧子十五, 伐其竹若木, 又采土物, 納于朝以爲信. 三陟營將越松萬戶, 相遞
入焉.

---

342) 우산국(于山國) : 삼국 시대에 울릉도에 있었던 나라.

343) 울릉도(鬱陵島) : 동해에 위치한 면적 72.56㎢인 오각형 형태의 섬으로 동서길이
10km, 남북길이 9.5km, 해안선 길이는 56.5km에 이른다. 512년(신라 지증왕 13) 신
라의 이사부가 독립국인 우산국을 점령한 뒤 울릉도(鬱陵島)·우릉도(羽陵島)·무
릉도(武陵島) 등으로 불리다가 1915년 경상북도에 편입됨. 향나무·후박나무·동
백나무을 비롯해 650여 종의 다양한 식물이 자라고, 39종의 특산식물과 6종의 천
연기념물이 있다. 또 흑비둘기 등 62종의 조류(텃새 24종, 철새 38종)가 서식하여
동식물의 보고라 할 수 있다. 근해는 한류와 난류가 만나는 수역으로 오징어·꽁
치·명태 등이 많이 잡히며, 특히 오징어는 품질이 우수하다.

■ 나범(邏帆)『문헌비고(文獻備考)』에, "울릉도에서는 시호(柴胡)[344]·고본(藁本)[345]·석남등초(石楠藤艸)[346]· 여러 가지 향목(香木)·갈대·대나무 등이 산출되는데 한 아름 되는 것도 많다. 노실(蘆實)[347]·복숭아씨는 크기가 술잔이나 됫박을 만들 수 있다. 본조(本朝: 조선)에서 달아난 백성을 쇄출(刷出)하고 그 땅을 비워두었다. 매 3년마다 한 번 사람을 보내어 살피게 하는데, 관청에서 공급한 나무꾼 15명이 그 대나무를 나무같이 쪼개고 토산물을 채집하여 조정에 바쳐서 증거로 삼았다. 삼척영장(三陟營將)과 월송만호(越松萬戶)가 서로 교대하여 들어갔다.[348]

○ 可之 文獻備考, 鬱陵島海中有獸, 牛形赤眸無角, 羣臥海岸. 見人獨行害之, 遇人多走入水, 名可之

■ 가지(可之)『문헌비고(增補文獻備考)』에, "울릉도 바다 가운데 짐승이 있는데, 소의 형상에 붉은 눈동자, 뿔은 없으며, 해안에 무리지어 누워있다. 사람이 혼자서 가는 것을 보면 해치지만, 많은 사람을 만나면 도망하여 물

---

344) 시호(柴胡) : 미나리과에 속하는 다년초. 한약재로 쓰임.

345) 고본(藁本) : 백합과에 속하는 다년초. 한약재로 쓰임.

346) 석남등초(石楠藤草) : 마가목. 능금나무과에 속하는 활엽 교목. 약재로 쓰임.

347) 노실(蘆實) : 갈대의 일종으로 그 열매는 약재로 쓰임.

348)『증보문헌비고』31권 우산도 울릉도 : 숙종 22년(1696) 마도봉행(馬島奉行) 왜인 평진현(平眞顯) 등 6인이 우리 나라 역관 변(卞)·송(宋) 두 사람에게 서신을 보내왔는데, 그 하나는 죽도의 일을 논하였고, 또 하나는 안용복(安龍福)의 마음대로 행동한 일을 논하였다. 그때에 묘당(廟堂: 의정부)에서 모두 의논하기를, "하나의 텅빈 땅을 가지고 다툼으로써 변흔(邊釁)을 일으키는 것은 옳지 않다." 하였으나, 홀로 영상 남구만(南九萬)만은 이르기를, "강토(疆土)는 조종(祖宗)에서 물려받은 것이니, 남에게 줄 수 없다."고 하고, 이어서 말하기를, "이 섬은 고려가 신라에서 얻었고, 우리 조정이 그것을 고려에서 얻었으니, 원래 일본의 땅이 아니다." 하여, 이러한 주장을 주고 받기를 그치지 아니하다가 중지되었다. 무신(武臣) 장한상(張漢相)을 보내어 가서 섬 안을 살펴보게 하고, 그때부터 정하여 법으로 삼아 3년마다 한 번씩 사람을 보내어 그 섬을 관찰하게 하였다.

속으로 들어가는데, 가지(可之)라 일컫는다."라 하였다.349)

○ 獅子. 三國史, 異斯夫, 爲阿瑟那軍主, 謀幷于山國, 謂其國人愚悍, 可以計服. 乃多造木獅子, 載戰船, 抵其國, 告曰, 汝若不服, 放此獸, 踏殺之. 其人恐懼而降.

■ 사자(獅子)『삼국사기』에, "이사부(異斯夫)350)가 아슬나(阿瑟那)351)의 군주(軍主)가 되어 우산국(于山國)을 합병할 것을 모의하니, 그 나라 사람들이 어리석고 사나워서 계책으로 복종시킬 수 있다고 생각했다. 이에 나무 사자를 많이 만들어서 전선(戰船)에 싣고 그 나라에 다다라서 고하기를, '너희들이 만약 항복하지 않으면, 이 괴수들을 풀어서 밟아죽이게 하겠다.'고 하자, 사람들이 두려워서 항복하였다."고 했다.

---

349) 바다사자 : 북태평양에만 서식하며 북한계는 알류샨열도선을 넘지 않는다. 우리나라에서 서식하거나 회유하는 바다사자는 한 때 울릉도와 일본 도근현(島根縣) 해안에 회유하였는데, 국제보호수로 지정되었다.

350) 이사부(異斯夫) : 신라 때의 장군(?~?). 지증왕 13년(512)에 가야와 우산국을 정벌하였고, 진흥왕 11년(550)에는 고구려의 도살성(道薩城)과 백제의 금현성(金峴城)을 빼앗는 등 여러 지방을 공격하여 신라의 영토를 확장하였다.

351) 아슬나(阿瑟那) : 강원도 양양.

탐라 耽羅

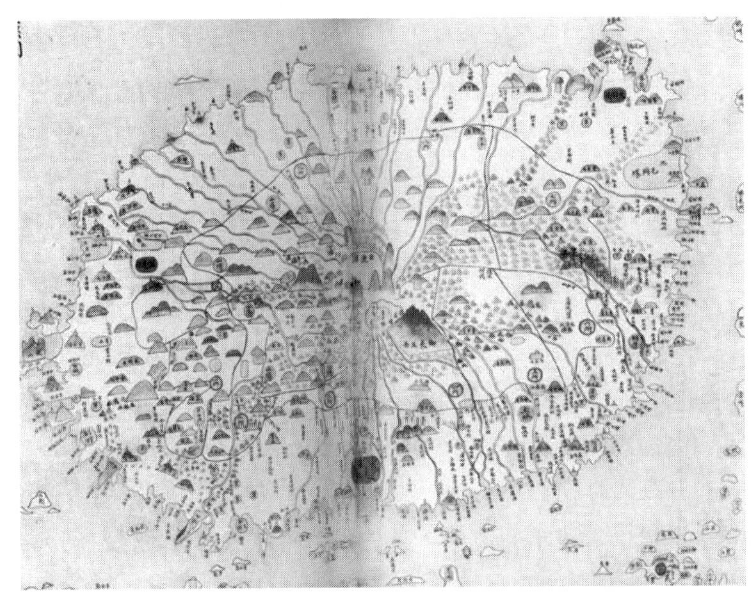

제주

北史, 百濟南海行有耽牟羅國, 土多獐鹿, 附庸於百濟. 唐書, 龍朔初有儋羅者, 其王儒理都羅遣使入朝. 國居新羅武州南島上, 俗朴陋, 衣大豕皮. 夏革屋, 冬窟室. 初附百濟, 後附新羅.

『북사』에, "백제 남쪽바다로 가면 탐모라국(耽牟羅國)이 있는데, 장록(獐鹿)이 많으며 백제에 부속되어 있다."고 한다. 『당서(唐書)』에, "용삭(龍朔: 661-663) 초에 담라(儋羅)라는 나라가 있었는데, 그 왕인 유리도라

(儒理都羅)가 사신을 보내어 입조하였다. 나라가 신라(新羅) 무주(武州)[352] 남쪽 섬 위에 있는데, 풍속이 순박하고 미천하며 큰돼지 가죽으로 옷을 입는다. 여름에는 가죽집에서 살고, 겨울에는 동굴에서 산다. 처음에는 백제에 부속되었다가, 후에 신라에게 부속되었다."라 하였다.

耽羅國記, 厥初有三神人, 從地湧出, 曰良乙那, 曰高乙那, 曰夫乙那. 三乙那, 遊獵荒僻, 皮衣肉食, 一日見紅帶紫衣人, 函載靑衣處女三, 及駒犢, 五穀種, 浮海而至, 曰我是日本國使也. 吾王生此三女云, 西海中降神子三人, 將開國而無匹, 故送此三女也. 三那以歲次分娶之, 播五穀, 牧駒犢, 日就繁庶, 良乙那所居曰第一都, 高乙那所居曰第二都, 夫乙那所居曰第三都. 高乙那十二代孫, 高厚・高淸・昆弟三人, 造舟渡海, 泊于耽津, 新羅盛時也. 于時, 客星見南方, 太史奏, 異國人來朝之象也. 及厚等至, 王嘉之, 稱厚曰星主, 以其動星象也. 令淸出袴下, 愛如己子, 稱曰王子, 又號其季曰都內. 國號耽羅, 以來泊耽津, 朝新羅也. 各賜寶盖衣帶而遣之, 自此事新羅, 遂以高爲星主, 良爲王子, 夫爲都上, 後改良爲梁. 輿地勝覽, 濟州本耽羅國, 或稱乇羅, 又耽牟羅.

『탐라국기(耽羅國記)』에, "처음에 세 신인(神人)이 있었는데, 땅에서부터 솟아나와서 양을나(良乙那), 고을나(高乙那), 부을나(夫乙那)라 했다. 세 을나는 거친 지역에서 사냥을 하고 가죽옷을 입고 육식을 하다가, 하루는 붉은 띠와 자주색 옷을 입은 사람을 만났는데, 상자 속에 푸른 옷을 입은 처녀 셋과 망아지・송아지와 오곡의 종자를 상자 속에 넣어 바다로 떠와서, '나는 일본국의 사신이다. 우리 왕께서 이 세 딸을 낳고서 말씀하시길, 서해 가운데 하늘에서 내려온 신의 아들 셋이 있으니, 장차 나라를

---

352) 무주(武州) : 통일신라 시대 구주(九州) 가운데 지금의 광주광역시의 일부에 해당하던 지방 행정구역. 14군과 44현을 관할하였는데, 경덕왕 16년(757) 무진주(武珍州)를 고친 것이다.

열 것인데 짝이 없어서, 이 세 딸을 보낸다고 하였다.’ 세 을나가 나이 순서대로 나누어 부인을 취하고, 오곡을 파종하고 망아지와 송아지를 길렀는데 날이 갈수록 번창하여, 양을나가 사는 곳을 ‘제일도(第一都)’라 하고, 고을나가 사는 곳을 ‘제이도(第二都)’라 하였으며, 부을나(夫乙那)가 사는 곳을 ‘제삼도(第三都)’라 하였다. 고을나의 12대 손은 고후(高厚)·고청(高淸)·곤제(昆弟) 세 사람이었는데, 배를 타고 바다를 건너 탐진(耽津353)에 정박하였으니, 신라가 번성하던 때이다. 이 때, 객성(客星)이 남방에서 나타나니 태사(太史)가 다른나라 사람이 와서 조회하는 상이라고 아뢰었다. 고후 등이 다다르자 왕이 기뻐하고는 고후를 ‘성주(星主)’라 불렀는데, 별이 움직인 형상 때문이었다. 고청에게 명하여 바지 아래로 나가게 하고는 자기 자식처럼 여기고 왕자라 부르고, 또 그 동생을 도내(都內)라 불렀다. 국호는 탐라라 하였는데, 탐진에 정박하여 신라에 조공하였기 때문이다. 각기 보배와 의복을 내려서 보내었는데, 이로부터 신라를 섬겼다. 드디어 고(高)씨가 성주(星主)가 되고, 양(良)씨가 왕자가 되었으며, 부(夫)씨가 도상(都上)이 되었다. 뒤에 양(良)씨를 양(梁)씨로 바꾸었다.”고 히었디. 『여지승람(興地勝覽)』에, “제주는 본니 탐라국인데, 혹은 탁라(乇羅)라고 칭하고, 또 탐모라(耽牟羅)라고도 한다.”고 하였다.

三乙那城瘴霧開　　세 을나의 성에 장기(瘴氣) 안개 걷히니
耽津江口峭帆廻　　탐진강 어귀에 우뚝한 돛단배가 돌아오네.
厥初還有毛興穴　　애초에 돌이켜보면 모흥혈이 있는데
何必他人袴下來　　하필이면 남의 바지 아래로 든단 말인가?

---

353) 탐진(耽津) : 전라남도 강진군에 속해 있던 옛 지명으로, 본래 백제의 동음현인데 신라의 경덕왕이 탐진현으로 고치고, 조선조 1417년(태종17)에 도강현과 합하여 강진으로 고쳤으며, 1895년(고종32) 강진군이 되었다.

○ 耽津 文獻備考, 今康津縣, 新羅耽津.

■ 탐진(耽津)『증보문헌비고(增補文獻備考)』에, "지금의 강진현(康津縣)이 신라의 탐진(耽津)이다."라 하였다.

○ 毛興穴 輿地勝覽, 濟州牧鎭山北麓有穴, 曰毛興穴, 卽三乙邢湧出處也.

■ 모흥혈(毛興穴)『여지승람(輿地勝覽)』에, "제주목(濟州牧) 진산(鎭山) 북쪽 산기슭에 동굴이 있어 모흥혈[354]이라 하는데, 삼을나가 솟아나온 곳이다."라 한다.

---

354) 모흥혈(毛興穴) : 삼성혈(三姓穴). 제주시 이도동(二徒洞)에 있으며 제주도의 고(高)・양(梁)・부(夫)씨의 3시조 격인 고을나・양을나・부을나 세 신인(神人)이 솟아났다는 신화가 전해진다. 이 구멍 속에는 빗물이나 눈이 고이지 않는다고 하며, 주위에 수령 500여 년 이상의 노송들과 녹나무・조록나무 등 수십 종의 고목이 울창하게 서 있는데 나무들이 거의 이 구멍을 향하여 있다.

후백제 後百濟

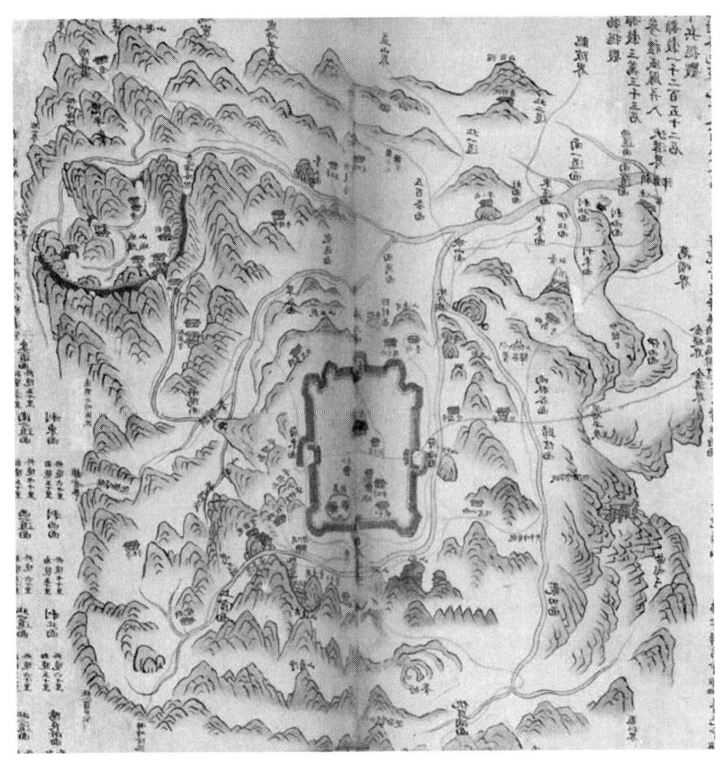

전주

　三國史 : 甄萱, 尙州加恩縣人也. 體貌雄奇, 志氣倜儻. 從軍赴西南海防, 以勞爲裨將. 新羅眞聖王六年, 羣盜蜂起, 萱嘯聚徒侶, 擊京西南州縣, 所至響應. 遂襲武珍州 都完山, 自稱後百濟王. 遣使入後唐稱藩, 唐策授檢校太尉兼侍中判百濟軍事, 持節都督全武公等州軍事行全州刺史, 海東四面

都統指揮兵馬制置等事百濟王, 食邑二千五百戶. 興地勝覽 : 古土城, 在全
州府北五里, 甄萱所築.

　『삼국사기』에 "견훤(甄萱)은 상주(尙州) 가은현(加恩縣)[355] 사람이다.
체격과 용모가 크고 뛰어났으며 뜻과 기개가 비범하였다. 종군하여 서남
해안으로 가서 수자리를 살았는데 공을 세워 비장(裨將)이 되었다. 신라
진성왕(眞聖王)[356] 6년(892) 도적떼가 벌떼처럼 일어나자, 견훤은 무리를
불러 모아 서울 서남쪽의 주현(州縣)을 공격하였는데, 가는 곳마다 메아
리처럼 호응하였다. 마침내 무진주(武珍州)[357]를 습격하고 완산(完山)[358]
에 도읍을 정하고, 스스로 후백제왕이라 일컬었다. 후당(後唐)[359]에 사신
을 보내 번국(藩國)이라 일컬으니 후당에서 검교태위겸시중판백제군사
(檢校大尉兼侍中判百濟軍事) 지절도독전무공등주군사행전주자사(持節
都督全武公等州軍事行全州刺史)　해동사면도통지휘병명마제치등사백
제왕(海東四面都統指揮兵馬制置等事百濟王)과 식읍 2천 5백호에 책봉
하였다."[360] 하였다. 『신증동국여지승람』에 "옛 토성이 전주부 북쪽 5
리에 있는데 견훤이 쌓은 것이다."[361] 하였다.

　　往事悠悠疽背翁　　지나간 일 덧없구나 등창난 늙은이

---

355) 가은현(加恩縣) : 지금의 경북 문경시(聞慶市) 가은읍(加恩邑).
356) 진성왕(眞聖王 ?~897) : 신라의 제51대 왕. 재위는 887~897. 신라시대 3명의 여왕
　　　중 하나이다. 이름은 만(曼) 또는 원(垣).
357) 무진주(武珍州) : 신라시대의 지방행정구역. 삼국통일 직후에 완성된 이른바 구주
　　　(九州)의 하나. 주치(州治)는 현재의 광주(光州).
358) 완산(完山) : 지금의 전북 전주시.
359) 후당(後唐) : 중국 오대(五代) 시대의 왕조. 923년에 이극용(李克用)의 아들 이존욱
　　　(李存勖)이 후량(後梁)을 멸하고 낙양(洛陽)에 도읍하여 세운 나라. 936년에 후진
　　　(後晉)의 석경당(石敬塘)에게 망하였다
360) 견훤(甄萱)은……책봉하였다 : 『삼국사기』 권50 「견훤열전」.
361) 옛 토성이……것이다 : 『신증동국여지승람』 권33 「전라도」 전주부

繽紛紅葉古城東　　옛 성의 동편엔 낙엽만이 흩날리네.
可憐探觳金山寺　　가련토다 자식 잃고 금산사에 갇힌 신세
亡國何關絶影驄　　나라가 망하는 것 절영총과 무슨 상관.

○ 疽背翁. 三國史 : 甄萱有子十餘人, 第四子金剛, 身長而多智, 萱愛之, 欲傳位. 其兄神劍幽萱於金山佛宇, 殺金剛, 自稱大王. 萱與季男能乂女衰福嬖妾姑比等逃奔高麗 高麗太祖待以厚禮, 尊爲尙父. 萱發疽, 卒於黃山佛舍.

■ 저배옹.『삼국사기』에 "견훤은 아들 10여 명을 두었는데, 넷째 아들 금강(金剛)이 키가 크고 지모가 뛰어났으므로 견훤이 사랑하여 그에게 왕위를 전하려 하였다. 그 형 신검(神劍)이 견훤을 금산의 절에 가두고 금강을 죽인 다음 스스로 대왕이라 일컬었다. 견훤이 막내 아들 능예(能乂), 딸 최복(衰福), 폐첩(嬖妾) 고비(姑比) 등과 함께 고려로 도망하자 고려태조가 후한 예로 대우하고 높여 상보(尙父)라 불렀다. 견훤은 등창이 나서 황산(黃山)362)의 절에서 졸(卒)하였다."363) 하였다.

○ 繽紛紅葉. 鄭圃隱夢周全州萬景樓詩 : 靑山隱約扶餘國, 紅葉364)繽粉百濟城.

■ 빈분홍엽. 포은 정몽주의 <전주 만경루> 시365)에 "청산이 어슴프레하

---

362) 황산(黃山) :『신증동국여지승람』권18 연산현 산천 조에 보임, 지금의 충남 논산시 연산읍(連山邑) 일대
363) 견훤은……졸(卒)하였다 :『삼국사기』권50「견훤열전」
364)『포은집(圃隱集)』권2에 <등전주망경대(登全州望景臺)>에는 '黃葉'으로 되어 있다.
365) <전주 망경루> 시 :『포은집(圃隱集)』권2에「등전주망경대(登全州望景臺)」란 이

니 부여국이요, 붉은 잎 휘날리니 백제성이로다” 하였다.

○ 絶影驄. 高麗史: 甄萱獻絶影島驄馬于太祖. 後聞讖云, ‘絶影名馬至, 百濟亡.’ 乃悔之, 使人請還, 太祖笑而許之.

■ 절영총. 『고려사』에 “견훤이 절영도의 총이말을 태조에게 바쳤는데, 나중에 ‘절영도의 명마가 다다르면 백제가 망할 것이다.’란 참언(讖言)을 듣고는 후회하여 사람을 보내 돌려주기를 청하니, 태조가 웃으면서 허락하였다.” 하였다.366)

름으로 실려 있다.
366) 견훤이⋯⋯허락하였다 : 『高麗史』 卷 1 「世家」 1 太祖 1

태봉 泰封

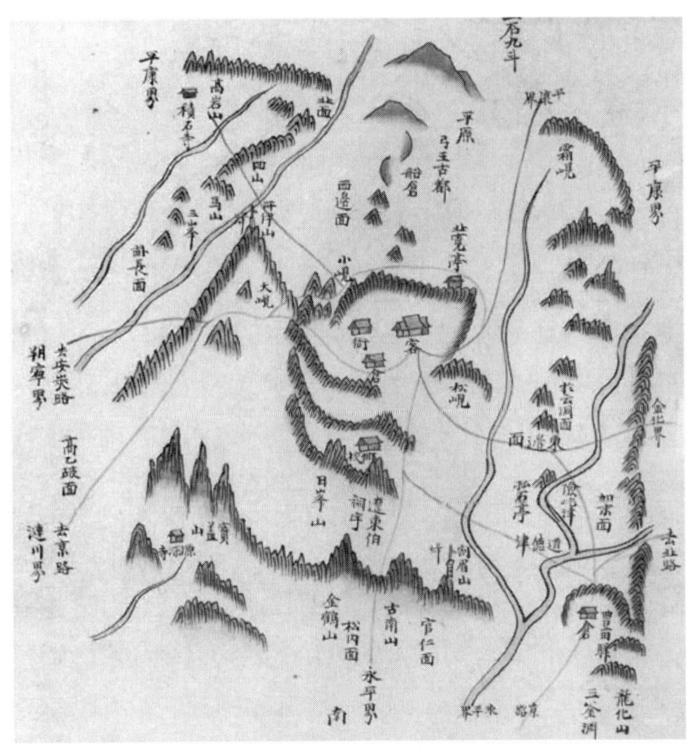

철원

通鑑: 唐天祐初, 高麗石窟寺眇僧躬乂聚衆, 據開州稱王, 號泰封國. 後梁貞明中, 遣佐良尉金立奇入貢于吳. 三國史: 弓裔, 新羅人, 考憲安王, 或云景文王之子. 祝髮爲僧, 號善宗, 軒輊有膽氣. 羅季, 群盜蜂起, 善宗投北原賊梁吉軍中. 吉委任分兵, 使東略地, 遂擊破猪足·牲川·夫若·金城·鐵原等城. 天復元年, 稱王, 國號摩震, 年號武泰, 移靑州人戶一千, 入鐵圓城爲京. 改武泰爲聖冊元年, 分定浿西十三鎭. 朱梁乾化元年, 改聖冊爲水德萬歲, 改國號爲泰封. 自稱彌勒佛, 頭戴金幘, 身被方袍, 以長子爲靑光菩薩, 季子爲神光菩薩. 出則騎白馬, 以綵飾其鬃尾, 使童男女奉幡蓋香火前導. 又命比邱二百餘人, 梵唄隨後." 輿地勝覽 : "楓川原, 弓裔所都, 在鐵原府北二十里. 宮殿遺址宛然.

『자치통감(資治通鑑)』에 "당나라 천우(天祐 : 904~907) 초에 고려 석굴사의 애꾸 중 궁예(躬乂)가 무리를 모아 개주(開州)367)를 점거하여 왕이라 칭하고 국호를 태봉(泰封)이라 하였다. 후량(後梁)368) 정명(貞明 : 915~920) 중에 좌량위(佐良尉) 김입기(金立奇)를 오월(吳越)369)에 보내 조공을 바쳤다."370) 하였다. 『삼국사기』에 "궁예(弓裔)는 신라 사람으로 아버지는 헌안왕(憲安王)이다. 혹은 경문왕(景文王)의 아들이라고도 한다. 머리를 깎고 중이 되어 호를 선종(善宗)이라고 하였다. 기개가 뛰어나고 담력이 있었다. 신라 말에 도적떼가 벌떼처럼 일어나자 선종은 북원(北原)371)의 도적인 양길(梁吉)의 휘하에 들어갔다. 양길이 그에게 임무를 맡겨 군대를 나누어 주고 동쪽 땅을 공략하게 하자, 마침내 저족(猪足)·생천(牲川)·부약(夫若)·금성(金城)·철원(鐵原) 등의 성을 격파하였다. 천복(天復) 원년(901)에 왕이라 일컬었다. 국호를 마진(摩震), 연호를 무태

367) 개주(開州) : 지금의 경기도 개성시(開城市). 신라 때 송악(松嶽)으로 불리다가 919년(태조 2) 고려 태조 왕건(王建)이 이곳에 도읍을 정하고 개성군(지금의 개풍군)을 합하여 개주(開州)라고 하였다.
368) 후량(後梁) : 중국 오대 시대의 왕조. 907년에 당나라의 절도사 주전충(朱全忠)이 당을 멸하고 대량(大梁)에 도읍하여 세운 왕조. 923년에 후당(後唐)에 망하였다.
369) 오월(吳越) : 중국 오대십국 가운데, 907년에 당나라 절도사였던 전유(錢鏐)가 항주(杭州)에 도읍하고 세운 나라. 강남(江南)의 주요 지역을 차지하였으나, 978년에 송나라에게 멸망하였다.
370) 당나라……바쳤다 : 『자치통감(資治通鑑)』 권270 「후량기(後梁紀)」 5
371) 북원(北原) : 신라의 5소경 중 하나로 지금의 강원도 원주시 일대.

(武泰)라 하고 청주(靑州)372) 사람 1천 호를 옮겨 철원성(鐵圓城)373)으로 들어가 서울로 삼았다. 무태를 고쳐 성책(聖冊) 원년으로 삼고 패서(浿西)의 13진을 나누어 정하였다. 후량 건화(乾化) 원년(911)에 성책을 고쳐 수덕만세(水德萬歲)라 하고 국호를 고쳐 태봉(泰封)이라 하였다. 스스로 미륵불이라 일컫고 머리에는 금책(金幘)374)을 쓰고 몸에는 방포(方袍)375)를 걸치고 맏아들을 청광보살(靑光菩薩)이라 하고 막내 아들을 신광보살(神光菩薩)이라 하였다. 나갈 때는 백마를 타고 비단으로 갈기와 꼬리를 꾸미고, 동남 동녀로 하여금 깃발과 일산과 향불을 받들고 앞을 인도하게 하였으며, 또 비구 200여 인에게 명하여 범패(梵唄)를 부르며 뒤를 따르게 하였다.”376) 하였다. 『신증동국여지승람』에 “풍천원(楓川原)은 궁예가 도읍했던 곳으로 철원부 북쪽 20리에 있다. 궁전의 옛터가 완연하다.” 하였다.

烏鵲飛邊認故宮　　까막 까치 나는 그곳 궁왕의 왕궁이니
凄凉覇業黑金東　　철원에 도읍했던 패업이 처량토다.
設弧猶記端陽節　　아직도 기억나네 태어난 날 단오라서
未作鷄林老薛公　　계림의 늙은 설공 되지를 못하였네.

○ 烏鵲. 鄭松江澈, 關東別曲: “弓王古闕, 烏鵲啾啾. 千古興亡, 知不知不.”

■ 오작. 송강 정철의 「관동별곡」에 “궁왕의 옛 대궐에 까막 까치 지저귄다.

---

372) 청주(靑州) : 지금의 충북 청주시(淸州市).
373) 철원성(鐵圓城) : 강원도 철원군(鐵原郡)의 삼국시대 명칭.
374) 책(幘) : 관(冠)의 일종으로, 모자 테의 윗부분을 덧대었는데 앞이 낮고 뒷부분이 높으며 두 가닥으로 갈라지면서 앞으로 구부러졌다.
375) 방포(方袍) : 중이 입는 네모난 가사(袈裟).
376) 궁예(弓裔)는……하였다 : 『삼국사기』 권50 「궁예열전」

천고의 흥망을 아난다 모르난다.”하였다.

ㅇ 黑金東. 高麗史: 唐商客王昌瑾, 忽於市中見一人, 狀貌瓌偉, 鬚髮皓白. 左手持三椀[377], 右手擎一古鏡, 方一尺許. 謂昌瑾曰 ‘能買我鏡乎?’ 昌瑾以二斗米買之. 鏡主將米, 沿路散與乞兒而去, 疾如旋風. 昌瑾懸其鏡於市壁, 日光斜映, 隱隱有細字可讀. 其文曰 ‘三水中四維下, 上帝降子於辰馬. 先操雞後搏鴨, 此謂運滿一三甲. 暗登天, 明理地, 遇子年中興大事. 混蹤跡, 沌姓名, 混沌誰知眞與聖? 振法雷, 揮神電, 於巳年中二龍見. 一則藏身靑木中, 一則現影黑金東. 智者見, 愚者盲. 興雲注雨, 與人征. 或見盛, 或視衰, 盛衰爲滅惡塵滓. 此一龍子三四遞代, 相承六甲子. 此四維定滅, 丑越海來降, 須待酉. 此文著[378]見於明王, 國泰人安, 帝永昌. 吾之記凡一百四十七字.’ 昌瑾初不知有文, 及見之, 謂非常, 獻于裔. 裔令昌瑾物色求其人, 彌月不能得. 唯東州勃颯寺, 熾盛光如來像前, 有塡星古像, 如其狀, 左右亦持椀[379]鏡. 昌瑾喜, 具以狀白, 裔歎異之, 令文人宋含弘 · 白卓 · 許原等解之. 含弘等曰: ‘辰馬者, 辰韓馬韓也. 靑木, 松也, 謂松嶽郡也. 黑金, 鐵也, 今所都鐵圓也. 今主初盛於此, 終滅於此乎! 先操雞後搏鴨者, 王侍中御國之後, 先得雞林, 後收鴨綠之意也.’ 三人相謂曰 ‘王猜忌嗜殺, 若告以實, 王侍中必遇害, 吾輩亦且不免矣.’ 乃詭辭告之.

■ 흑금동.『고려사』에 “중국 상인 왕창근(王昌瑾)이 저자 가운데서 갑자기 웬 사람을 만났다. 그는 얼굴이 크고 수염과 머리가 희며 왼손에는 주발 세 개를 들고, 오른손에는 옛날 거울 한 개를 들었는데 거울은 사방이 1척 가량이었다. 그 사람은 창근을 보고 자기 거울을 사겠느냐고 하였다. 창근은 쌀 두 말을 주고 그것을 샀다. 거울 주인은 그 쌀을 길가 거지들에게 다 나

377)『고려사』세가 제1 태조1에는 ‘椀’으로 되어 있다.
378)『고려사』에는 ‘若’으로 되어 있다.
379)『고려사』에는 ‘椀’으로 되어 있다.

눠 주고 가버렸는데 그 빠르기가 돌개바람과 같았다. 창근이 거울을 저자 담벽에 걸어 놓으니 일광이 옆으로 비쳐 그 속에 있는, 가늘게 쓴 글이 읽을 수 있을 정도로 은은히 보이었다. 그 글에는 '삼수중과 사유 아래, 옥황상제가 '진마(辰馬)'에 아들을 내려 보냈다. 먼저 닭을 잡고 뒤에 오리를 칠 것인바 이를 일러 운수가 일삼갑(一三甲)에 찼다고 하는 것이다. 밤이면 하늘에 오르고 낮이면 세상을 다스려 자년이 되면 중흥 위업을 이룩하리. 종적과 성명을 감추거니 혼돈 속에서 누가 '진(眞)'과 '성(聖)'을 알리요. 부처님 뇌성이 진동하고 신령한 번개가 번쩍이며 사년(巳年)에 두 용이 나타나서 그 하나는 '청목' 속에 몸을 감추고 다른 하나는 '흑금' 동쪽에 형적을 드러내리. 지혜로운 자는 이것을 보고 우매한 자는 보지 못하나 구름을 일으키고 비를 내리면서 사람들을 데리고 정벌을 한다. 때로는 성하고 때로는 쇠하기도 하나니, 이렇게 하는 것은 악독한 잔재를 없애기 위함이다. 이 용의 아들 서넛이 여섯 갑자에 대를 바꾸어 가면서 계승하리. 이 사유에서 기필코 '축(丑)'을 멸하리니 바다 건너오는 때는 '유(酉)'를 기다려라. 이 글을 만일 현명한 임금에게 보이면 나라와 백성이 편안하고 제업이 길이 번창하리. 나의 기록은 전부가 1백 47자[380]이다'라고 적혀 있었다.

　창근이 처음에는 글이 있는 줄 몰랐는데 나중에 그것을 보고 이상히 여겨 궁예에게 바쳤다. 궁예는 창근으로 하여금 거울 판 사람을 찾게 하였으나, 달이 차도록 찾지 못하였다. 오직 동주(東州－철원) 발삽사(勃颯寺)의 치성광여래(熾盛光如來) 불상 앞에, 별과 관련된 전성고상의 천인상이 있는데 그것이 거울 주인의 상과 같고, 그 좌우 손에는 역시 주발과 거울을 들고 있었다. 창근이 기뻐하며, 그 사실을 자세히 써서 올리니, 궁예가 경탄하고 이상하게 여겨 글을 잘 아는 송사홍(宋舍弘), 백탁(白卓), 허원(許原) 등에게 그 글을 해석하게 하였다.

　사홍 등이 서로 말하기를 '삼수중과 사유 아래 옥황상제가 진마에 아

---

380) 실제 秘記의 글자 수는 145자이다.

들을 내려보냈다는 것은 진한, 마한이라는 뜻이요, ‘청목’은 소나무니 송악군을 말한다. <흑금>이라는 것은 철인데 그것은 지금 국도 철원이다. 지금 궁예왕이 처음 여기서 일어났는데, 결국 여기서 멸망한다는 말일 것이다. ‘먼저 닭을 잡고 뒤에 오리를 칠 것’이라는 것은 왕시중이 임금이 된 후에 먼저 계림(신라)을 점령하고 다음에 압록강까지 회복하리라는 뜻이다.’라고 하였다.

　세 사람은 서로 의논하기를 ‘왕은 시기가 많아 사람 죽이기를 좋아하니, 만일 이 글을 사실대로 고한다면 왕시중이 반드시 해를 입을 것이요 우리도 역시 화를 면치 못할 것이다.’하고 거짓말을 꾸며서 궁예에게 보고하였다.”381)라 하였다.

○ 設弧端陽. 三國史 : 弓裔以五月五日生而有齒, 憲安王惡之, 勅令殺之. 使者取襁褓中, 投樓下, 乳婢竊捧, 手觸, 眇一目.

■ 설호단양.『삼국사기』에 “궁예가 5월 5일 태어났는데 이가 나있었다. 헌안왕(憲安王)이 그를 미워하여 죽이라고 명하였다. 사자(使者)가 강보에서 빼앗아 누각 아래로 던졌는데, 유모가 몰래 받다가 손으로 눈을 찔러 애꾸가 되었다.”382) 하였다.

---

381) 중국 상인……보고하였다 :『高麗史』卷1「世家」1 太祖1.
382) 궁예가……되었다 :『삼국사기』권50「궁예열전」.

고려 高麗

송도

五代史: 後唐明宗長興三年, 高麗權知國事王建, 遣使者來, 明宗乃拜建
玄菟州都督, 充大義軍使, 封高麗國王. 高麗史: 太祖神聖大王, 姓王氏, 諱

建, 字若天, 松岳郡人. 新羅政衰, 弓裔據高句麗之地, 都鐵原, 國號泰封. 授太祖精騎大監, 著功累階, 爲波珍粲, 兼侍中. 梁貞明四年, 騎將洪儒‧裴玄慶‧申崇謙‧卜智謙等, 密謀推戴, 國號高麗, 改元天授. 二年, 定都于松岳之陽. 文獻備考: 開城府, 古高麗國都.

　『오대사(五代史)』383)에 "후당(後唐) 명종(明宗) 장흥(長興) 3년(933년)에, 고려 권지국사(權知國事) 왕건이 사신을 보내오자, 명종(明宗)이 이에 왕건을 현토주도독(玄菟州都督)‧충대의군사(充大義軍使)의 벼슬을 주고, 고려국왕으로 봉했다."라 하였다.384) 『고려사』에 "태조신성대왕(太祖神聖大王)은 성은 왕씨이고 휘(諱)는 건(建)이며 자(字)는 약천(若天)이고 송악군(松岳郡) 사람이다. 신라의 정치가 쇠하자 궁예가 고구려의 땅에 거하여 철원(鐵原)을 수도로 삼고 국호를 태봉(泰封)으로 하였다. 태조에게 정기대감(精騎大監)385)의 벼슬을 주었는데 공적을 드러내어 여러 번 승진하여 파진찬(波珍粲)겸 시중(侍中)이 되었다. 후양(後梁) 정명(貞明) 4년(919년), 기장(騎將)인 홍유‧배현경‧신숭겸‧복지겸 등이 은밀히 모의하여 추대하고는, 국호를 고려라 하고, 천수(天授)로 연호를 바꾸었다. 2년에 송악의 남쪽으로 도읍을 정하였다."라 하였다.386) 『동국문헌비고(東國文

---

383) 『오대사(五代史)』: 중국의 24사(二十四史) 중의 하나이다. 『구오대사』는 송(宋)나라의 설거정(薛居正) 등이 완성한 것으로, 907년의 당나라 멸망으로부터 그 뒤 60년 사이에 일어났다가 없어진 후량(後梁)‧후당(後唐)‧후진(後晉)‧후한(後漢)‧후주(後周) 등의 5왕국에 대한 사적을 기록한 150권의 사승을 말한다. 또 『신오대사』는 송나라 인종(仁宗)때 구양수(歐陽修)등이 춘추(春秋)의 필법(筆法)으로 편찬한 것으로, 후량의 태조로부터 후주의 공제(恭帝)에 이르기까지의 사적을 기록한 74권의 사서이다.

384) 『新五代史』「附錄」권74　<四夷附錄>제3　<高麗>에 보임. 원문은 '至長興三年, 權知國事王建遣使者來, 明宗 乃拜建玄菟州都督, 充大義軍使, 封高麗國王. 建, 高麗大族也. 開運二, 建卒, 子武立.'로 되어 있음.

385) 정기대감(精騎大監): 태봉(泰封) 때에, 기마를 관장하던 무관 벼슬.

386) 『고려사』권 제1 「세가」 제1에 보임.

獻備考)』에 "개성부는 옛 고려의 국도이다."라 하였다.[387]

荒凉二十八王陵　　황량한 스물여덟 기의 왕릉에
風雪年年暗漆燈　　해마다 눈보라쳐 칠등[388]을 덮네.
進鳳山中紅躑躅　　진봉산 가운데 붉은 진달래는
春來猶自發層層　　봄이 오면 절로 겹겹이 피는구나.

○二十八王陵. 文獻備考: 高麗太祖以下, 二十八陵, 在開城府松岳・進鳳山・
碧串洞・鳳鳴山諸處.

■ 이십팔왕릉.『동국문헌비고(東國文獻備考)』에 "고려 태조 이하 28릉
(陵)은 개성부 송악산・진봉산[389]・벽곳동・봉명산의 여러 곳에 있다."라
하였다.[390]

○ 進鳳躑躅. 輿地勝覽: 進鳳山, 在開城府東南九里, 杜鵑花盛開. 世稱進鳳
躑躅.

■ 진봉척촉.『동국여지승람(東國輿地勝覽)』에 "진봉산(進鳳山)은 개성부
동남쪽 9리에 있는데, 두견화가 무성하게 핀다. 세속에서 진봉척촉이라 칭
한다."라 하였다.[391]

---

387)『증보문헌비고』제21권 「개성부(開城府)」에 보임.
388) 칠등(漆燈) : 옻칠한 등으로 무덤에 설치함.『江南野史』에 '佳城今已開, 難開不葬
埋, 漆燈猶未燕, 留待沈彬來.'란 구절이 있다.
389) 진봉산(進鳳山) : 개성에 있는 산으로 북에서 남으로 마식령산맥(馬息嶺山脈)의
끝부분에 천마산(天摩山)・송악산(松嶽山)・용수산(龍岫山)등이 있음.
390)『증보문헌비고』권21 여지고 산천 경기 개성부 송악 진봉산 조에 자세하다.
391)『신증동국여지승람』제4권 「개성부(開城府)」上 진봉산 조에 보임.

鳳輦透遲降帝姬　　황제의 수레 느릿느릿 제희가 시집올 적
春寒氈帳祓羊脂　　봄추위에 친 전장392) 양 기름으로 액막이 하네.
浮生白眼應難較　　덧없는 인생 백안으로 대함을 견주기 어려워
紅淚先沾勺藥枝　　붉은 눈물 먼저 작약 가지를 적시는구나.

○ 帝姬. 高麗史: 忠烈王后, 齊國大長公主, 名忽都魯揭里迷失, 元世祖女也. 元宗, 十五年, 忠烈王以世子在元, 尙公主.

■ 제희.『고려사』에 "충렬왕의 왕비인, 제국대장공주(齊國大長公主)393)의 이름은 홀도노게리미실(忽都魯揭里迷失)인데 원나라 세조(世祖)의 딸이다. 원종(元宗) 15년(1274년) 충렬왕이 세자로 원에 있을 때 공주에게 장가 들었다."라 하였다.394)

○ 祓羊脂. 高麗史: 忠烈王嗣位, 與公主東還, 同輦入京, 父老相慶. 帝令脫忽, 送公主, 脫忽先至, 張穹廬, 祓以白羊脂.

■ 불양지.『고려사』에 "충렬왕이 왕위를 계승하여 공주와 동쪽으로 돌아 오는데 수레[輦]를 같이 타고서 서울로 들어오니, 부로(父老)들이 서로 경하(慶賀)하였다. 원나라 황제가 탈홀(脫忽)에게 명하여 공주를 호송하게 하였는데, 탈홀이 먼저 이르러 궁려(穹廬)395)를 설치하고 흰 양 기름으로 재앙을 막았다."고 하였다.

---

392) 전장(氈帳) : 모전(毛氈)으로 만든 장막(帳幕). 또는 그것을 쓰는 오랑캐의 집.
393) 제국대장공주(齊國大長公主) : 고려 충렬왕의 비. 1275년 원성공주에 책립, 충선
　　왕을 낳있고, 죽은 뒤 원나라 성종 때 안평공주로, 무종 때 제국대장공주에 추봉
　　됨. 고려 왕실과 원나라 왕실 사이에 이루어진 최초의 혼인.
394)『고려사』권 제89「열 전」＜后 妃 二＞에 보임.
395) 궁려(穹廬) : 이동식 천막, 게르.

○ 白眼. 高麗史: 公主生子, 貞和宮主宴賀行酒, 王顧見公主. 公主曰: 何白眼視我也. 豈以宮主跪於我乎. 遂命罷宴, 下殿大哭.

■ 백안.『고려사』에 "공주가 아들을 낳음에, 정화궁주396)가 잔치를 베풀고 술을 올렸는데 왕이 공주를 돌아보았다. 공주가 말하길, '어찌 백안으로 나를 보십니까. 아마도 궁주(宮主)가 나에게 꿇어앉았기 때문일 것입니다.'라 하고, 마침내 잔치를 끝내기를 명하고는, 전(殿)을 내려와 크게 통곡하였다."라 하였다.

○ 勺藥枝. 高麗史: 忠烈王, 二十二年五月, 壽寧宮勺藥盛開. 公主命折一枝, 把玩良久, 感泣, 得疾薨, 年三十九.

■ 작약지.『고려사』에 "충렬왕 22년(1296년) 5월 수녕궁397)에 작약이 활짝 피사, 제국대상공수가 가지 하나를 꺾도록 명하고는, 오래도록 쥐고서 완상(玩賞)하다 감정에 복받쳐 울다가 병을 얻어 죽었는데, 나이가 39세였다."라 하였다.

結識中朝趙子昂　　중국 조자앙과 친분을 맺은이

---

396) 정화궁주(貞和宮主) : (?~1319). 고려 충렬왕의 비. 성은 왕씨(王氏). 종실 시안공인(始安公絪)의 딸. 충렬왕이 태자일 때 납비(納妃)되어 1274년(원종 15)충렬왕이 즉위하자 정화궁주에 책봉됨. 그러나 몽고인 왕비 제국대장공주(齊國大長公主)가 이강(釐降)한 뒤로는, 항상 별궁(別宮)에 거처하면서 충렬왕과 가까이하지 못하였고, 1276년(충렬왕 2)무녀를 시켜 제국대장공주를 저주하였다는 무고를 받아 나장가(螺匠家)에 갇히고 부고(府庫)를 봉쇄당하였다가, 유경(柳璥)의 도움으로 석방되었다.

397) 수녕궁(壽寧宮) : 고려 시대 개성(開城) 수륙교(水陸橋) 옆에 위치한 궁. 의종(毅宗) 즉위년(1146) 10월에 대녕궁(大寧宮)으로 고치고 대장공주(大長公主)에게 하사하였음. 충렬왕 때에 궁을 절로 바꾸어 민천사(旻天寺)라 할 것을 명하였으나, 뜻을 이루지 못하였음.

風流都尉瀋陽王　　풍류 도위[398] 심양왕이라네.
教人提擧征東省　　사람시켜 정동성을 관리하게 하고선
留醉蘆溝萬卷堂　　노구[399] 만권당에 머물러 술에 취했네.

○ 瀋陽王. 元史: 高麗王昛子謜, 襲王位, 成宗, 初年, 尙寶塔實憐公主, 十一年, 進爵瀋陽王.

■ 심양왕.[400]『원사』에 "고려왕 거(昛)의 아들 원(謜)이 왕위를 이어 받았는데, 성종(成宗) 초년(1295년)에 보탑실련공주(寶塔實憐公主)에 장가들었고, 11년에 심양왕으로 작위가 올랐다."라 하였다.[401]

○ 征東省. 元史: 至元 二十年, 立征東行中書省於高麗.

---

398) 도위(都尉) : 임금의 사위에게 주던 칭호로 부마도위(駙馬都尉)와 같음.

399) 노구(蘆溝) : 영정하(永定河), 하북지방 백하의 지류. 연경에 있음.

400) 심양왕(瀋陽王) : 중국 원나라가 고려 사람에게 준 봉작(封爵). 즉위 7개월 만에 부왕인 충렬왕에게 왕위를 넘겨주고, 원나라에 머물던 고려 충선왕이 무종(武宗)을 원나라 황제에 오르게 하는 데 공을 세워, 처음으로 원나라로부터 심양왕의 봉작을 받음. 당시 선양(瀋陽)을 중심으로 한 랴오닝성(遼寧省)에는 고려의 전쟁포로·항속민(降屬民)·유민(流民) 등의 집단이 많아 고려의 영토와 같은 특수지역이어서 원나라는 고려에서 볼모로 데려간 영녕공(永寧公)을 안무고려군민총관(安撫高麗軍民摠官)에 임명하여 이 지역을 관장하게 하였고, 충선왕을 심양왕에 봉한 뒤에는 통치권의 권한을 더욱 확대해 주었다. 심양왕은 1310년 심왕(瀋王)으로 개칭되고, 충선왕의 조카인 연안군(延安君) 고(暠)가 심왕을 이은 뒤부터는, 실권이 없어지고 명예적인 봉작에 불과하였다. 그 후 심왕은 연안군의 손자인 탈탈불화(脫脫不花)가 계승하였는데, 이 두 심왕은 고려의 왕위를 노려 군대를 동원하는 등 분란을 빚기도 하였다.

401)『元史』「列傳」제95 <外夷1>고려 조에 보임. 원문은 '昛自大德二年復位, 八年而薨. 子謜復襲王位, 成宗初年, 尙寶塔實憐公主. 十一年. 進爵瀋陽王. 繼襲位高麗國王, 生子燾. 燾受遜位, 以仁宗皇慶二年四月封高麗國王.'로 되어 있음.

■ 정동성.402)『원사』에 "지원(至元) 20년(1283년)에, 고려에 정동행중서성을
세웠다."라 하였다.403)

ㅇ 萬卷堂. 高麗史: 忠宣王諱璋, 古諱謜, 蒙古諱益智禮普化. 如元宿衛凡十
年, 佐仁宗定內亂, 迎立武宗, 以大尉留燕邸, 搆萬卷堂, 書史自娛, 姚燧·閣
復·元明善·趙孟頫, 咸遊王門.

■ 만권당.404)『고려사』에 "충선왕의 휘(諱)는 장(璋)이고 옛 휘(諱)는 원(謜)
이며 몽고식 휘(諱)는 익지예보화(益智禮普化)이다. 원(元)에 가서 숙위(宿
衛)한지 10년 동안 인종(仁宗)을 도와 내란을 평정하고 무종(武宗)을 맞이
하여 세우고서, 태위(大尉)로 연저(燕邸)405)에 머물러 만권당을 짓고 경서

---

402) 정동성(征東省) : 고려 후기에 원나라가 일본정벌을 위해 설치했다가 뒤에 여·원
(麗元)관계를 상징하는 형식적 기구로 기능한 관청. 일본을 정벌한다는 의미의 정동
과 중서성의 지방기구라는 의미의 행중서성이 결합한 것으로 정동행성이라고도
함. 1280년(충렬왕 6) 원나라 세조가 일본정벌을 위해 처음 설치했다가 실패하자
폐지하였고, 뒤에 다시 일본정벌을 단행하면서 1283년과 1285년에 각각 설치함.
그러나 세조가 죽은 뒤 일본정벌이라는 본래의 목적이 없어지면서 원나라에 하
정사(賀正使)를 파견하는 의례적인 기구로 바뀌었다가 1299년에는 다시 고려의
내정을 간섭하는 기구로 변함.

403)『元史』「列傳」제95 <外夷1>고려조에 보임. 원문은 '二十年五月, 立征東行中
書省, 以高麗國王與阿塔海共事.'로 되어 있음.

404) 만권당(萬卷堂) : 고려의 충선왕이 원나라 연경(燕京)에 세운 독서당(讀書堂). 충선
왕은 정치개혁에 뜻을 두어, 이를 실천하려다 실패하자 본래부터 학문과 예술을
사랑하는 성품에 따라, 왕위를 아들에게 선양(禪讓)하고, 1314년(고려 충숙왕 1)
만권당을 마련함. 그는 상왕(上王)으로서 입장이 자유롭고 재정이 넉넉했으므로,
만권당에 고금의 진서(珍書)를 많이 수집한 후, 고려에서 이제현(李齊賢)·박충좌
(朴忠佐) 등을 부르고, 원나라의 유명한 학자인 조맹부(趙孟頫)·염복(閣復)·원명
선(元明善)·요수(姚燧) 등과 교유하면서 중국의 고전 및 당시 북중국에서 유행한
성리학(性理學)도 연구함.

405) 연저(燕邸) : 고려 임금이 원(元)나라의 서울인 연경(燕京)에 머물던 저택. 특히 대
부분의 생애를 원나라에서 보낸 충선왕(忠宣王)이 거처했음. 충선왕이 설치한 만

와 사서로 스스로 즐기었는데, 요수(姚燧)·염복(閻復)·원명선(元明善)·조맹부(趙孟頫)가 모두 왕의 문하에서 교류하였다.”라 하였다.406)

銀燭如星照禁局　　별 같은 은빛 촛불 대궐을 비추는데
題詩多上牧丹亭　　시를 지어 모란정에 많이도 올렸구나.
如今破瓦崇山在　　지금 숭산엔 깨진 기와만 있을 뿐
不復三呼繞殿靑　　다시는 만세소리 궁궐에 울리지 않네.

ο 牧丹亭. 李相國集: 山呼亭, 牧丹盛開, 賦者, 多至百人. 輿地勝覽: 山呼亭, 在延慶宮內.

■ 모란정.『동국이상국집(東國李相國集)』에 “산호정407)의 모란이 성개하면, 시 짓는 사람이 많게는 백 명에 이르렀다.”라 하였다.『동국여지승람(東國輿地勝覽)』에 “산호정은 연경궁(延慶宮)408)의 안에 있다.”라 하였다.409)

ο 崇山. 輿地勝覽: 松岳, 在開城府北五里, 初名扶蘇, 又稱鵠嶺, 又崧山, 又神嵩.

　　권당(萬卷堂)도 연저의 내부에 있었음.
406)『고려사』권 제33「세가33」<충선왕>에 보임.
407) 산호정(山呼亭) : 고려 시대 개경(開京)의 궁궐 금원(禁苑)에 있던 정자.
408) 연경궁(延慶宮) : 개성(開城) 송악산(松岳山) 밑에 있던 고려 시대의 궁궐. 정전(正殿)은 건덕궁(乾德宮)이며 혹 대관(大觀)이라고도 함. 남문은 광화문(廣化門), 동문은 동화문(東華門)이고, 서문은 서화문(西華門), 북문은 현무문(玄武門)임. 인종(仁宗) 때 이자겸(李資謙)이 이 궁을 불태웠고, 공민왕(恭愍王) 때에 또 홍건적(紅巾賊)의 난을 겪어서 다시는 새로 세우지 못하였음.
409)『신증동국여지승람』제4권「개성부(開城府)」上에 보임. 또한 위의『동국이상국집(東國李相國集)』의 내용도 이곳에 나왔있는 것으로 보아 참고한 것으로 보임.

■ 숭산.『동국여지승람(東國輿地勝覽)』에 "송악산은 개성부 북쪽 5리에 있는데, 초명(初名)은 부소(扶蘇)라 하였고, 또는 곡령(鵠嶺)·숭산(崧山)·신숭(神嵩)이라 칭하였다."라 하였다.[410]

○ 三呼繞殿. 高麗史: 忠宣王時, 松岳夜鳴. 王怪而問之, 陳無作對曰: 無傷也. 古詩有 '嵩岳三呼繞殿青' 之句. 王悅.

■ 삼호요전.『고려사』에 "충선왕 때에 송악(松岳)이 밤에 울었다. 왕이 괴이하게 여겨 물으니, 진무작(陳無作)이 대답하길, '걱정하지 마십시오. 옛시에 숭악이 세 번 만세소리를 내어 푸른 대궐에 울린다는 말이 있습니다.'[411]라 하니 왕이 기뻐하였다."라 하였다.[412]

指點前朝宰相家	손으로 가리키는 전조의 재상들 집
廢園風雨土墻斜	황폐한 정원 흙담도 비바람에 허물어졌네.
牧丹孔雀凋零盡	모란과 공작 모두 시들고 없어져
黃蝶雙雙飛菜花	노랑나비만 쌍쌍이 나물꽃에 나누나.

○ 牧丹孔雀. 高麗史 : 神宗初, 參知政事車若松, 與特進奇洪壽, 同入中書省, 若松問於洪壽曰 : '孔雀好在乎.' 答曰 '食魚鯁咽而死.' 問養牧丹之術, 若松具道之, 聞者譏之

■ 모란공작.『고려사』에 '신종(神宗)[413] 초(1201년)[414]에 참지정사 차약송

---

410)『신증동국여지승람』제4권 「개성부(開城府)」上 산천 조에 보임.

411)『한서(漢書)』武帝紀 원봉(元封) 2년 춘 정월 조에 나오는 고사. 제왕을 기리는 만세 삼창. 한 무제(漢武帝)가 숭산(嵩高)에 올라 산제(山祭)를 올렸는데, 묘방(廟旁)에서 '만세'를 세 번 외치는 울림이 들려왔다는 고사에서 비롯된 말.

412)『고려사』권제33 「세가 33」 <충선왕>조에 보임.

146 二十一都懷古詩

(車若松)415)과 특진 기홍수(奇洪壽)416)가 중서성(中書省)417)에 함께 들어

413) 신종(神宗) : 1144(인종 22)~1204(신종 7). 고려의 제20대왕. 재위 1197~1204. 개
　　성왕씨(開城王氏). 이름은 탁(晫), 초명은 민(旼), 자는 지화(至華). 인종의 다섯째
　　아들이며 명종의 동모제이고, 비(妃)는 강릉공(江陵公) 김온(金溫)의 딸인 선정태
　　후(宣靖太后)이다. 평량공(平凉公)에 봉해진 뒤 최충헌(崔忠獻)형제가 명종을 폐
　　하고 왕으로 추대하여 대관전(大觀殿)에서 즉위하였다. 1198년(신종 1) 산천비보
　　도감(山川裨補都監)을 두었고, 관서(關西)민가의 안대(安碓:방앗간을 차림.)를 금
　　하였다. 그해 사노(私奴) 만적(萬積)의 난이 일어난 것을 비롯하여 이듬해에는 명
　　주(溟州:지금의 江陵)·동경(東京:지금의 慶州), 뒤이어 진주(晉州)·전주·합주
　　(陜州:지금의 陜川) 등지에서 민란이 계속 일어났다. 1199년에 최충헌이 문무관의
　　전주(銓注:人事行政)를 도맡아 행하였는데, 이로부터 모든 실권은 최충헌의 손아
　　귀에 들어가게 되었다. 그해 수양장도감(輸養帳都監)과 오가도감(五家都監)을 두
　　었다. 1202년에 탐라(耽羅:지금의 濟州道)에서 반란이 일어나자 소부소감(少府少
　　監) 장윤문(張允文)과 중랑장(中郞將) 이당적(李唐積)을 안무사(安撫使)로 보내어
　　평정하였다. 1204년 등창이 심하여 태자에게 왕위를 물려주었다. 시호는 정효(靖
　　孝)이며, 능은 양릉(陽陵).
414) 신종 정효대왕(神宗靖孝大王) 신유 4년(1201), 송 가태(嘉泰) 원년·금 태화(泰和)
　　원년.
415) 차약송(車若松) : ?~1204(신종 7). 고려 후기의 장군. 본관은 연안(延安). 직사관(直
　　史官) 거수(擧首)의 아들이다. 일찍이 아버지가 예언하였던 대로 형 약춘(若春)은
　　문관으로 입신(立身)하였고, 약송은 장군이 되었다. 금위에 들어가서 명종 초에
　　낭장(郞將)을 거쳐 장군이 되었으며, 내시다방(內侍茶房)을 겸직하였다. 이것이
　　무관이 내시다방을 겸직하게 된 시초가 되었다. 신종 초에 추밀원부사(樞密院副
　　使)를 거쳐 수사공 참지정사(守司空參知政事)에 이르렀다. 기홍수(奇洪壽)와 더불
　　어 중서성(中書省)에 앉아서 공작과 모란 기르는 문답을 하였으므로, 이때 사람들
　　이 "재상의 직책은 도(道)를 논하고 나라를 경륜함에 있는데, 다만 화조(花鳥)를
　　논하고 있으니 어찌 백관의 의표(儀表)가 되겠느냐."라고 조롱하였다. 수태위중
　　서평장사(守太尉中書平章事)에 이르러 죽었음.
416) 기홍수(奇洪壽) : 1148(의종 2)~1209(희종 5). 고려 후기의 무신. 본관은 행주(幸
　　州). 자는 태고(太古). 어려서는 글씨를 잘 쓰고 글을 잘하였으나, 장년이 되어서
　　무인이 되었다. 추밀원부사(樞密院副使), 참지정사 판병부사(參知政事判兵部事),
　　수사도 중서시랑 평장사감수국사 판병부사 태자태부(守司徒中書侍郞平章事監
　　修國史判兵部事太子太傅), 수태위 문하시랑 평장사(守太尉門下侍郞平章事), 수
　　태사주국(守太師柱國), 문하시랑 동중서문하 평장사(門下侍郞同中書門下平章事)
　　를 거쳐 1203년 벽상삼한삼중대광 문하시랑 동중서문하평장사 판이부사(壁上三
　　韓三重大匡門下侍郞同中書門下平章事判吏部事)로 물러났다. 1199년 5월에 『대

갔는데, 차약송이 기홍수에게 묻기를, "공작(孔雀)이 잘 있느냐." 하니, 대답하기를, "물고기를 먹다가 가시가 목구멍에 걸려 죽었다." 하였다. 모란 키우는 방법을 물으니, 차약송이 자세히 말하였다. 이 말을 들은 사람이 그들을 나무랐다.'418)하였다.

潮落潮生急水門   조수 들고 나는 급수문을 지나
年年商舶到江村   해마다 장삿배는 강마을에 몰려온다.
攢峯十二巫山似   무산십이봉419) 닮은 뭇 봉우리엔
只少三聲墮淚猿   눈물 자아내는 원숭이 소리만 없을 뿐.420)

○ 急水門. 宋史 : 禮成江居兩山間, 束以石硤, 湍激而下, 所謂急水門最險狹.

관전무일편(大觀殿無逸篇)』을 고쳐 썼으며, 1204년 정월에 최충헌(崔忠獻) 등과 더불어 신종의 희종에게의 선위(禪位)를 논의하였고, 희종 때 이부(吏部)에서 전선(銓選 : 인사행정)을 맡았으나, 사직했다. 시호는 경의(景懿).

417) 중서성(中書省) : 고려 시대에 둔 삼성(三省)의 하나. 내사성을 고친 것임.

418)『고려사』 열전 14에 '春正月, 車若松, 奇洪壽, 同入中書省, 上訖若松問於洪壽曰, 孔雀好在乎, 答曰, 食魚鯁咽而死, 因問養牧丹之術, 若松, 具道之, 聞者曰, 宰相之職, 在於論道經邦, 但論花鳥, 何以儀表百僚.'

419) 무산십이봉(巫山十二峯) : 무산(巫山)은 중국 사천성(四川省) 우산현(巫山縣)의 남동쪽에 자리 잡은 파산산맥(巴山山脈) 속의 아름다운 봉우리 이름인데, 그 형세(形勢)가 무자(巫字)와 같기 때문에 무산이라 일컫는다. 장엄한 산릉이 첩첩으로 하늘을 가리고, 큰 강이 그 속을 꿰뚫어 무협(巫峽)을 이루며, 12개의 봉우리 밑에 신녀묘(神女廟)가 있다고 믿었다. 이 12봉우리의 이름은 망하(望霞)·취병(翠屏)·조운(朝雲)·송만(松巒)·집선(集仙)·취학(聚鶴)·정단(淨壇)·상승(上昇)·기운(起雲)·비봉(飛鳳)·등룡(登龍)·성천(聖泉)이며, 일설에 의하면 독수(獨秀)·필봉(筆峯)·집선(集仙)·기운(起雲)·등룡(登龍)·망하(望霞)·취학(聚鶴)·서봉(棲鳳)·취병(翠屏)·반룡(盤龍)·송만(松巒)·선인(仙人)이라고도 함.

420)『杜少陵詩集』卷17「秋興八首」: 두보(杜甫)의 시에 "원숭이 울음 세 번 들으면 눈물이 주르르, 사명 받들고 헛되이 팔월의 배 따라가네.(聽猿實下三聲淚 奉使虛隨八月槎)"라는 구절이 있음.

大明一統志 : 急水門在開城南海中, 宛如巫峽.

■ 급수문. 『송사』에 '예성강(禮成江)421)은 두 개의 산 사이에 있는데, 암석으로 된 협곡으로, 소용돌이가 심하게 치며 흘러가니, 이른바 급수문이 가장 험준하고 좁다는 것이다.'422)하였다. 『대명일통지』423)에 '급수문은 개성 남쪽바다 가운데 있는데, 움푹 파인 협곡이 마치 무협(巫峽)424)과 같

---

421) 예성강(禮成江) : 황해도 곡산군 대각산(大角山, 1,277m)에서 발원하여 황해도 동부를 남류하여 황해로 흘러드는 강. 길이 174㎞, 유역 면적이 4,048㎢이다. 곡산군 서부의 대각산에서 발원하여 언진산(彦眞山, 1,120m)에서 시작되는 언진천 및 강원도 이천군의 장재덕산(長在德山, 752m)에서 시작되는 지석천(支石川)을 합류하여 한강 하구로 흘러든다. 예성강은 고려에서 중국의 송나라와 교섭할 때 이곳에서 모든 배를 띄우기 때문에 예성이라하였으며, 당시를 노래한 「예성강곡(禮成江曲)」도 있었다. 『동국여지승람』에 의하면, 부근에 금곡연이 있고, 또한 금곡포창이 있어 해주·신천·풍천·장연·문화 등 여러 고을의 전세 양곡을 이곳에서 수납하여 서울로 조운하였다고 한다. 점차 수운이 약해지고 경의선 철도가 예성강 수로변을 따라 지나가게 되면서 수운은 더욱 보잘 것이 없어졌다. 예성강은 개풍군과 연백군의 경계를 이루며 황해로 흘러든다. 하구 가까이는 조류의 역류가 심하며, 또한 휴전선이 지나고 있음.

422) 『宋史』「列傳」卷四百八十七 列傳 第二百四十六 外國 三 <高麗> '自明州定海遇便風, 三日入洋, 又五日抵墨山, 入其境. 自墨山過島嶼, 詰曲礁石間, 舟行甚駛, 七日至禮成江. 江居兩山間, 束以石峽, 湍激而下, 所謂急水門, 最爲險惡. 又三日抵岸, 有館曰碧瀾亭, 使人由此登陸, 崎嶇山谷四十餘里, 乃其國都云.'

423) 『대명일통지(大明一統志)』 : 1461년(天順 5)에 중국 명나라의 이현(李賢) 등이 임금의 명을 받들어 편찬한 지리 책. 중국 전역과 조공국(朝貢國)의 지리에 대하여 기록하였다. 90권 60책의 활자본. 『대원일통지(大元一統志)』를 본떠서 명나라의 중국 전역과 조공국(朝貢國)의 지리를 기술한 총지(總志)이며, 각종 지도를 게재한 다음, 풍속·산천 등 20항목으로 나누어 설명하고 있다. 1456년(景泰 7)의 『환우통지(寰宇通志)』(119권)를 요약한 것이라는 말을 입증하듯이 기술이 간략하고 정확하지 않으나, 당시의 얼마 안 되는 지지로서 중요함. 청(淸)나라에서는 『천하일통지(天下一統志)』라 하여 간행하였는데 천순본(天順本)을 고쳐 실은 부분이 있다. 간본(刊本) 중에는 1461년의 경창대자본(經廠大字本)이 가장 잘 되었음.

424) 무협(巫峽) : 중국 사천성(四川省) 중경시(重慶市)와 호북성(湖北省) 사이에 있는 협곡으로, 장강삼협(長江三峽)의 하나로 알려져 있으며, 별칭은 대협(大峽)이다.

다.'하였다.425)

ㅇ 商舶. 高麗史 : 宋商集禮成江.

■ 상박.『고려사』에 '송나라 상인이 예성강에 모인다.'하였다.426)

天壽南門春暮時　　천수원 남문 봄이 저물 무렵
丹樓碧閣影參差　　붉은 누대 푸른 누각 그림자 어려있네.
風簑雨笠何村客　　도롱이 삿갓 쓴 이427) 어느 촌 나그네인지
終日沈吟看鷺鷥　　종일토록 읊조리며 백로와 가마우지 보누나.

서쪽 충칭시 무산현(巫山縣) 대녕하구(大寧河口)에서부터 동쪽 하북성 파동현(巴東縣) 관도구(官渡口)까지의 길이는 45km이며, 해발고도는 1,000m 이상이다. 양연안의 무산십이봉(巫山十二峰) 중에서도 신녀봉(神女峰/望霞峰)이 가장 유명.

425)『신증동국여지승람』제4권「개성부 상(開城府上)」<개성부 상> 산천조 :『송사(宋史)』에, "명주(明州) 정해(定海)에서 순풍을 만나면 3일 만에 바다에 들어가고, 또 5일 만에 묵산(墨山)에 이르러 그 지경으로 들어간다. 묵산에서 섬의 구불구불한 돌 사이를 지나면서 배가 매우 빨리 가서 7일 만에 예성강에 이른다. 강은 두 산 사이에 있고 석협(石峽)으로 묶였으며 물결이 빠르게 내려가는데, 이른바 급수문(急水門)이라는 데가 제일 험악하다." 하였다. 또『대명일통지(大明一統志)』에는 급수문은 개성 남쪽 바다 가운데 있는데, 흡사 무협(巫峽) 같다." 하였다.

426)『신증동국여지승람』제4권「개성부 상(開城府上)」<개성부 상> 산천조 : 예성강(禮成江) 부 서쪽 30리에 있다. 황해도 강음현(江陰縣) 조읍포(助邑浦)의 하류가, 부의 서쪽에 이르러 이포(梨浦)가 되고, 또 전포(錢浦)가 되며, 또 벽란도(碧瀾渡)가 되고, 또 동쪽으로 예성강이 되어 남쪽으로 바다에 들어간다. 고려에서 송나라에 조회할 때에, 모두 여기서 배를 띄우기 때문에 예성(禮成)이라 하였다.

427) 최사립(崔斯立)이「대인(待人/벗을 기다리며)」이라는 시에서 천수사(天壽寺)에 대한 시를 짓기를, 천수문(天壽門) 앞에 버들개지 나는데, 술 한 병 가지고 와서 친구 돌아오기를 기다리네. 눈이 뚫어지게 저 멀리 석양녘 한길 가 바라볼 제, 수십명의 행인들 가까이 대하니 벗이 아니네(天壽門前柳絮飛, 一壺來待故人歸, 眼穿落日長程晚, 多少行人近却非)'라고 한데서 '簑笠'은 '斯立'을 차음한 것으로 보임.

ㅇ 天壽. 輿地勝覽 : 天壽院在城東, 卽天壽寺故址.

■ 천수. 『신증동국여지승람』에 '천수원(天壽院)428)은 성 동쪽에 있으니, 곧 천수사(天壽寺)의 옛 터이다.'429)하였다.

ㅇ 看鷺鷀. 高麗史 : 康日用欲賦鷺鷀, 每冒雨至天壽寺南溪看之.

■ 간로자. 『고려사』에 '강일용(康日用)이 백로와 가마우지에 대한 부(賦)를 짓고자 하여, 매번 비를 무릅쓰고 천수사 남쪽 시내에 이르러 그것들을 보았다.'하였다.430)

---

428) 천수원(天壽院) : 원은 역(驛)과 역 사이에 있는 휴게소.

429) 『신증동국여지승람』 제4권 「개성부 상(開城府上)」 <개성부 상> 역원조 : '천수원(天壽院) - 성 동쪽에 있으니 곧 천수사(天壽寺) 옛터이다. 성화(成化) 병신년(성종 7년, 1476)에 유수 이예(李芮)가 정자를 원 곁에 있는 취적봉(吹笛峯) 아래에 짓고 이렇게 적었다. "내가 일찍이 들으니 고려 사인(舍人) 최사립(崔斯立)이 시를 짓기를, '천수문(天壽門) 앞에 버들개지 나는데, 술 한 병 가지고 와서 친구 돌아오기를 기다리네. 눈이 뚫어지게 저 멀리 석양녘 한길 가 바라볼 제, 많고 적은 행인들 가까이 대하면 그가 아니네.' 하였다. 가만히 생각건대, 천수문은 고려조 5백년간에 손님을 맞이하고 보내던 곳이었다.……먼 산은 앞에 모이고 긴 냇물은 아래에 둘렸는데, 도로의 구불구불함과 인마(人馬)가 오가는 석양의 늦경치가 과연 최사립의 시와 같았다. 무릇 천수사는 사립의 시로 인하여 후세에 드러나고, 이 정자 역시 천수사와 함께 무궁토록 전해질 것인 만큼, 사립의 시도 또 없어져서는 안 된다. 이 시를 화답한 사람이 많지 않은 것은 아니지만, 지금 전송(傳誦)되는 것으로는 유독 시중(侍中) 홍언박(洪彦博)의 두 시가 현판에 쓰여 있다. 후에 올라와 굽어보는 사람으로 하여금 이 정자가 지어진 연유를 알아서 즐겨 화답하게 하고, 맡아 지키는 사람으로 하여금 이 정자가 없어져서는 안 됨을 알게 하여, 무너지는 대로 보수하여 전의 공을 버림이 없게 한다면, 정자도 시도 장차 영구히 전해지고 없어지지 않아, 서도(西都)의 승적(勝跡)이 될 것이다."'

430) 『신증동국여지승람』 제4권 「개성부 상(開城府 上)」 <개성부 상> 역원조 : 고려조의 강일용(康日用)이 백로[鷺鷀]의 부(賦)를 지으려고, 매번 비를 무릅쓰고 천수사 남쪽 시내에 이르러 구경하는데, 하루는 문득 한 구절을 얻으니, "날아서 푸른 산 허리를 벤다.(飛割碧山腰)" 라는 것이었다. 스스로 기뻐서 말하기를, "옛사람이 이

紫霞洞裏艸霏霏　자하동엔 잡초만 무성할 뿐
不見宮姬竝馬歸　말고삐 함께 했던 궁희는 보이지 않네.
爲是辛王行樂地　일찍이 신왕(辛王)이 행락하던 곳
至今猶有燕雙飛　이제는 제비만 쌍쌍이 날아들 뿐.431)

○ 紫霞洞. 輿地勝覽 : 紫霞洞在松岳山下, 洞府幽阻, 溪水清漣, 最爲絶勝.

■ 자하동.『신증동국여지승람』에 '자하동(紫霞洞)432)은 송악산 아래에 있
는데, 동부(洞府)가 그윽하고 세속과 격해 있으며, 시냇물이 맑고 잔잔하여
첫째로 꼽는 절승지(絶勝地)이다.'433)하였다.

르지 못한 경지에 이르렀다." 하였다.

431) 고려 우왕의 비의 이름인 연쌍비(燕雙飛)를 중의법으로 표현 했음.

432) 자하동(紫霞洞) : 자하동은 '붉은 노을 속에 잠긴 마을'이라는 환상적인 뜻이지만
　　사실은 순우리말 '잣동'을 한자음으로 표기한 것이다. 우리나라는 본래 산이 많은
　　까닭에 예로부터 도읍을 산악으로 둘러싸인 천연의 요새에 건립해 왔다. 따라서
　　자연히 성곽은 산등성이를 따라 쌓게 되니, 산마루를 뜻하는 '자' 또는 '재'가 그
　　대로 성의 의미로 쓰이게 됐다. 이에 산마루 위로 나있는 성문은 당연히 '잣문'으
　　로, 그 아랫마을은 '잣동' 또는 '잣골'로 불렀다. 그래서 고려 왕도인 개성의 북성
　　문(北城門) 아래에도 자하동이 있고, 조선왕조의 도읍지인 한양의 서북문 아래에
　　도 자하동이 있음.

433)『신증동국여지승람』제4권「개성부 상(開城府上)」<개성부 상> 산천조 : '자하
　　동(紫霞洞) - 송악산 아래에 있는데, 동부(洞府)가 그윽하고 격리되어 있으며, 시냇
　　물이 맑고 잔잔하여 첫째로 꼽는 절승지(絶勝地)이다. 이곡(李穀)의 시에, "초당
　　(草堂)에 졸음 깨니 낙화가 한가로운데, 발 걷어 올리니 남북에 청산도 많네. 청산
　　은 내가 문밖에 나오지 않고, 의연하게 가난을 학문으로 이겨내는 것을 웃는구나.
　　장안(長安)엔 일만 집이 있지만 갈 곳 없으니, 무어라 높은 대문 향하여 나의 얼굴
　　숙이리. 산중의 노는 밤이 어떤 밤이냐. 나막신 굽 딱딱 시내 돌에 노니네. 시호(詩
　　豪)가 다시 옥당(玉堂)의 현인 만나니, 팔두문장(八斗文章)이 옛 사람보다 뛰어나
　　네. 저 푸른 절벽 기어올라 오늘의 이 놀이 적어 둘 것이니, 내일 아침이면 여전히
　　홍진(紅塵)의 객이라네." 하였다. ……고려 조계방(曺繼芳)의 시에, "꿈속에 일찍
　　이 학을 타고 선계에 오르니, 우의(羽衣)와 선악(仙樂)이 술 항아리 앞에 벌렸네.
　　그 좋은 일 가져다 후일에 자랑하자면, 인간 세상의 병자년(丙子年)을 말하리." 하

○ 辛王. 明史 : 高麗王顓無子, 以寵臣辛旽之子禑爲子. 高麗史 : 辛禑小字牟尼奴, 旽婢妾般若之出也.

■ 신왕. 『명사』에 '고려왕 전(顓)은 자식이 없어서, 총신 신돈의 아들 우(禑)로 자식을 삼았다.'434)하였다. 『고려사』에 '신우(辛禑)의 어릴 때 자(字)는 모니노(牟尼奴)435)인데, 돈의 비첩 반야(般若)가 낳은 것이다.'436)하였다.

였다.'

434) 『明史』「列傳」卷三百二十 列傳 第二百八 外國一 <朝鮮> : '六年, 顓遣甲兩等 貢馬五十匹, 道亡其二, 甲兩以聞. 及進, 以私馬足之. 帝惡其不誠, 却之. 七年遣監 門護軍周誼、鄭庇等來貢, 表請每歲一貢, 貢道從陸, 由定遼, 毋涉海, 其貢物稱「送 太府監」·中書省言 :「元時有太府監, 本朝未嘗有, 言涉不誠」帝命却其貢. 是歲顓 爲權相李仁人所弑. 顓無子, 以寵臣辛旽之子禑爲子, 於是仁人立禑.'

435) 모니노(牟尼奴) : 고려 제32대 왕(재위 1374~1388)인 우왕(禑王)을 가리킴. 아명 모니노(牟尼奴). 신돈(辛旽)의 시녀 반야(般若)의 소생. 공민왕이 신돈의 집에 미행 하여 낳은 아들이다. 1371년(공민왕 20) 신돈이 처형된 다음 궁중에 들어가, 1373 년 우(禑)라는 이름을 받고 강령부원대군(江寧府院大君)에 봉해졌다. 때를 같이 하여 명덕태후(明德太后)의 명으로 궁인(宮人) 한씨(韓氏)의 소생으로 발표하였 다. 1374년 공민왕이 시해되자, 수시중(守侍中) 이인임(李仁任)의 후원으로 10세 에 즉위하였다. 처음에는 경연(經筵)을 열어 학문을 닦기에 힘썼고, 명덕태후의 훈계를 받아 몸가짐을 바로하여 기대를 모았으나, 명덕태후가 죽은 다음 사냥·음 주가무·엽색 등 방탕에 빠져 백성들의 신망을 잃었다. 여기에다 국왕을 믿고 권 력을 휘두른 이인임이 최영(崔瑩)·이성계(李成桂) 등으로부터 미움 받아 경산부 (京山府)에 유배됨에 따라, 정치적 지지기반을 잃었다. 1388년 6월 왕족의 혈통이 아니고 신돈의 자식이라는 이성계의 주장에 따라, 왕위에서 쫓겨나 강화에 유배 되었다. 강릉(江陵)으로 옮겨져, 1389년 12월 그의 아들 창왕(昌王)과 함께 이성계 에 의해 살해되었다. 우왕·창왕은 모두 폐위되었기 때문에, 죽은 뒤에 왕으로서 의 시호를 받지 못하여 폐왕 우, 폐왕 창으로 기록되었음.
  * 『고려사』·『고려사절요』에는 신돈(辛旽)의 비첩(婢妾)인 반야(般若)의 소생 으로 기록되어 있으나 출생에 관해서는 이설이 많다. 1371년(공민왕 20) 신돈이 유배되자 당시 후사가 없던 공민왕이 전에 신돈의 집에 갔다가 미부(美婦)와 관계 하여 낳은 아들이 있음을 밝힘으로써 공민왕의 아들로 알려지게 되었다. 신돈이 죽자 궁중으로 들어가 우(禑)라는 이름을 받고 강녕부원대군(江寧府院大君)에 봉 해졌으며, 백문보(白文寶)·전녹생(田祿生)·정추(鄭樞)를 스승으로 하여 학문을 익혔다. 1374년 9월, 같은 달 공민왕이 암살되자 명덕태후(明德太后)와 시중 경복

ㅇ 燕雙飛. 高麗史 : 辛禑使妓燕雙飛, 佩弓吹篴, 衣繡龍衣, 竝轡而行.

■ 연쌍비. 『고려사』에 '신우(辛禑)는 기녀 연쌍비(燕雙飛)[437]로 하여금, 활을 차고 피리를 불고, 용을 수놓은 옷을 입게 하고, 고삐를 나란히 하고 다녔다.'[438] 하였다.

흥(慶復興)은 종실을 왕으로 세우려 했으나, 이인임(李仁任)의 후원을 얻어 10세의 나이로 왕위에 올랐다. 즉위초부터 북원(北元) 및 명(明)나라와의 외교관계가 순탄하지 못했고, 왜구까지 창궐하여 매우 어려운 상황에 놓였다. 본성이 총명하여 처음에는 백성들의 신망이 두터웠으나, 점차 정사를 돌보지 않고 환관이나 악소배(惡少輩)들과 어울려 사냥이나 유희에 빠졌고, 이인임마저 최영·이성계에 의해 유배되어 정치적 지지기반도 잃고 말았다. 1388년(우왕 14) 명나라에서 철령위(鐵嶺衛)의 설치를 통고해오자, 이성계의 반대를 물리치고 최영의 주장에 따라 요동정벌을 단행했다가, 위화도 회군으로 최영이 유배되면서 폐위되어 강화도에 안치되었다. 그뒤 여흥군(驪興郡 : 지금의 驪州)으로 옮겨졌다가 1389년(공양왕 1) 11월 김저(金佇)와 모의하여 이성계를 제거하려 했다는 혐의를 받아 강릉으로 옮겨졌고, 다음달에 그곳에서 아들 창왕(昌王)과 함께 이성계에 의해 살해되었다. 당시 이성계는 우왕이 공민왕의 아들이 아니라 신돈의 아들이라 하여 폐가입진(廢假立眞)을 주장했다. 이에 따라 『고려사』는 우왕의 세가를 열전(列傳) 반역전(叛逆傳)의 신우전(辛禑傳)에 넣고 있다. 그러나 이러한 우창비왕설(禑昌非王說)은 이성계 등이 조선 건국을 합리화시키려는 입장이 반영된 것으로 보임.

436) 『高麗史』「列傳」45 叛逆 6 <辛旽> : '初王與旽春富等同盟, 至是授樸盟書, 使示旽 數罪曰 "爾嘗謂 '近婦女 所以導引養氣, 非敢私之.' 今聞至生兒息, 是在盟書者歟! 城中造甲第至七, 是在盟書者歟! 如是者數事, 數罪訖, 可焚此書." 樸至水原, 使人詐報宣召, 旽喜曰 "今日召還, 盖爲阿只思我也." 阿只方言小兒之稱, 旽婢妾般若, 生牟尼奴, 王以爲己子, 是爲禑, 阿只指牟尼奴也.'

437) 연쌍비(燕雙飛) : 명순옹주(明順翁主)의 이름으로, 생몰년 미상. 고려 우왕(禑王)의 비(妃). 기녀(妓女)로서 우왕의 총애를 받아 1388년(우왕 14)옹주에 봉해졌다. 평소 우왕과 고삐를 나란히 하고 다녔는데, 왕과 의관이 같아 보는 사람이 구별할 수 없을 정도였다 한다. 1388년 6월 우왕이 강화도로 유배되자 영비(寧妃)와 함께 시종하였음.

438) 『高麗史』136卷「列傳」49 叛逆6 <辛禑 四 12년> : '十二月癸未日食, 陰雲不見. 禑以盧英壽小祥齋, 如雲巖寺. 畜馬別監邊伐介, 至濟州, 多受人馬, 又奪人臧獲, 盜用尙乘田租, 憲府劾流遠方. 禑使妓燕雙飛, 佩弓吹笛, 衣繡龍衣, 並轡而行.

可憐靑木未藏龍	가련토다, 청목439)이 용을 감출 수 없었으니
蕭瑟千年鵠嶺松	천년 곡령엔 솔바람만 쓸쓸히 부누나.
鐵犬寥寥東向吠	동쪽 향해 짖던 철견은 소리도 없고
白雲飛盡見三峯	흰 구름 모두 걷히자 삼각산이 보이네.

○ 鐵犬. 松京雜記 : 世傳神僧道詵, 爲麗祖, 定都松岳之陽, 旣而雲捲, 東南見漢陽三角山, 崔兀天際, 跌足歎咄, 鑄鐵犬十二, 使吠之. 蓋以三角爲松岳之窺峯云, 今府東有坐犬里.

■ 철견.『송경잡기』에 ‘세상에 전하기를 신승 도선(道詵)440)이 고려 태조를

---

439) 靑木(청목) : 청목은 소나무이고 송경을 지칭했으며, 용은 조선조 개국을 상징했음.

440) 도선(道詵) : 827(흥덕왕 2)~898(효공왕 2) 통일신라시대의 승려. 풍수설의 대가. 속성 김(金), 자는 옥룡자(玉龍子). 옥룡(玉龍). 호는 연기(烟起). 전남 영암(靈岩) 출생. 왕가의 후예라는 설도 있다. 15세에 출가하여 지리산 서봉인 월유산 화엄사(華嚴寺)에서 승려가 되었다. 846년(문성왕 8) 곡성 동리산(桐裏山)의 혜철(惠徹)을 찾아가 ‘무설설(無說說) 무법법(無法法)’의 법문을 듣고 오묘한 이치를 깨달았다. 850년 천도사(穿道寺)에서 구족계(具足戒)를 받은 뒤, 운봉산(雲峯山)에 굴을 파고 수도하기도 하였다. 전라남도 광양 백계산 옥룡사(玉龍寺)에 자리를 잡고 후학들을 지도, 헌강왕은 궁궐로 초빙하여 법문을 듣기도 하였다. 72세의 나이로 죽자 효공왕은 요공선사(了空禪師) 시호를 내렸고, 제자들이 옥룡사에 징성혜등탑(澄聖慧燈塔)을 세웠다. 고려 숙종은 대선사(大禪師)를 추증하고 왕사(王師)를 추가하였으며, 인종은 선각국사(先覺國師)로 추봉(追封)하였다. 의종은 비를 세웠다. 도선은 고려 태조에 의해서 유명해졌다. 875년(헌강왕 1) 도선은 “지금부터 2년 뒤 반드시 고귀한 사람이 태어날 것이다.”고 하였는데, 그 예언대로 송악에서 태조가 태어났다고 한다. 이 예언 때문에 고려왕들은 그를 극진히 존경하였다. 태조는「훈요십조」가운데 제2조에 “사찰은 모두 도선이 산수의 순역(順逆)을 점쳐서 정한 자리에 개창한 것이다. 도선은 일찍이 ‘내가 점쳐서 정한 곳 이외 함부로 사원을 세우면 지덕(地德)을 손상하여 국운이 길하지 못하리라.’고 하였다. 생각건대 국왕·공주·왕비·조신들이 서로 원당(願堂)이라 하여 사원을 마음대로 창건한다면 큰 근심거리가 될 것이다. 신라 말엽에 사찰을 함부로 이곳저곳에 세웠기 때문에 지덕을 손상하여 나라가 멸망하였으니 경계하여야 한다.”하였다. 도선이 산천의 지세를 점쳐서 결정한 자리에 세워진 절이나 탑을

위하여 송악의 남쪽에 도읍을 정하였다. 이윽고 구름이 걷히고 보니, 동남쪽에 한양 삼각산이 가파르고 우뚝하게 하늘 끝에 있어서, 발을 구르며 탄식하고는, 철로 된 개 12마리를 만들어 짖게 하였다. 무릇 삼각산을 송악의 규봉(窺峰)[441]으로 인식한 것이다. 지금 개성부 치소(治所)의 동쪽에 좌견리[442]가 있다.'[443]라고 하였다.

비보사탑(裨補寺塔)이라고 하였다. 도선의 저서는 「도선비기」·「송악명당기(松岳明堂記)」·「도선답산가(道詵踏山歌)」·「삼각산명당기(三角山明堂記)」 등이 있음.

441) 규봉(窺峯) : 멀리서 넘겨다 보는 산봉우리.

442) 선죽교(善竹橋) 남쪽에 좌견교(坐犬橋)란 다리가 있다 한다. 철로 된 개를 안치했다는 곳이라는 의미임.

443) 고려의 국도(國都) 개성은 도선국사가 자리 잡은 터다. 원래 천년사직(千年社稷)이 보장된 땅이라 한다. 그런데 동남향에 보이는 한양의 삼각산이 큰 흠이 된다. 산 전체가 아니라 봉우리만 뾰족이 보인다는 게 그 이유다. 풍수에서 금기시하는 이른바 규봉이다. 하지만 도선이 도성(都城)의 땅을 정했던 날은 불행하게도 날씨가 흐려 멀리까지 볼 수가 없었다 한다. 삼각산의 엿봄을 도선이 알 수가 없었단 얘기다. 다른 요인은 제쳐두고 풍수로만 봤을 때 고려의 국운(國運)이 5백년으로 단축된 순간이다. 국운이 쇠퇴할 즈음 송도민(松都民)들이 이를 막기 위해 동남쪽 방향에 등을 달고, 열두 마리의 쇠로 된 개를 안치, 한양이 개성의 기를 더 이상 뺏어 가지 못하도록 막았다 한다. 비보풍수(裨補風水)다. 규봉은 도둑과 손재(損財)를 의미하며, 그 땅의 기를 앗아간다. 개인의 재산에서, 크게는 국운까지 훔쳐간다. 규봉이란 글자 풀이 그대로 '엿보고 있는 산'이다. 산소나 주택 주위의 산세를 유심히 보면, 멀리 있는 산봉우리가 가까이 있는 산 너머로 몸체는 보이지 않고 봉우리만 살짝 보이는 산, 이게 규봉이다. 마치 담 너머에 있는 도둑이 머리만 빼죽이 내밀어 집안을 엿보고 있는 모습이다. 그래서 일명 '도둑봉' 이라고도 한다. 이러한 지형이 보이는 곳은 도둑과 관련이 깊다. 도둑의 피해가 잇따르던지, 도둑 자손이 나던지 한다. 특히 주산(主山)뒤에 규봉이 비치면 백발백중이요, 앞산(안산 : 案山)에 있으면 가족이나 자손 중에 급사(急死)의 위험까지 추가된다. 하지만 이러한 산세가 있다 해서 모두 규봉이라 하지는 않는다. 보는 자세에 따라 될 수도, 안될 수도 있다. 예컨대 산소의 경우 앉아서는 보이되 누우면 보이지 않는 것으로, 주택의 경우는 서면 보이되 앉으면 보이지 않는 것으로 한다. 일반적으론 앉은 자세에선 보이지 않지만 서면 보이는 것으로 규정한다.

유득공의

二十一都懷古詩

(규장각 소장 목판본)

戊戌年間寓居鐘崗老屋三檻筆硯與刀尺雜陳以
多坐小圍之旁荳棚菁花逢蟲蝶悠揚雖炊烟屢
自若時閱東國地誌得一首輒苦吟彌日稚子
陶而誦之可知其用心不淺也是歲戀官次修
入燕手抄一本寄潘香祖庶常及見潘書大加嗟賞以
爲兼竹枝詠史宮詞諸體之勝必傳之作李墨莊爲題
一絕祝編修另求一本異地同聲差可爲樂傳不傳
須論也己亥以後供奉內閣被
聖主恩七年七遷官俸祿足以資衣食堂宇足以置筆
硯顧職務倥偬不喜作詩有作皆率易而成非復曩時

懷古詩序

1

之苦吟公退之暇見此卷為兒輩所讀不覺悵然題之

如此乙巳仲秋古芸居士

余此卷庚戌秋攜至燕中紀曉嵐尚書最好古贈之羅

兩峯云欲寄鮑以文續刻知不足齋叢書中力求無以

應兩峯頗怏怏次修再入燕見兩峯案頭置一本烏絲

欄書字畫精妙知從曉嵐處借鈔也卞國之士嗜書如

此余篋中更無副本茫然不知舊註之如何考訂前史

再為箋釋亦自笑其癖也壬子仲春又題

二十一都懷古詩目錄

百濟 四首

彌鄒忽 一首

新羅 六首

溟州 一首

金官 一首

大伽倻 一首

于山 一首

甘文 一首

耽羅 一首

後百濟 一首

二十一都懷古詩

儒州 柳得恭 恭風 撰

完山 李德懋 懋官 訂

檀君朝鮮

東國通鑑東方初無君長有神人降于檀木下立爲君是爲檀君國號朝鮮唐堯戊辰歲也三國遺事檀君都平壤

國遺事檀君都平壤

大同江水浸煙蕪王儉春城似畵圖萬里塗山來

佳兒尚憶解扶妻

大同江輿地勝覽大同江在平壤府東一里一名浿

江又名王城江其源有二一出寧遠郡加幕洞一出

陽德縣文音山至江東縣界合流為西津江至府城

東寫大同江西流為九津弱水至龍岡縣東出忽水

門入海

王儉城三國史平壤者本仙人王儉之宅也東史檀

君名王儉輿地勝覽燕人衛滿都王險險一作儉即

平壤

塗山執玉東史夏禹十八年會諸侯於塗山檀君遣

子扶妻朝焉文獻備考檀君子解扶妻為扶餘始祖

箕子朝鮮

史記武王旣克殷乃封箕子於朝鮮而不臣也
漢書殷道衰箕子去之朝鮮教其民以禮義田
蠶織作樂浪朝鮮民犯禁八條相殺以當時償
殺相傷以穀償相盜者男没入爲其家奴女子
爲婢欲自贖者人五十萬東國通鑑殷太師箕
子紂諸父也紂無道箕子被髮佯狂爲奴周武
王伐紂訪道于箕子箕子爲陳洪範九疇武王
封于朝鮮都平壤

兎山山邑碧森森沈翁仲巾裙艸露侵猶似龍年奔卉冠
松風閑作管絃音

懷古詩

兔山輿地勝覽箕子墓在平壤府城北兔山
翁仲巾裾董越朝鮮賦東有箕祠禮設木主題曰朝
鮮後代始祖益尊檀君爲其建邦啟土歲以箕子爲
其繼世傳緒也墓在兔山維城乾隅有兩翁仲如唐
巾裾點以斕斑之苔蘚如衣錦繡之文襦
管絃音文獻備考壬辰之亂倭掘箕子墓左邊一丈
許樂聲自壙中出懼而止

麂眼籬斜井字阡一邨桑柘望芊芊誰知遼海蒼茫外
耕種殷人七十田
殷人七十田平壤府志箕子井田在正陽含毬二門

外區畫宛然

衛滿朝鮮

史記朝鮮王滿者故燕人也燕王盧綰反入匈
奴滿亡命聚黨千餘人魋結蠻夷服而東走出
塞渡浿水居秦故空地上下障稍役屬眞番朝
鮮蠻夷及燕齊亡命者王之都王險索隱曰滿
姓衛應劭云遼東有險瀆縣朝鮮王舊都臣瓚
云險城在樂浪郡浿水之東也括地志云平壤
城本漢樂浪郡王險城

魋結人來漢祖年同時差擬趙龍川箕王可恨無分別

懷古詩

壇補箕雄博士員

博士魏畧箕子之後朝鮮王否子準立燕人衞滿詣
準降準信罷之拜爲博士賜以圭封之百里令守西
邊滿誘亡黨衆稍多乃詐遣人告準言漢兵十道至
求入宿衞遂還攻準與滿戰不敵也

樂浪城外水悠悠誰識萩苴漢代侯不及當年津吏婦

塋後一曲豔千秋

樂浪漢書朝鮮王滿傳子至孫右渠所誘漢亡人滋
多未嘗次見終不肯奉詔天子遣樓船將軍楊僕左
將軍苟巉擊定朝鮮爲眞番臨屯樂浪玄菟四郡文

戲備考樂浪郡治朝鮮縣今平壤

萩苴史記朝鮮相韓陰凶降漢封爲萩苴侯

津吏婦古樂府琴操九引箜篌引亦曰公無渡河朝
鮮津吏霍里子高妻麗玉所作子高晨起刺船見一
白首狂夫被髮攜壺亂流而渡其妻隨呼止之不及
遂溺死妻乃援箜篌而歌曰公無渡河公終渡河公
墜而死將奈公何聲音悽愴曲終亦投河而死子高
還以其事語麗玉麗玉傷之乃引箜篌以寫其聲

韓

後漢書韓有三種一曰馬韓二曰辰韓三曰弁

韓馬韓在西有五十四國其北與樂浪南與倭

接箕子後四十餘世朝鮮侯準自稱王燕人衛

滿擊破準而自王準乃將其餘眾數千人走入

海攻馬韓破之自立爲韓王東國通鑑箕準既

爲衛滿所攻奪入海居韓地金馬郡文獻備考

金馬今益山郡有金馬山輿地勝覽箕準城在

益山郡龍華山上周三千九百尺

當年枉信漢亡人麥秀殷墟又一春可笑蒼黃浮海日

船頭猶載善花嬪

善花嬪三國志朝鮮侯準既僭號稱王爲燕亡人衛

滿所攻奪將其左右宮人走入海居韓地東史箕準

號武康王輿地勝覽龍華山在郡北八里世傳武康

王旣得人心立國馬韓與善花夫人遊山下又云雙

陵在五金寺西數百步後朝鮮武康王及妃陵也

濊

漢書武帝元朔元年薉君南閭等寺口二十八萬

人降爲滄海郡後漢書濊北與高句麗沃沮南

與辰韓接東窮大海西至樂浪本朝鮮之地也

貫聃古今郡國志新羅北界溟州古濊國文獻

備考今江陵府東有濊時所等古城遺址

大關嶺外大東洋慈慕國山川陰搏桑野老不知興廢事

田間閒拾古銅章

大關嶺輿地勝覽大關嶺在江陵府西四十五里州
之鎮山也自女真之長白山縱橫迤邐據東海之濱
者不知其幾而此嶺最高金員外克已詩秋霜鴈未
過時落曉日鷄初鳴處生

藥國輿地勝覽江陵府本濊國一云鐵國一云慈慕國

古銅章三國史新羅南解次次雄十六年北溟人耕
田得濊王印獻之

貊

漢書武帝卽位彭吳穿濊貊朝鮮後漢書遼東

太守祭肜威譽北方聲行海表於是濊貊倭韓

萬里朝獻又云句麗王宮與濊貊冦玄菟攻華

麗城文獻備考貊國都在今春川府北十三里

昭陽江北

昭陽江水接滄津通道碑殘沒棘榛東史未窮班掾志

堯時君命漢時臣

昭陽江興地勝覽昭陽江在春川府北六里源出麟

蹄之瑞和縣興府之基麟縣水合流至楊口縣南爲

艸沙里灘又至府東北爲青淵爲舟淵爲狄巖灘爲

懷古詩

昭陽江

通道碑東史檀君命彭吳治國內山川以奠民居本
紀通覽牛首州有彭吳碑文獻備考彭吳乃漢人而
非檀君之臣也金梅月堂時習詩通道自彭吳

高句麗

魏書高句麗者出於夫餘自言先祖朱蒙朱蒙
母河伯女夫餘王閉於室中爲日所照引身避
之日影又逐有孕生一卵大如五升以物裹之
置於暖處有一男破殼而出及長字之曰朱蒙
其俗言朱蒙者善射也夫餘之臣謀殺之朱蒙

乃與烏引烏違等二人棄夫餘東南走遇一大
水欲濟無梁夫餘人追之恐朱蒙告水曰我日
于河伯外孫今日逃走追兵垂及如何得濟於
是魚鼈並浮成橋朱蒙得渡魚鼈乃解追騎不
得渡朱蒙遂至普述水遇見三人其一人着麻
衣一人着衲衣一人着水藻衣與朱蒙至訖升
骨城居焉號曰高句麗因以高為氏三國史高
句麗始祖東明聖王姓高氏自夫餘至卒本川
觀其山河險固欲都焉結廬於沸流水上時年
二十歲漢元帝建昭二年也琉璃王三十年遷

都於國內等慰那巖城山上王十三年移都於

丸都東川王二十一年等平壤城移民及廟社

通典高句麗自東晉以後居平壤

弧矢橫行十九年麒麟寶馬去朝天千秋覇氣凉于水

墓裏消沈白玉鞭

麒麟寶馬輿地勝覽麒麟窟柱平壤府九梯宮內浮

碧樓下東明王養麒麟馬于此世傳王乘麒麟馬入

此窟從地中出朝天石升天其馬跡至今柱石上也

朝天石柱麒麟窟南

白玉鞭輿地勝覽東明王墓柱中和府龍山俗號眞

珠墓世傳高句麗始祖常乘麒麟馬奏事天上年至

四十遂昇天不返太子以所遺玉鞭葬於龍山

昔日夫餘挾彈兒東明王子號琉璃數聲黃鳥啼深樹

猶似禾姬罵雉姬

挼彈兒三國史琉璃王諱類利初朱蒙在夫餘娶禮

氏女有娠朱蒙歸後乃生子是爲類利初年出遊陌

上彈雀誤破汲水婦人瓦器婦人罵曰此兒無父故

頑如此類利慙歸問毋我父何人今在何處毋曰汝

父非常人不見容於國逃歸南地開國種王類利乃

與屋智句鄒都祖等三人行至卒本見父王立爲太

子

黃鳥三國史琉璃王娶二女一曰禾姬鶻川人之女
也一曰雉姬漢人之女也二女爭寵王於涼谷造東
西二宮各置之後王田於箕山禾姬罵雉姬曰汝漢
家婢妾何無禮之甚乎雉姬慙恨自歸王聞之策馬
追之雉姬怒不還王嘗息樹下見黃鳥飛集乃感而
歌曰翩翩黃鳥雌雄相依念我之獨誰其與歸

鶻立山前漲戰塵丹旋依戀沁園春平生慷慨愚溫達
自是龍鍾可笑人
鶻立山輿地勝覽鶻立山在聞慶縣北二十里俗號

麻骨山以方言相似也

愚溫達三國史溫達容貌龍鍾可笑家貧乞食以養
母破衫弊履往來市井間時人目爲愚溫達平岡王
少女好啼王戲曰汝常啼聒我耳長必不得爲士大
夫妻當歸之愚溫達及女年二八欲下嫁於上部高
氏公主曰大王常語必爲溫達之妻何故改前言乎
遂怒曰虛從遂所適於是公主以寶釧數十繫肘後
出宮歸溫達後周武帝伐遼東王逆戰於肆山之野
溫達爲先鋒疾鬪論功第一王嘉歎曰吾婿也備禮
迎之賜爵大兄及陽崗王卽位溫達請伐新羅王許

懷古詩

之溫達臨行誓曰雞立峴竹嶺以西不歸於我則不

返也遂與羅人戰中流矢歿欲葬柩不肯動公主撫

棺曰死生决矣嗚呼歸矣遂舉以窆

遼海歸旌數片紅湯湯薩水捲沙蟲乙支文德眞才士

倡五言詩冠大東

薩水輿地勝覽清川江一名薩水源出妙香山經安

州城北又西流三十里與博川江合流入海

乙支文德三國史乙支文德沈鷙有智隋開皇中煬

帝下詔征高句麗左翊衛大將軍宇文述出夫餘道

右翊衛大將軍于仲文出樂浪道凡九軍至鴨綠水

文德見隋軍士有饑色欲疲之每戰輒北隋軍一日
七捷東濟薩水去平壤城三十里因山爲營文德遣
使詐降於述等爲方陣而還文德出軍四面抄擊
至薩水隋軍半濟文德擊其後軍殺右屯衛將軍辛
世雄諸軍俱潰奔還一日一夜至鴨綠九軍初渡遼
三十萬五千人還至遼東城惟二千七百人
倡五言詩隋書遼東之役于仲文率軍指樂浪道至
鴨綠水高麗將乙支文德詐降仲文將執之尚書右
丞劉士龍固止之遂捨文德尋悔遣人給文德曰更
有言議可復來也文德不從遂濟仲文選騎渡水每

戰破賊文德遺仲文詩曰神策究天文妙筭窮地理

戰勝功既高知足願云止

句麗錯料下句麗駐蹕山青老六師爲問西京紅拂妓

虬髯客是莫離支

下句麗後漢書王莽更名高句麗王爲下句麗侯尤

侗外國竹枝詞高句麗降下句麗

駐蹕山唐書太宗自將伐高麗次安市北部傅薩高

延壽南部傅薩高惠眞等舉眾降帝因號所幸山爲

駐蹕山勒石紀功攻安市未能下城中見帝旌麾輒

乘陴噪帝怒江夏王道宗以樹枚壘土積之迫城不

數丈果毅都尉傅伏愛守之自高而排其城城且頹
伏愛私去所部虜兵得自頹城出據而塹斷之積火
縈盾周守帝斬伏愛有詔班師酋長登城拜謝帝嘉
其守賜絹百匹
莫離支唐書益蘇文者或號蓋金姓泉氏自云生水
中以惑衆爲莫離支專國猶唐兵部尚書中書令職
云貌魁秀美鬚髯冠服皆飾以金佩五刀左右莫敢
仰視使貴人伏諸地踐以乘馬出入陳兵長呼禁切
行人畏窮鼠至投坑谷海東稗乘虬髯客傳雖唐人傳
帝亦必有其人也按夫餘之地爲高氏所統在隋唐

懷古詩

之際更無所謂夫餘國南蠻所奏海船千艘甲兵十萬入夫餘國云云似指高句麗爲夫餘也意者盖蘇文以東部大人之子意氣傑驁乘隋季之亂遊歷中國將有爲也及見交皇異表器氣東返稱兵作亂倣得莫離支爾

報德

唐書乾封元年征高麗以李勣爲遼東道行軍大總管兼安撫大使三年圍平壤執王藏部其地爲都督府者九州四十二縣百復置安東都護府總章二年大長鉗牟岑率衆叛立藏外孫

安舜爲王三國史新羅文武王十年高句麗水
臨城人牟岑大兄自窮年城行至西海史冶島
見高句麗大臣淵淨土子安勝迎致漢城中奉
以爲君遣小兄多式等告曰興滅國繼絶世天
下之公義也惟大國是望王處之國西金馬渚
封安勝爲高句麗王十四年改封爲報德王以
王妹妻之神文王三年徵爲蘇判賜姓金氏興
地勝覽益山郡本馬韓國百濟並之號金馬渚
春草萋萋金馬渚句麗南渡有荒城未知欲報誰家德
可惜英風劍大兄

劍大兄三國史高句麗劍牟岑欲興復國家叛唐立
王外孫安舜爲王又云牟岑大兄收合殘民至溟江
南殺唐官唐書總章二年詔高侃李謹行爲行軍總
管討安舜舜殺牟岑走新羅

沸流

遼史地理志正州本沸流王故地國爲公孫康
所並渤海置沸流郡有沸流水三國史高句麗
始祖二年沸流國王松讓來降以其地爲多勿
都封松讓爲主麗語謂復舊土爲多勿與地勝
覽成川府本沸流王松讓故都

劍攛靑峰一十二　遊車衣水逝湯湯朱蒙不是眞豪傑

欺負酸寒喫菜王

劍攛靑峰輿地勝覽紀骨山在成川府西北二里有

攛峰十二朴元亨詩江上羣峰劍攛尖峰前江水正

按藍

遊車衣水輿地勝覽沸流江卽萃本川俗稱遊車衣

津在成川府西三十步其源有二出陽德縣吳江

山一出孟山縣大母院洞至府北合流歷紀骨山山

有四石穴水入穴中沸騰而出故名沸流江又與慈

山郡禹家淵合流入大同江

襄古詩　上三

喫菜玉三國史高句麗東明王見沸流水有菜葉逐
流下知有人在上流者因以獵徒尋至沸流國其國
王松讓出見曰寡人僻在海隅未嘗得見君子今日
相遇不亦幸乎然不識吾子自何而來答曰我是天
帝子來都於某所松讓曰我累世為王地小不足容
兩主君立都日淺為我附庸可乎王忿其言與之射
以校藝松讓不能抗古記東明王與沸流王松讓較
射松讓以畫鹿置百步內不能中其臍朱蒙以玉指
環懸於百步之外破如瓦解松讓大驚欲以立都先
後為附庸朱蒙造宮室以朽木為柱故如千歲松讓

不敢爭、

百濟

南史馬韓有五十四國百濟卽其一也後漸強

大兼諸小國北史百濟之國蓋馬韓之屬也初

以百家濟因號百濟其都曰居拔城亦曰固麻

城三國史百濟始祖溫祚王都河南慰禮城以

十臣爲輔翼國號十濟漢成帝鴻嘉三年也後

以百姓樂從改號百濟其世系與高句麗同出

扶餘故以扶餘爲氏溫祚王十三年就漢山下

立柵十四年遷都蓋婁王五年筭北漢山城近

懷古詩

省古王三十六年移都漢山文周王元年移都

熊津聖王十六年移都泗沘國號南扶餘文獻

備考百濟所夫里郡一云泗沘今扶餘縣

歌樓舞殿向江開半月城頭月影來紅毯毹寒眠不得

君王憲在自溫臺

半月城輿地勝覽扶餘縣半月城石等周一萬三千

六尺卽古百濟都城也抱扶蘇山而等兩頭抵白馬

江形如半月

自溫臺輿地勝覽自溫臺在扶餘縣西五里自落花

巖順流而西有巖跨水渚可坐十餘人俗傳百濟王

遊于此巖則巖自溫

落月扶蘇數點峰、天寒白馬怒濤洶奈何不用成忠策

却恃江中護國龍

扶蘇輿地勝覽扶蘇山在扶餘縣北三里東岑曰迎

月臺西岑曰送月臺

成忠三國史百濟義慈王十六年佐平成忠上書曰

臣觀時察變必有兵革之事若異國兵來陸路不使

過沈峴水軍不使入岐伐浦據險以御然後可也王

不省及唐兵乘勝迫城王歎曰悔不用成忠之言

護國龍輿地勝覽扶蘇山下有巖跨江上有龍攫跡

俗傳蘇定方伐百濟臨江欲渡風雨大作以白馬為
餌釣得一龍須臾開霽遂渡師故江名白馬巖名釣

龍臺

雨冷風凄去國愁巖花落盡水悠悠泉臺寂寞誰相伴
同是江南歸命侯

巖花輿地勝覽落花巖在扶餘縣北一里俗傳義慈
王為唐兵所敗宮女奔逃登是巖自隊于江故名
歸命侯唐書顯慶五年詔左衛大將軍蘇定方為神
邱道行軍大摠管討百濟自城山濟海百濟守熊津
口定方縱擊大破乘潮以進拔其城執義慈送京師

平其國置熊津馬韓東明金漣德安五郡都督義慈

痛久贈衛尉卿許舊臣赴臨詔葬孫皓陳叔寶塋左

浴槃零落浣臙脂石室藏書事可擬時見荒原秋艸裏

行人駐馬讀唐碑

浴槃扶餘縣志縣庭有石槃夜衙或燃松明炬於其

上焦黑剜缺隱隱有蓮花刻紋傳爲百濟宮女浴槃

石室藏書扶餘縣志縣之豐田驛東有石壁巉立坼

痕如戶號冊巖傳爲百濟時藏書處舊有好事者欲

斷開晴日大雷耀而止云

唐碑扶餘縣志縣南二里有石塔刻云大唐平百濟

國碑顯慶五年歲在庚申八月十五日癸未建陵州
長史判兵曹賀遂亮撰洛州河南權懷素書蓋蘇定
方紀功之辭也文體騈儷筆法遒勁當爲海東古碑
第一縣北三里又有劉仁願紀功碑中折字多剝

彌鄒忽

三國史朱蒙自北扶餘逃難至卒本扶餘
王以女妻之扶餘王薨朱蒙嗣位生二子長曰
沸流次曰溫祚及朱蒙在北扶餘所生子來爲
太子沸流溫祚恐爲太子所不容遂與烏干馬
黎等十臣南行百姓從之者多至漢山登頁兒

岳望可居之地沸流欲居海濱十臣諫曰惟此

河南之地北帶漢水東據高岳南望沃澤西阻

大海作都於斯不亦宜乎沸流不聽分其民歸

彌鄒忽以居之溫祚都河南慰禮城沸流以彌

鄒土濕水鹹不得安居歸見慰禮都邑鼎定人

民安泰遂慚悔而死與地志今仁川府南十里

海坪上有大冢墻垣舊址宛然石人偃仆而甚

大俗傳彌鄒王墓云

浿上悲歌別弟兄登山臨水汨南征三韓地劣姜肱被

休等崢嶸恚忿城

憨忽城輿地志今仁川府南有山名南山一名文鶴

山山上有城世傳沸流所都以王憨忽而攺故名憨

忽城

新羅

北史新羅者其先本辰韓種也地在高麗東南

居漢時樂浪地其王本百濟人自海逃入新羅

遂王其國三國史新羅始祖姓朴氏諱赫居世

漢宣帝五鳳元年四月丙辰卽位號居西干時

年十三先是朝鮮遺民分居山谷間爲六村是

爲辰韓六部高墟村長蘇伐公望楊山麓蘿井

菊林間有馬跪而嘶徉觀之忽不見馬只有大

卵孵之有嬰兒出焉取而養之及年十餘歲岐

嶷然夙成六部人以其生神異推尊之至是立

以為君辰人謂瓠為朴以大卵如瓠故以朴為

姓居西干辰言王也文獻備考新羅國號徐耶

伐或云斯羅或云斯盧東京雜記慶州本新羅

古都

辰韓六部澮秋烟徐菀鰵華想一可憐萬萬波波加號笛

橫吹三姓一千年

辰韓六部三國史一曰閼川楊山村二曰突山高墟

村三曰觜山珍支村四曰茂山大樹村五曰金山加

利村六曰明活山高耶村是爲辰韓六部

徐菀戲備考新羅國號徐耶伐後人稱爲京都曰

徐伐轉爲徐菀

萬萬波波東京雜記神文王時東海中有小山隨波

徃來王異之泛海入其山上有竹一竿命作笛吹之

兵退病愈旱雨兩晴風定波平號萬波息笛歷代傳

寶之至孝昭王加號萬萬波波息笛

三姓三國史新羅始祖姓朴氏脫解尼斯今姓昔氏

味鄒尼斯今姓金氏芝峰類說新羅享國幾二千年

統合三韓時和止歲豊號稱新羅聖代

幾處靑山幾佛幢蕕池鴈鴨不成雙春風谷口松花屋

時聽寥寥短尾狨

荒池鴈鴨輿地勝覽鴈鴨池在慶州府天柱寺北新

羅文武王鑿池積石爲山象巫山十二峯種花卉養

珍禽其西有臨海殿舊址

松花屋東京雜記新羅金庾信宗女財買夫人歿葬

靑淵上谷因名財買谷每春日同宗士女會宴於谷

之南淵于時百卉敷榮松花滿谷架菴於谷口名松

花房

短尾狗東京雜記慶州北方虛故狗多短尾謂之

東京狗

料峭風中過上元忉忉怛怛踏歌喧年年糯飯無人祭

一陣寒鴉噪別村

忉忉怛怛輿地勝覽書出池在慶州府金鰲山東新

羅炤智王十年正月十五日王幸天泉寺有烏鼠

異王令騎士追烏南至避村兩猪相鬬留連見之失

烏所在有老翁自池中出奏書題云開見二人死不

開一人死馳獻于王王曰與其二人死莫若勿開一

人死耳日官奏云二人者庶人也一人者王也王然

之開見書中云射琴匣王入宮見琴匣射之乃內殿
焚修僧與宮主潛通謀逆也宮主與僧伏誅名其池
曰書出池又云王旣免琴匣之禍國人以爲若非烏
鼠龍馬猪之功則王之身幾矣遂以正月上子上辰
上午上亥等日忌愼百事不敢動作爲愼日俚言忉怛
謂悲愁而禁忌不忌也又以十六日爲烏忌日以糯飯祭
之國俗至今猶然佔畢齋集忉怛歌忉怛復忉忉大
家幾不保流蘇帳裏玄鶴倒揚且之哲難偕老
金鰲山邑晚蒼蒼渲染雞林一半霜萬疊鄕鄕人去後
至今紅葉上書莊

襄古詩

金鰲山輿地勝覽金鰲山一名南山在慶州府南六
里唐顧雲贈崔致遠詩我聞海上三金鰲金鰲頭戴
山高高山之上今珠宮貝闕黃金殿山之下今千里
萬里之洪濤

雞林三國史脫解尼斯今九年春三月王聞金城西
始林樹間有雞鳴聲遣瓠公視之金色小櫝掛樹枝
白雞鳴其下瓠公還以吉王使人取櫝開之有小男
兒在其中姿容奇偉王喜曰此豈非天遺我今伷子
收養之及長聰明多智乃名關智以其出於金櫝姓
金氏改始林名雞林因以爲國號

伽倻輿地勝覽伽倻山在陝川郡北三十里一名牛
頭山
上書莊三國史崔致遠字孤雲或云海雲沙梁部人
年十二隨使舶入唐乾符元年禮部侍郎裴瓚下及
第調漂水縣尉考績爲承務郎侍御史內供奉賜紫
金魚袋黃巢叛高駢爲諸道行營兵馬都統以討之
辟致遠爲從事光啓元年將詔書來聘留爲侍讀兼
翰林學士出爲太山太守自西事大唐東歸故國皆
遭亂世無復仕進意帶家隱伽倻山解印寺偃仰終
老輿地勝覽上書莊在金鰲山北高麗太祖之興崔

致遠知必受命上書有雞林黄葉鵠嶺青松之語後人名其所居曰上書莊

城南城北蔚藍峯落日昌林寺裏鐘關補東京書畫傳金生碑版率居松

金生三國史金生自幼能書平生不攻他藝年踰八十猶操筆不休隸書行艸皆入神崇寧中學士洪灌隨進奉使入宋館於汴京翰林待詔楊球李草奉勅至館書圖簇灌以金生行艸一卷視之二人大駭曰不圖今日得見右軍手書灌曰此乃新羅人金生書也二人不信之趙子昂昌林寺碑跋云右唐新羅僧

金生所書其國昌林寺碑字畫深有曲▨型雖唐人名
刻無以遠過之也古人云何地不生才信然輿地勝
覽昌林寺在金鰲山今廢有古碑無字
率居三國史率居善畫嘗於黃龍寺壁畫老松體幹
鱗皴鳥鳶徃徃望之飛入及到蹭蹬而落歲久色暗
寺僧以丹靑補之烏鳶不復至又慶州芬皇寺觀音
晉州斷俗寺維摩像皆其筆也
三月初旬去踏靑蚊川花柳鎖冥冥流觴曲水傷心事
休上春風鮑石亭
蚊川輿地勝覽蚊川在慶州府南五里史等川下流

十三

也高麗金克已有蚊川祓禊詩

鮑石亭輿地勝覽鮑石亭在慶州府南七里金鰲山

西麓鍊石作鮑魚形故名流觴曲水遺跡宛然三國

史甄萱猝入新羅王都時王與夫人嬪御出遊鮑石

亭置酒娛樂賊至狼狽不知所爲侍從臣僚及宮女

伶官皆陷沒

溟州

三國史新羅宣德王薨無子群臣議欲立族子

周元周元宅京北二十里會大雨閼川漲不得

渡或曰天其或者不欲立周元乎今大上等敬

信前王之弟德曼素高有人君之體於是衆議
翕然立之既而雨止國人皆呼萬歲輿地志周
元懼禍退居溟州不朝請後二年封周元為溟
州郡王割溟州翼嶺三陟斤乙於蔚珍等地為
食邑文戲備考溟州今江陵府

魚書遠寄倦遊人

雞林眞骨大王親九雜分供左海濱最憶如花池上女
眞骨三國史新羅斯多含系出眞骨又辭屬頭言新
羅用人論骨品令狐澄新羅國記其國王謂之第一
骨餘貴族謂之第二骨

九雄文獻備考新羅之制王日飯米三斗雄九首

魚書遠寄高麗史樂志高句麗俗樂部有溟州曲世

傳書生遊學至溟州見一良家女美姿邑頗知書生

每以詩挑之女日婦人不妄從人待生擢第父母有

命則事可諧矣生即歸京師習擧業女家將納婿女

平日臨池養魚魚聞警咳聲必來就食女食魚謂日

吾養汝久宴知我意將帛書投之有一大魚跳躍含

書悠然而逝生在京師一日為父母具饌市魚而歸

剝之得帛書驚異即持帛書及父書徑詣女家婿已

及門矣生以書示女家遂歌此曲女父母異之曰此

精誠所感非人力所能爲也遣其婿而納生焉疆界

志新羅王弟無月郎二子長曰周元次曰敬信母溟

州人始居蓮花峯下號蓮花夫人及周元封於溟州

夫人養於周元溟州曲即蓮花夫人事書生指無月

郎也且溟州乃新羅時置非高句麗時名則溟州曲

當屬新羅樂

金官

南齊書加羅國三韓種也建元元年國王荷知

使來獻授輔國將軍本國王北史新羅附庸於

迦羅國三國史註伽倻或云加羅駕洛國記後

漢光武建武十八年三月駕洛九干禊飲水濱
望見龜旨峯有異氣就見紫繩繫金盒而下開
盒有金邑六卵奉置之翼日六卵剖爲六童子
日就岐嶷十餘日身長九尺衆奉一人爲生卽
首露王也生于金盒因姓金氏國號伽倻乃新
羅儒理王十八年也餘五人爲五伽倻主東以
黃山江西南以海西北以智異山東以伽倻山
爲境輿地勝覽五伽倻高靈爲大伽倻固城爲
小伽倻星州爲碧珍伽倻咸安爲阿那伽倻咸
昌爲古寧伽倻又云龜旨峯在金海府北三里

首露王宮遺址在府内輿地志首露王墓在金海府西三百步墓旁有廟龜旨山東有王妃墓府人並祭以正五八月芝峯類説壬辰倭賊發首露王墓頭骨大如銅盆柩旁有二女顏邑如生出置壙外卽銷文獻備考駕洛或作伽落又稱伽倻後改爲金官

訪古伽倻咽竹枝婆娑塔影虎溪湲回看落日沈西海
正似紅旗入浦時

訪古伽倻鄭圃隱夢周金海鷲子橡詩訪古伽倻艸
邑春興亡幾度海爲塵

十五

渡婆娑塔輿地勝覽臨見渡婆娑石塔在虎溪上凡五層其邑

赤斑彫鏤甚奇世傳許后自西域來時船中載此塔

以鎮風濤

虎溪輿地勝覽虎溪在金海府城中源出盆山南流

入江倉浦

紅旗入浦駕洛國記東漢建武二十四年許皇后自

阿踰陀國渡海而至望見緋帆茜旗自海西南隅而

指北首露王於宮西設幔殿候之王后維舟登陸憩

於高嶠解所着綾袴質于山靈及至王迎入幔殿越

二日同輦還闕立以爲后國人號初來維舟處曰主

浦解綾袴處曰綾峴茜旗入海處曰旗出邊典地勝

覽許皇后或云南天竺國王女姓許名黃玉號普州

太后

大伽倻

三國史眞興王二十三年命異斯夫討伽倻多

斯含爲副領五千騎馳入栴檀門立白旗城中

恐懼不知所爲異斯夫引兵臨之一時盡降興

地志大伽倻今高靈縣縣南一里有宮闕遺址

又有石井號御井文獻備考大伽倻始祖伊珍

阿鼓王至道設智王凡十六世

千載高山流水音泠泠一十二絃琴淒涼往事無人問

紅葉迎霜作錦林

一十二絃琴與、地勝覽伽倻國嘉悉王樂師于勒象
中國秦箏而制琴號伽倻琴高靈縣北三里地名琴
谷世傳勒率工人肆琴處芝峯類說伽倻國王制十
二絃琴今所謂伽倻琴即是

錦林與、地勝覽高靈縣西二里有古藏俗稱錦林王
陵

甘文

三國史新羅助賁尼斯今二年以伊湌于老為

大將軍討破甘文國以其地爲郡輿地志甘文

今聞寧縣也甘文山在縣北二里又柳山在縣

東二里柳山北甘文國遺址尚存

獐姬一去野花香埋没殘碑古孝王三十雄兵曾大發

蝸牛角上鬪千塲

獐姬輿地勝覽獐陵在開寧縣西熊峴俗稱甘文國

獐夫人陵

孝王輿地勝覽開寧縣北二十里有大塚俗傳甘文

金孝王陵

三十兵東史甘文國大發兵三十文獻備考甘文蓋

國之至小者也

于山

三國史新羅智證麻立于十三年于山國歸服
歲以土宜爲貢于山國在溟州正東海島或名
鬱陵島（地勝覽鬱陵島一云武陵又云羽陵
枉蔚珍縣正東海中地方百里土地饒沃竹大
如杠鼠大如猫桃核大如升

春風五兩邏帆廻海上桃花寂寞開唯見可之登岸卧
更無獅子撲人來
邏帆文獻備考鬱陵島產柴胡藁本石楠藤艸諸香

木蘆竹多合抱者蘆實桃核大可爲杯升　本朝刷
出逃民空其地每三年一送人審視官給斧子十五
伐其竹若木又采土物納于朝以爲信三陟營將越
松萬戶相遞入焉
可之文獻備考欎陵島海中有獸牛形赤眸無角羣
臥海岸見人獨行害之遇人多走入水名可之
獅子三國史異斯夫爲阿瑟那軍主謀幷于山國謂
其國人愚悍可以計服乃多造木獅子載戰船抵其
國告曰汝若不服放此獸踏殺之其人恐懼而降

耽羅

北史百濟南海行有耽牟羅國土多獐鹿附屬
於百濟唐書龍朔初有儋羅者其王儒理都羅
遣使入朝國居新羅武州南島上俗朴陋衣大
豕皮夏革屋冬窟室初附百濟後附新羅就羅
國記厭初有三神人從地湧出曰良乙那曰高
乙那曰夫乙那三乙那遊獵荒僻皮衣肉食一
日見紅帶紫衣人函載青衣處女三及駒犢五
穀種浮海而至曰我是日本國使也吾王生此
三女云西海中降神子三人將開國而無匹故
送此三女也三那以歲次分娶之播五穀牧駒

犢日就繁庶良乙那所居日第一都高乙那所
居日第二都夫乙那所居日第三都高乙那十
二代孫高厚高淸昆弟三人造舟渡海泊于耽
津新羅盛時也于時客星見南方太史奏異國
人来朝之象也及厚等至王嘉之稱厚日星主
以其動星象也令淸出袴下愛如巳子稱日王
子又號其季日都内國號耽羅以来泊耽津朝
新羅也各賜寶盖衣帶而遣之自此事新羅遂
以高爲星主良爲都上後改良爲梁
輿地勝覽濟州本耽羅國或稱乇羅又耽牟羅

三乙郍城瘴霧開耽津江口峭帆廻厥初還有毛興穴

何必他人胯下來

耽津文獻備考今康津縣新羅耽津

毛興穴輿地勝覽濟州牧鎭山北麓有穴曰毛興穴

卽三乙郍湧出處也

後百濟

三國史甄萱尚州加恩縣人也體貌雄奇志氣

傭儻從軍赴西南海防以勞爲裨將新羅眞聖

王六年羣盜蜂起萱嘯聚徒侶擊京西南州縣

所至鄕應遂龍襄武珍州都完山自稱後百濟王

遣使入後唐稱藩唐策授檢校太尉兼侍中判

百濟軍事持節都督全武公等州軍事行全州

刺史海東四面都統指揮兵馬制置等事百濟

王食邑二千五百戶興地勝覽古土城在全州

府北五里甄萱所築

徃事悠悠疽背翁繽紛紅葉古城東可憐探戲金山寺

凶國何關絕影驄

疽背翁三國史甄萱有子十餘人第四子金剛身長

而多智萱愛之欲傳位其兄神劍幽萱於金山佛宇

殺金剛自稱大王萱與季男能乂女哀福嬖姜姑比

囊古寺　三下

等逃奔高麗高麗太祖待以厚禮尊爲尚父萱發疽

卒於黃山佛舍

繽紛紅葉鄭圃隱夢周全州萬景樓詩靑山隱約扶

餘國紅葉繽紛百濟城

絕影驄高麗史甄萱獻絕影島驄馬于太祖後聞讖

云絕影名馬至百濟亡乃悔之使人請還太祖笑而

許之

泰封

通鑑唐天祐初高麗石窟寺眇僧躬乂聚衆據

開州稱王號泰封國後梁貞明中遣佐良尉金

立奇入貢于吳三國史弓裔新羅人考憲安王

或云景文王之子祝髮爲僧號善宗軒輊有膽

氣羅季羣盜蜂起善宗投北原賊梁吉軍中吉

委任分兵使東略地遂擊破猪足牲川夫若金

城鐵原等城天復元年稱王國號摩震辰年號武

泰移青州人戶一千入鐵圓城爲京改武泰爲

聖冊元年分定浿西十三鎮朱梁乾化元年改

聖冊爲水德萬歲改國號爲泰封自稱彌勒佛

頭戴金幘身被方袍以長子爲青光菩薩季子

爲神光菩薩出則騎白馬以綵餙其鬃尾使童

男女奉幡蓋香火前導又命比邱二百餘人梵
唄隨後興地勝覽楓川原弓裔所都枉鐵原府
北二十里宮殿遺址宛然

烏鵲飛邊認故宮淒涼霸業黑金東設弧猶記端陽節
未作雞林老薜公
烏鵲鄭松江澈關東別曲弓王故闕烏鵲啾啾千古
興凶知不知不
黑金東高麗史唐商客王昌瑾忽於市中見一人狀
貌瓌偉鬚髮皓白左手持三梡右手擎一古鏡方一
尺許謂昌瑾曰能買我鏡乎昌瑾以二斗米買之鏡

圭將米沿路散與乞兒而去疾如旋風昌瑾懸其鏡
於市壁日光斜映隱隱有細字可讀其文曰三水中
四維下上帝降子於辰馬先操雞後搏鴨此謂蓮滿
一三甲暗登天明理地遇子年中興大事混蹤跡沌
姓名混沌誰知嶺與聖振法雷揮神電於巳年中二
龍見一則藏身青木中一則現影黑金東智者見愚
者旨興雲注雨與入征或見盛或視衰盛衰爲滅惡
塵滓此一龍子三四遞代相承六甲子此四維定滅
丑越海來降須待酉此文著見於明王國泰人安帝
永昌吾之記凡一百四十七字昌瑾初不知有文及

見之謂非常獻于裔裔令昌瑾物色求其人彌月不
能得唯東州勃颯寺熾盛光如来像前有壇星古像
如其狀左右亦持椀鏡昌瑾喜具以狀白裔歎異之
令文人宋含弘白卓許原等解之含弘等曰辰馬者
辰韓馬韓也青木松也謂松岳郡也黑金鐵也今所
都鐵圜也今主初盛於此終滅於此乎先操雞後搏
鴨者王侍中御國之後先得雞林後收鴨綠之意也
三人相謂曰王猜忌嗜殺若告以實王侍中必遇害
吾輩亦且不免矣乃詭辭告之
設弧端陽三國史弓裔以五月五日生而有齒憲安

王惡之勅令殺之使者取襁褓申投樓下乳媼竊捧

手觸眇一目

高麗

五代史後唐明宗長興三年高麗權知國事王

建遣使者來明宗乃拜建玄菟州都督充大義

軍使封高麗國王高麗史太祖神聖大王姓王

氏諱建字若天松岳郡人新羅政衰弓裔據高

句麗之地都鐵原國號泰封授太祖精騎大監

著功累階爲波珍粲兼侍中梁貞明四年騎將

洪儒裴玄慶申崇謙卜智謙等密謀推戴國號

高麗陟元天授二年定都于松岳之陽文獻備
考開城府古高麗國都

荒凉二十八王陵風雨年年暗漆燈進鳳山中紅躑躅
春來猶自發層層

二十八王陵文獻備考高麗太祖以下二十八陵在
開城府松岳進鳳山碧串洞鳳鳴山諸處

進鳳躑躅輿地勝覽進鳳山在開城府東南九里杜
鵑花盛開世稱進鳳躑躅

鳳輦逶遲降帝姬春寒瓊帳祓羊脂浮生白眼應難
較紅淚先沾勻藥枝

帝姬高麗史忠烈王庶齊國大長公主名忽都魯揭
里迷失元世祖女也元宗十五年忠烈王以世子在
元尚公主

祿羊脂高麗史忠烈王嗣位與公主東還同輦入京
父老相慶帝令脫忽送公主脫忽先至張穹廬祇以
白羊脂

白眼高麗史公主生子貞和宮主宴賀行酒王戲見
公主公主曰何白眼視我耶豈以宮主醜於我乎遂
命罷宴下殿大哭

勺藥枝高麗史忠烈王二十二年五月壽當寧官勺藥

盛開公主命折一枝把玩良久感泣得疾蒙年三十

九

結識中朝趙子昂風流都尉瀋陽王教人視舉征東省

留醉蘆溝萬卷堂

瀋陽王元史高麗王旺子謜襲王位成宗初年尚寶

塔寶懷公主十□年進爵瀋陽王

征東省元史至元二十年立征東行中書省於高麗

萬卷堂高麗史忠宣王諱璋古諱謜蒙古諱益智禮

普化如元宿衛凡十年佐仁宗定內亂迎立武宗以

大尉留燕邸構萬卷堂書史自娛姚燧閻復元明善

趙孟頫咸遊王門

銀燭如星照禁局題詩多上牧丹亭如今破瓦嵩山在

不復三呼繞殿青

牧丹亭李相國集山呼亭牧丹盛開賦者多至百人

輿地勝覽山呼亭在延慶宮內

嵩山輿地勝覽松岳在開城府北五里初名扶蘇又

稱鵠嶺又松山又神嵩

三呼繞殿高麗史忠宣王時松岳夜鳴王怪而問之

陳無作對曰無傷也古詩有嵩岳三呼繞殿青之句

王悦

懷古詩

指點前朝宰相家廢園風雨土墻斜牧丹孔雀凋零盡

黃蝶雙雙飛菜花

牧丹孔雀高麗史神宗初參知政事車若松盟特進

奇洪壽詩同入中書省若松問於洪壽曰孔雀好在乎

答曰食魚鯁咽而歿因問養牧丹之術若松具道之

聞者譏之

潮落潮生急水門年年商舶到江村攢峯十二巫山似

只少三聲臨淚猿

急水門宋史禮成江居兩山間束以石硤湍激而下

所謂急水門最險狹犬明一統志急水門在開城南

海中宛如巫峽

商舶高麗史宋商集禮成江

天壽南阰春暮時丹樓碧閣影參差風簔雨笠何村客

終日沈吟看隨寫謄

天壽輿地勝覽天壽院在城東即天壽寺故址

看隨寫謄高麗史康日用欲賦隨寫謄毋冒雨全□壽寺

南溪看之

紫霞洞裏草霏霏不見宮娥並馬歸爲是辛王行樂地

至今猶有燕雙飛

紫霞洞輿地勝覽紫霞洞在松岳山下洞府幽阻溪

環古寺 二十六

水淸漣最爲絕勝

辛王明史高麗王顓無子以罷臣辛旽之子禑爲子

高麗史辛禑小字牟尼奴旽婢姜般若之出也

燕雙飛高麗史辛禑使妓燕雙飛佩弓吹遂衣繡龍

未並蠻而行

可憐靑木未藏龍蕭瑟千年鵲嶺松鐵犬寥家東向吠

白雲飛盡見三峯

鐵犬松京雜記世傳神僧道詵爲麗祖定都松岳之

陽旣而雲捲東南見漢陽三角山崒兀天際跌足歎

咄鑄鐵犬十二使吠定盤以三角爲松岳之鎭云

今府東有坐犬里

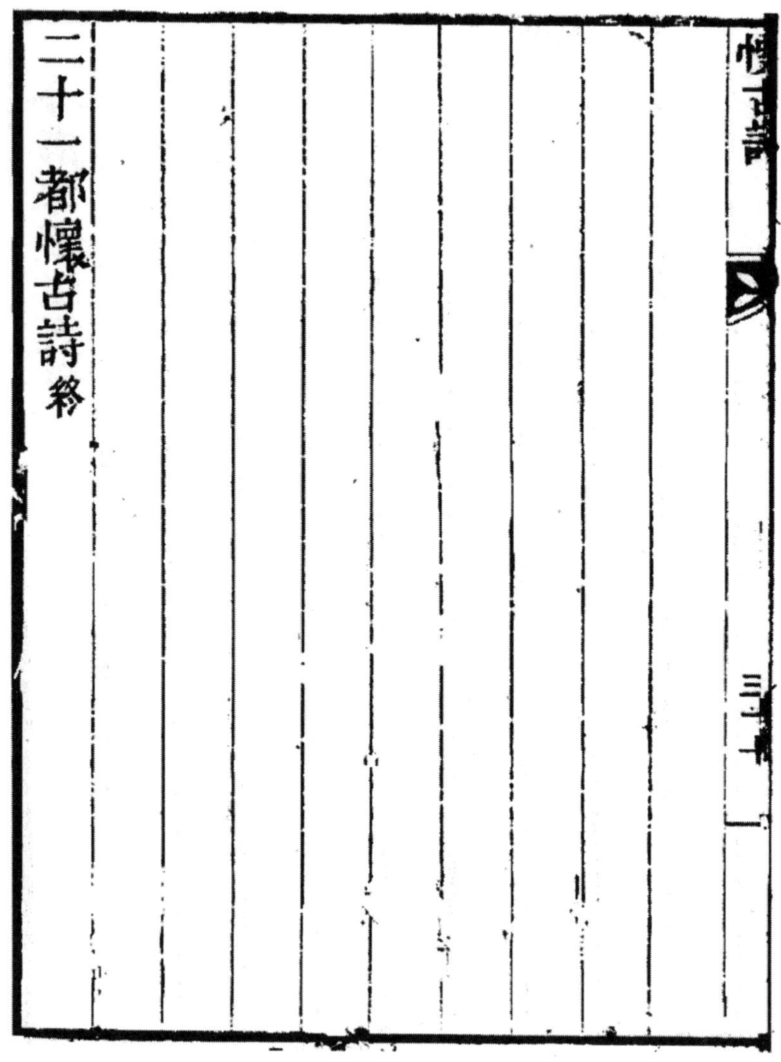
二十一都懷古詩終

■ 찾아보기

■ **저자 유득공**(柳得恭)

(1749 - ?) 정조때 실학자로 자字는 혜풍惠風·혜보惠甫, 호號는 영재泠齋·영암泠庵으로 후사대가後四大家의 한 사람이며 벼슬은 규장각 검서·풍천부사 등을 역임했다. 저서로는『영재시초泠齋詩抄』·『경도잡지京都雜志』·『渤海考발해고』등이 있다.

■ **역주자 이민홍**(李敏弘)

성균관대학교 국어국문과와 같은 대학 대학원에서 문학석사·문학박사를 취득했고 충북대학교 사범대 국어교육과 교수, 워싱턴대학 아세아어문학과 객원교수, 국립 대만 정치대학 교환교수, 도남국문학상 수상, 한국시가학회 회장, 성균관대학교 인문과학연구소 소장, 인문대학 학장, 대학원장을 역임했고, 현새 성균관대하교 명예교수이며 한국한자한문능력개발원(사) 이사장으로 있다.

저서로는 한국 민족악무와 예악사상 (집문당, 1997), 조선조 성균관의 교원과 태학생의 생활상 (성대출판부, 1999), 조선조 시가의 이념과 미의식 (개정판, 성대출판부, 2000), 증보사림파문학의 연구 (월인, 2000), 한국 민족예악과 시가문학 (성대대동문화연구원, 2001), 언어 민족주의와 언어사대주의의 갈등 (성대출판부, 2002), 한문화와 한문학의 정체성 (집문당, 2003), 논어강의 - 위대한 스승 공자사상의 재발견 (문자향, 2005), 옛 노래 속의 낭만연인 (국일미디어, 2005), 시법 - 한 글자에 담긴 인물평 (문자향, 2005), 한문화의 원류 (제이앤씨, 2006), 한문화의 단상 (제이앤씨, 2007), 해동악부 - 한시로 읽는 우리역사 (문자향, 2008)등이 있다.